강경애
작품선

강경애 작품선

초판 1쇄 발행 2016년 6월 29일

지은이 l 강경애
엮은이 l 편집부
펴낸이 l 손형국
펴낸곳 l 에세이퍼블리싱
출판등록 l 2004. 12. 1(제2011-77호)
주소 l 153-786 서울시 금천구 가산디지털 1로 168,
          우림라이온스밸리 B동 B113, 114호
홈페이지 l www.book.co.kr
전화번호 l (02)2026-5777
팩스 l (02)2026-5747

ISBN 979-11-87300-24-3 04810   978-89-6023-773-5 04810(세트)

일제강점기 한국현대문학 시리즈

32

불꽃처럼 살다 간 한 지식인 여성의
놀라운 통찰이 담긴 문제작

강경애 작품선

강경애 지음 | 편집부 엮음

소금
어머니와 딸
지하촌

SAY

들
어
가
는
글

    일제 강점기 민족적, 계급적, 성적 억압을 대변한 소설가로 평가받고 있는 강경애의 작품은 우리에게 그다지 많이 알려져 있지 않다. 1906년에 태어나 1944년 서른여덟 살의 젊은 나이로 세상을 떠난 그녀의 작품은 오랫동안 빛을 보지 못했다.

    강경애의 작품은 인간으로서의 존엄성을 박탈당하고 극심한 경제적 수탈을 당하며 살아야 했던 1930년대의 시대적 상황과 민중의 삶을 극명하게 보여준다. 그녀가 발표한 작품 대부분이 8년간 머물렀던 간도(압록강 상류와 두만강 북쪽의 조선인 거주 지역, 지금의 연변 조선족 자치주)에서 쓰여진 것도 이와 무관치 않아 보인다. 따라서 무장 투쟁운동이 활발했던 당시 간도 지역에서의 체험과 유년시절의 궁핍했던 삶의 경험을 작품 속에 사실적으로 형상화하는 데 성공한 것으로 문단은 평가하고 있다.

    가난한 농민의 딸로 태어나 갖은 고생을 하며 작품 활동을 이어온 그녀는 소설『소금』을 통해 빚에 쫓겨 간도로 이주한 봉염이네의 피폐한 삶을 생생하게 그려낸다. 중국인 지주 팡둥의 소작농으로 살아가는 그들은 이주해서도 중국군 자×단의 위협과 횡포로 두려움 속에 하루하루를 살아간다. 그러던 중 봉염의 아버지가 공산당에게 살해되고 장남 봉식마저 공산당으로 몰리면서 지주에게 쫓겨 난다. 유모로 근근이 살아가던 봉염 어머니는 정작 자신의 아이들을 제대로 돌보지 못해 아이들을 잃고 만다. 그 후 그녀의 삶은 더 고단해졌고, 살기 위해 소금 밀수에 가담하게 된다.

    이렇듯 여성을 주인공으로 내세워 고단한 삶을 그려낸 강경애는 첫

장편소설 『어머니와 딸』을 통해 식민지시대 여성의 비극적인 삶을 드러낸다. 사랑하는 사람이 있지만, 지주에게 팔려가거나 엇갈리는 사랑을 하는 두 모녀의 모습은 어딘가 닮아있다. 하지만 이 소설이 의미가 있는 이유는 여성문제를 시대 상황과 세대 감각에 맞춰 조망하고 있다는 점이다. 가부장적인 시대 상황 속에서 여성이 미혼모로서 홀로 가정을 꾸리거나, 남성 의존적인 태도를 벗어나는 모습을 보여 주며 엇갈린 사랑의 안타까움을 넘어 여성 해방의 가능성을 조명하고 있다.

또한 그녀는 『지하촌』을 통해 극한적인 빈궁 속에서 사람이 얼마만큼 비참해질 수 있는지를 보여 준다. 네 살 때 홍역을 앓은 뒤 경풍에 걸려 팔다리가 자유롭지 못한 주인공 칠성이 가난한 삶 속에서 열심히 살아가려고 할수록 현실은 더욱더 냉혹해진다. 끝내는 사랑조차 마음대로 하지 못하는 안타까운 현실을 그리며 일제치하의 참상을 사실적으로, 그리고 강렬하게 고발하고 있다. 이 작품은 『인간문제』와 함께 강경애를 특이한 작가 중 한 사람으로 지목하게 한 문제작이다.

현대를 살아가는 독자가 이 책을 읽으며, 일제강점하에서 우리 민족의 삶이 얼마나 고됐는지를 깨닫고 현재 주어진 것에 감사하는 마음을 갖는 계기가 되었으면 한다.

2016년 여름
편집부

차
례

들어가며 / 4

소금
9

농가 / 10
유랑 / 19
해산 / 29
유모 / 38
어머니의 마음 / 48
밀수입 / 58

어머니와 딸
69

번민 / 70

추억 / 77

남편 / 132

세 친구 / 150

짝사랑 / 157

옥이 / 198

지하촌
213

소금

농가

    용정서 팡둥(중국인 지주)이 왔다고 기별이 오므로 남편은 벽에 걸어두고 아끼던 수목 두루마기를 꺼내 입고 문밖을 나갔다. 봉식 어머니는 어쩐지 불안을 금치 못하여 문을 열고 바쁘게 가는 남편의 뒷모양을 물끄러미 바라보았다. '참말 팡둥이 왔을까? 혹은 자×단(自×團)들이 또 돈을 달라려고 거짓 팡둥이 왔다고 하여 남편을 데려가지 않는가?' 하며 그는 울고 싶었다. 동시에 그들의 성화를 날마다 받으면서도 불평 한마디 토하지 못하고 터들터들 애쓰는 남편이 끝없이 불쌍하고도 가여워 보였다.

    지금도 저렇게 가고 있지 않은가! 그는 한숨을 푹 쉬며 '없는 사람은 내고 남이고 모두 죽어야 그 고생을 면할 게야, 별수가 있나, 그저 죽어야 해.' 하고 탄식하였다. 그리고 무심히 그는 벽을 긁고 있는 그의 손톱을 발견하였다. 보기 싫게 기른 그의 손톱을 한참이나 바라보는 그는 사람의 목숨이란 끊기 쉬운 반면에 역시 끊기 어려운 것이라 하였다.

    그들이 바가지 몇 짝을 달고 고향서 떠날 때는 마치 끝도 없는 망망한 바다를 향하여 죽음의 길을 떠나는 듯 뭐라고 형용하여 아픈 가슴을 설명할 수 없었다. 그러나 불행 중 다행으로 이곳까지 와서 어떤 중국인의 땅을 얻어 가지고 농사를 짓게 되었으나 중국 군대인 보위단(保衛團)들에게 날마다 위협을 당하여 죽지 못해 그닐그날을 살아가곤 하였다. 그러기에 그들은 아침에 일어나는 길로 하늘을 향하여 오늘 무사히 보내기를 빌었다.

보위단들은 그들이 받는 월급만으로는 살 수가 없으니 농촌으로 돌아다니며 한 번, 두 번 빼앗기 시작한 것이 지금에 와서는 으레 할 것으로 알고 아무 주저 없이 백주에도 농민을 위협하여 빼앗곤 하였다. 그러니 농민들은 보위단 몫으로 언제나 돈이나 기타 쌀을 준비해 두지 않으면 목숨이 위태한 것을 깨닫고 아무것도 못하더라도 준비해 두곤 하였다. 그 동안 이어 나타난 것이 공산당이었으니 그 후로 지주와 보위단들은 무서워서 전부 도시로 몰리고 간혹 농촌으로 순회를 한다더라도 공산당이 있는 구역에는 감히 들어오지를 못하게 되었다. 그러나 시국이 바뀌며 공산당이 쫓기어 들어가면서부터 자x단들이 나타나게 된 것이었다.

그는 그의 손톱을 바라보며 몇 번이나 보위단들에게 죽을 뻔하던 것을 생각하며 그나마 오늘까지 목숨이 붙어 있는 것이 기적같이 생각되었다. 그리고 남편을 찾았을 때 벌써 남편의 모양은 보이지 않았다. 그는 멀리 토담 위에 휘날리는 깃발을 바라보며 남편이 이젠 건너 마을까지 갔는가 하였다. 그리고 잠깐 잊었던 불안이 또다시 가슴에 답답하도록 치민다. '남편의 말을 들으니 자x단들에게 무는 돈은 다 물었다는데 참말 팡둥이 왔는지 모르지, 지금이 씨 뿌릴 때니 아마 왔을 게야. 그러면 오늘 봉식이는 팡둥을 보지 못하겠지. 농량도 못 가져오겠구먼.' 하며 다시금 토담을 바라보았다.

저 토담은 남편과 기타 농민들이 거의 일 년이나 두고 쌓은 것이다. 마치 고향서 보던 성 같이 보였다. 그는 토담을 볼 때마다 지금으로부터 사오 년 전, 그 어느 날 밤 일이 문득문득 생각났다. 그날 밤 한밤중에 총소리와 함께 사면에서 아우성 소리가 요란스러이 났다. 그들은 얼핏 아궁 앞에 비밀리에 파놓은 움에 들어가서 며칠 후에야 나와 보니 팡둥은 도망가고 기타 몇몇 식구는 무참히도 죽었다. 그 후로부터 팡둥은 용정에다 집을 사고 다시 장가를 들고 아들딸을 낳아서 지금은 예전과 조금도 차이가 없이 살았던 것이다. 팡둥이 용정으로 쫓기어 들어간 후에 저 집은 자×단들의 소유가 되었다. 그래서 저렇게 기를 꽂고 문에는 파수병이 서 있었다.

그는 눈을 옮겨 저 앞을 바라보았다. 그 넓은 들에 햇볕이 가득하다. 그리고 조겨 같은 새무리들이 그 푸른 하늘을 건너질러 펄펄 날고 있다. 우리도 언제나 저기다 땅을 가져 보나 하고 그는 무의식간에 탄식하였다. 그리고 그나마 간도 온 지 십여 년 만에 내 땅이라고 몫을 짓게 된 붉은 산을 보았다. 저것은 아주 험악한 산이었는데 그들이 짬짬이 화전을 일구어서 이젠 밭이 되었다. 그러나 아직도 완전한 곡식은 심어 보지 못하고 해마다 감자를 심곤 하였다.

올해는 저기다 조를 갈아 볼까, 그리고 가녘으로는 약간 수수도 갈고…. 그때 그의 머리에는 뜻하지 않은 고향이 문득 떠오른다.

무릎을 스치는 다복솔¹밭 옆에 가졌던 그의 밭! 눈에 흙 들기 전에야 어찌 차마 그 밭을 잊으랴! 아무것을 심어도 잘되던 그 밭! 죽일 놈! 장죽을 물고 그 밭머리에 나타나는 참봉 영감을 눈앞에 그리며 그는 이렇게 중얼거렸다. 그리고 가슴이 울렁거리며 손발이 가늘게 떨리는 것을 깨달으며 그는 고향을 생각지 않으려고 눈을 썩썩 부비치고 정신을 바짝 차렸다.

그때 뜰 한구석에 쌓아 둔 짚 낟가리²에 조잘대는 참새 소리를 요란스러이 들으며 우두커니 섰는 자신을 얼핏 발견하였다. 그는 곧 돌아섰다. 방 안은 어지러우며 여기 일감이 나부터 손질하시오 하는 것 같았다. 그는 분주히 비를 들고 방을 쓸어 내었다. 그리고 군데군데 뚫어진 삿자리³ 구멍을 손끝으로 어루만지며 '잘살아야 할 터인데, 그놈 그 참봉 놈 보란 듯이 우리도 잘살아야 할 터인데…' 하며 그의 눈에는 눈물이 글썽글썽해졌다. 아무리 마음만은 지독히 먹고 애를 써서 땅을 파나 웬일인지 자기들에게는 닥치느니 불행과 궁핍이었던 것이다. '팔자가 무슨 놈의 팔자야 하느님도 무심하지 누구는 그런 복을 주고 누구는 이런 고생을 시키고…' 이렇게 생각하며 그는 방안을 구석구석이 쓸었다. 그리고 비 끝에 채어 대구루루 대구루루 굴러다니는 감자를 주워 바가지에 담으며 시렁⁴을 손질하였다. 이곳 농가는 대개가 부엌과 방 안이 통해 있으며 방 한구석에 솥을 걸었다. 그리고 그 옆에 시렁을

---

1 가지가 탐스럽고 소복하게 많이 퍼진 어린 소나무.
2 낟알이 붙어 있는 볏단이나 보릿단 따위를 쌓아올린 더미.
3 갈대를 엮어서 만든 자리.
4 물건을 얹어 놓기 위하여 방이나 마루 벽에 두 개의 긴 나무를 가로질러 선반처럼 만든 것.

매곤 하였다.

그가 처음 이곳에 와서는 무엇보다도 방 안이 맘에 안 들고 도야지 굴이나 소 외양간같이 생각되었다. 그리고 어쩌다 손님이 오면 피해 앉을 곳도 없었다. 그러니 멍하니 낯선 손님과도 마주앉지 않으면 안 되게 되었다. 그러나 시일이 차츰 지나니 낯선 남성 손님이 온다더라도 처음같이 그렇게 어색하지는 않았다. 그저 그렁저렁 지낼 만하였다. 그리고 반드시 부뚜막 앞에는 비밀 토굴을 파두는 것이다. 그랬다가 어디서 총소리가 나든지 개소리가 요란스레 나면 온 식구가 그 움 속에 들어가서 며칠이든지 있곤 하였다. 그리고 옷이나 곡식도 이 움에다 넣고서 시재 입는 옷이나 먹을 양식을 조금씩 꺼내 놓고 먹곤 하였다. 말할 것도 없이 보위단이며 마적단 등이 무서워서 이렇게 하곤 하였다.

시렁을 손질한 그는 바구니에 담아 둔 팥을 고르기 시작하였다. 고요한 방 안에 팥알 소리만 재그럭 자르르 하고 났다. 팥알과 팥알로 시선이 옮아지는 그는 눈이 피곤해지며 참새 소리가 한층 더 뚜렷이 들린다. 동시에 저 참새 소리 같이 여러 가지 생각이 순서 없이 생각났다. 내일이라도 파종을 하게 되면 아침 점심 저녁에 몇 말의 쌀을 가져야 할 것, 오늘 봉식이가 팡둥을 만나지 못해서 쌀을 못 가져올 것, 그러나 나무를 팔아서 사라고 한 찬감은 사오겠지….

생각이 차츰 희미해지며 졸음이 꼬박꼬박 왔다. 그는 눈을 부비치고 문밖으로 나오다가 무심히 눈에 뜨인 것은 벽에 매달아 둔 메주였다. '참 메주를 내놓아야겠다.' 하며 바구니를 밖에 내놓고서 메주를 떼어서 문밖에 가지런히 내놓았다. 그리고 그는 비를 들고 메주의 먼지를 쓸어 내었다. 그는 하나하나의 메줏덩이를 들어 보며, '간장이나 서너 동이 빼고 고추장이나 한 단지 담그고…. 그러자면 소금이나 두어 말은 가져야지 소금….' 하며 그는 무의식간 한숨을 푹 쉬었다. 그리고 또다시 고향을 그리며 멍하니 앉아 있었다. '고향서는 소금으로 이를 다 닦았건만… 달이는 데도 소금 한 줌이면 후련하게 내려갔는데.' 하였다. 그가 고향 있을 때는 하도 없는 것이 많으니까 소금 같은 데는 생각이 미치지 못하였는지는 모르나 어쨌든 이곳 온 후부터 그는 소금 때문에 남몰래 운적이 한두 번이 아니었다. 소금 한 말에 이 원 이십 전! 농가에서는 단번에 한 말을 사보지 못한다. 그러니 한 근 두 근 극상 많이 산대야 사오 근에 지나지 못한다. 그러므로 장 같은 것도 단번에 담그지를 못하고 소금 생기는 대로 담그다가도 어떤 때는 메주만 썩여서 장이라고 먹곤 하였다. 장이 싱거우니 온갖 찬이 싱거웠다.

끼니때가 되면 그는 남편의 얼굴부터 살피게 되고 어쩐지 맘이 송구하였다. 남편은 입 밖에 말은 내지 않으나 번번이 얼굴을 찡 그리고 밥술이 차츰 느려지다가 맥없이 술을 놓곤 하는 때가 종종 있었다. 이 모양을 바라보는 그는 입 안의 밥알이 갑자기 돌로 변하는 것을 느끼며 슬며시 술을 놓고 돌아앉았다. 그리고 해종일 들에서 일하다가 들어온 남편에게 등허리에 땀이 훈훈하게 나도록 훌훌 마시게 국물을 만들어 놓지 못한 자기! 과연 자기를 아내라고 할 것일까? 어떤 때 남편은 식욕을 충동시키고자 고춧가루를 한 술씩 떠 넣었다. 그리고는 매워서 눈이 뻘개지고 이맛가에서는 주먹 같은 땀방울이 맺히곤 하였다. '고춧가루는 왜 그리 잡수셔요.' 하고 그는 입이 벌어지다가 가슴이 무뚝해지며 그만 입이 다물어지고 말았다. 동시에 음식을 맡아 만드는 자기, 아아 어떻게 해야 좋을까? 이러한 생각을 되풀이하는 그는 한숨을 땅이 꺼지도록 쉬며 오늘 저녁에는 무슨 찬을 만드나 하고 메주를 다시금 굽어보았다. 그때 신발 소리가 자박자박 나므로 그는 머리를 들었다. 학교에 갔던 봉염이가 책보를 들고 이리로 온다.

"왜 책보 가지고 오니?"

"오늘 반공일이어. 메주 내놨네."

봉염이는 생글생글 웃으며 메주를 들어 맡아 보았다.

"아버지 가신 것 보았니?"

"응. 정팡둥이 왔더라, 어머이."

"팡둥이? 왔디?"

이때까지 그가 불안에 붙들려 있었다는 것을 느끼며 가볍게 한숨을 몰아쉬었다.

"어서 봤니?"

"팡둥 집에서… 저 아버지랑 자×단들이랑 함께 앉아서 뭘 하는지 모르겠더라."

약간 찌푸리는 봉염의 양미간으로부터 옮아 오는 불안!

"팡둥도 같이 앉았디?"

봉염이는 머리를 끄덕이며 무슨 생각을 하고 또다시 생글생글 웃었다. 그리고 책보 속에서 달래를 꺼냈다.

"학교 뒷밭에가 달래가 어찌 많은지."

"한 끼 넉넉하구나."

대견한 듯이 그의 어머니는 달래를 만져 보다가 그중 큰 놈으로 골라서 뿌리를 자르고 한꺼풀 벗긴 후에 먹었다. 봉염이도 달래를

먹으며,

"어머니 나두 운동화 신으면…."

무의식간에 봉염이는 이런 말을 하고도 어머니가 나무랄 것을 예상하며 어머니를 바라보던 시선을 달래 뿌리로 옮겼다. 달래 뿌리와 뿌리 사이로 나타나는 운동화, 아까 용애가 운동화를 신고 참새같이 날뛰던 그 모양!

"쟤는 이따금 미친 수작을 잘해!"

그의 어머니는 코끝을 두어 번 부비치며 눈을 흘겼다. 봉염이는 달래가 흡사히 운동화로 변하는 것을 느끼며 어머니 말에 그의 조그만 가슴이 따가워 왔다.

"어머니는 밤낮 미친 수작밖에 몰라!"

한참 후에 봉염이는 이렇게 종알거렸다. 그리고 용애의 운동화를 바라보고 또 몰래 만져보던 그 부러움이 어떤 불평으로 변하여지는 것을 그는 느꼈다. 그의 어머니는 봉염이를 똑바로 보았다.

"그래, 네 말이 미친 수작이 아니냐. 공부도 겨우 시키는데 운동화, 운동화. 이애 이애 너도 지금 같은 개화 세상에 났기에 그나마 공부도 하는 줄 알아라. 아 우리들 전에 자랄 때에야 뭘 어디가 물 긷고 베짜고 여름에는 김매구 그래두 짚신이나마 어디 고운 것 신어 본다다…. 어미, 애비는 풀 속에 머리들을 밀고 애쓰는데 그런 줄을 모르고 운동화? 배나 곯지 않으면 다행으로 알아. 그런 수작 하랴거든 학교에 가지 마라!"

"뭐 어머이가 학교에 보내우 뭐."

봉염이는 가볍게 공포를 느끼면서도 가슴이 오싹하도록 반항하였다. 그리고 얼굴이 갑자기 화끈하므로 눈을 깜박하였다.

"그래 너의 아버지가 보내면 난 그만두라고 못 할까. 계집애가 왜 저 모양이야. 뭘 좀 안다고 어미 대답만 톡톡 하고, 이애 이놈의 계집애 어미가 무슨 말을 하면 잠잠하고 있는 게 아니라 톡톡 무슨 아가리질이냐! 그래 네 수작이 옳으냐? 우리는 돈 없다. 너 운동화 사줄 돈이 있으면 봉식이 공부를 더 시키겠다야."

봉염이는 분김에 달래만 자꾸 먹고 나니 매워서 못 견딜 지경이다. 그리고 눈에는 약간의 눈물이 비쳤다.

"왜 돈 없어요, 왜 오빠 공부 못 시켜요!"

그 순간 봉염의 머리에는 선생님이 하던 말이 번개같이 떠오른다. 그리고 그의 가슴이 터질 듯이 끓어오르는 불평을 어머니에게 토할 것이 아님을 깨달았다. 그러나 아무것도 모르고 딸만 그르게 생각하고 덤비는 그의 어머니가 너무도 가엾었다. 그의 어머니는 하도 어이가 없어서 멍하니 봉염이를 바라보았다. 동시에 없으면 딴 남은 그만두고라도 제 속으로 나온 자식들한테까지도 저런 모욕을 받나 하는 노여운 생각이 들며 이때까지 가난에 들볶이던 불평이 눈등이 뜨겁도록 치밀어 올라온다.

"왜 돈 없는지 내가 아니. 우리 같은 거지들에게 왜 태어났니, 돈 많은 사람들에게 태어나지. 자식! 흥 자식이 다 뭐야!"

어머니의 언짢아하는 모양을 바라보는 봉염이는 작년 가을 타작마당이 얼핏 떠오른다. 그때 여름내 농사지은 벼를 팡둥에게 전부 빼앗긴 그때의 어머니! 아버지! 지금 어머니의 얼굴빛은 그때와 꼭 같았다. 그리고 아무 반항할 줄 모르는 어머니와 아버지! 불쌍함이 지나쳐서 비굴하게 보이는 어머니!

"어머니, 왜 돈 없는 것을 알아야 해요. 운동화는 왜 못 사줘요.

오빠는 왜 공부 못 시켜요!"

그는 이렇게 말해 가는 사이에 그가 운동화를 신고 싶어 한 것이 잘못이 아니라는 것을 깨달았다. 그리고 무심하게 들어 두었던 선생님의 말이 한 가지, 두 가지 문득문득 생각났다.

"이애 이년의 계집애 왜 돈 없어. 밑천 없어 남의 땅 붙이니 없지. 내 땅만 있으면…"

여기까지 말했을 때 그는 가슴이 뜨끔해지며 말문이 꾹 막혔다.

그리고 또다시 솔밭 옆에 가졌던 그 밭이 떠오르며 그는 눈물이 쏙 비어졌다. 그리고 금방 그 밭을 대하는 듯 눈물 속에 그의 머리가 아룽아룽 보이는 듯 보이는 듯하였다.

그때 가볍게 귓가를 스치는 총소리! 그들 모녀는 눈이 둥그래져서 일어났다. 짚 낟가리 밑에서 졸던 검둥이가 어느덧 그들 앞에 나타나 컹컹 짖었다.

유랑

그들은 마적단과 공산당을 번갈아 머리에 그리며 건너 마을을 바라보았다. 이 마을 저 마을에서 개 짖는 소리가 그들로 하여금 한층 더 불안을 갖게 하였다. 그리고 아까까지도 시원하던 바람이 무서움으로 변하여 그들의 옷가를 가볍게 스친다.

"이애 너 아버지나 어서 오셨으면… 왜 이러고 있누. 무엇이 온 것 같은데, 어쩐단 말여."

봉염의 어머니는 거의 울상을 하고 가만히 서 있지를 못하였다. 총소리는 연달아 건너왔다. 그들은 무의식간에 방 안으로 쫓기어 들어왔다. 이제야말로 건너 마을에는 무엇이든지 온 것이 확실하였다. 그리고 몇몇의 사람까지도 총에 맞아 죽었으리라 하였다. 이렇게 생각하고 나니 봉염의 어머니는 속에서 불길이 화끈화끈 올라와서 견딜 수가 없었다. 그러면서도 감히 방문 밖에까지 나오지는 못하였다. 무엇들이 이리로 달려오는 것만 같았던 것이다.

"어쩌누? 어쩌누? 봉식이라도 어서 오지 않구."

그는 벌벌 떨면서 이렇게 중얼거렸다. 암만해도 남편이 무사할 것 같지 않았던 것이다. 더구나 팡둥과 같이 남편이 앉았다가 아까 그 총소리에 무슨 일을 만났을 것만 같았다.

"이애 너 아버지가 팡둥과 함께 앉았디? 보았니?"

그는 목에 침이라고는 하나도 없고 가슴이 답답해 왔다. 봉염이도 풀풀 떨면서 말은 못 하고 눈으로 어머니에게 대답을 하였다. 그때 멀리서 신발 소리 같은 것이 들려오므로 그들은 부엌 구석의 토굴로 뛰어 들어가서 감자 마대 뒤에 꼭 붙어 앉았다. 무엇이 자기들을 죽이려고 이리 오는 것만 같았다.

한참 후에

"어머니!"

라고 부르는 봉식의 음성에 그들은 겨우 정신을 차리고 마주 아우성을 치고도 얼른 밖으로 나오지를 못하였다. 그들은 움 밖에까지 나왔을 때 또다시 우뚝 섰다. 그것은 봉식이가 전신에 피투성이를 했으며 그 옆에 금방 내려 넌 듯한 아버지의 목에서는 선혈이 샘처럼 흘렀다.

그의 어머니는

"아!"

소리를 지르고 그 자리에 팔싹 주저앉았다. 그 다음 순간부터 그는 바보가 되어 멍하니 바라만 볼 뿐이었다. 봉식이는 어머니를 보며 안타까운 듯이,

"어머니는 왜 그러구만 있어요. 어서 이리 와요."

봉염이가 곧 어머니의 팔을 붙들었으나 그는 일어나다가 도로 주저앉으며,

"너 아버지, 너 아버지."

하고 중얼거릴 뿐이었다. 그 밤이 거의 새어 올 때에야 봉염의 어머니는 겨우 정신을 차리고 목을 내어 '어이어이' 하고 울었다.

"넌 어찌 아버지를 만났니. 그때는 살았더냐. 무슨 말을 하시디?"

봉식이는 입이 쓴 듯이 입맛만 쩍쩍 다시다가,

"살 게 머유!"

대답을 기다리는 어머니의 모양이 난처하여 이렇게 소리치고 나서 한숨을 후 쉬었다. 그리고 항상 아버지가 팡둥과 자×단원들에게 고맙게 구는 것이 어쩐지 위태위태한 겁을 먹었더니만 결국은 저렇게 되고야 말았구나 하였다. 아버지 생전에 이 문제를 가지고 부자가 서로 언쟁까지도 한 일이 있었으나 끝끝내 아버지는 자기의 뜻을 세웠다. 그보다 그의 입장이 그로 하여금 그렇게 하지 않고는 견디지 못하게 하였던 것이다.

아버지 생전에는 봉식이도 아버지를 그르다고 백번 생각했지만 막상 아버지가 총에 맞아 넘어진 것을 용애 아버지에게 듣고 현장

에 달려가서 보았을 때는 어쩐지 '너무들 한다!' 하는 분노와 함께 누가 그르고 옳은 것을 분간할 수 없이 머리가 아뜩해지곤 하였다.

이튿날 아버지의 장례를 지낸 봉식이는 바람이나 쏘이고 오겠노라고 어디로인지 가버리고 말았다. 모녀는 봉식이가 오늘이나 내일이나 하고 돌아오기를 손꼽아 기다리나, 그 봄이 다 지나도 돌아오기는 고사하고 소식조차 끊어지고 말았다. 그래서 그들은 기다리다 못해서 봉식이를 찾아 떠났다. 월여를 두고 이리저리 찾아다니나 그들은 봉식이를 만나지 못하였다. 마침내 그들은 용정까지 왔다. 그것은 전에 봉식이가

"고학이라도 해서 나두 공부를 좀 해야지."

하고 용정에 들어왔다 나올 때마다 투덜거리던 생각을 하여 행여나 어느 학교에나 다니지 않는가 하였던 것이다. 그러나 그들 모녀가 학교란 학교 뜰에는 다 가서 기웃거리나 봉식이 비슷한 학생조차 만나지 못하였다. 그들이 마지막으로 소학교까지 가보고 돌아설 때 봉식이가 끝없이 원망스러운 반면에 죽지나 않았는지? 하는 불안에 발길이 보이지를 않았다. 더구나, 이젠 어디로 갔나? 어디 가서 몸을 담아 있나? 오늘 밤이라도 어디서 자나? 이것이 걱정이요, 근심이 되었다.

해가 거의 져 갈 때 그들은 팡둥을 찾아갔다. 그들이 용정에 발길을 돌려놓을 때부터 팡둥을 생각하였다. 만일에 봉식이를 찾지 못하게 되면 팡둥이라도 만나서 사정하여 봉식이를 찾아 달라고 하리라 하였던 것이다. 그들이 큰 대문을 둘이나 지나서 들어가니 마침 팡둥이 나왔다.

"왔소. 언제 왔소?"

팡둥은 눈을 크게 뜨고 반가운 뜻을 보이었다. 봉염의 어머니는 그의 반가워하는 눈치를 살피자 찾아온 목적을 절반이나마 성공한 듯하여 한숨을 남몰래 몰아쉬었다. 팡둥은 봉염의 머리를 내려쓸었다.

"그새 어디 갔어. 한 번 갔어. 없어 섭섭했어."

"봉식이를 찾아 떠났어요. 봉식이가 어디 있을까요?"

봉염의 어머니는 가슴을 두근거리며 팡둥을 쳐다보았다.

"봉식이 만나지 못했어. 모르갔소."

팡둥은 알까 하여 맥없이 그의 입술을 쳐다보던 그는 머리를 숙였다. 팡둥은 그들 모녀를 데리고 방으로 들어갔다. 캉[5](坑)에 있는 팡둥의 아내인 듯한 젊은 부인은 모녀와 팡둥을 번갈아 쳐다보며 의심스러운 눈치를 보이었다. 팡둥은 한참이나 모녀를 소개하니 그제야 팡둥 부인은,

"올라앉어요."

하고 권하였다. 팡둥은 차를 따라 권하였다.

가벼운 차 내를 맡으며 모녀는 방 안을 슬금슬금 돌아보았다. 방 안은 시원하게 넓으며 캉이 좌우로 있었다. 캉 아래는 빛나는 돌로 깔리었으며 저편 창 앞에는 대리석으로 만든 테이블이 놓였고 그 위에는 검은 바탕에 오색 빛나는 화병 한 쌍을 중심으로 작고 큰 시계며 유리 단지에 유유히 뛰노는 금붕어 등 기타 이름 모를 기구들이 테이블 무겁도록 실리어 있다. 창 위 벽에는 팡둥의 사진을 비롯하여 가족들의 사진이며 약간 빛을 잃은 가화들이 어

---

5 '구들'의 옛말.

지럽게 꽂히었다. 그리고 테이블에서 뚝 떨어져 있는 이편 벽에는 선 굵은 불타의 그림이 조는 듯하고 맞은편에는 문짝 같은 체경[6]이 온 벽을 차지했으며 창문 밖 저편으로는 화단이 눈가가 서늘하도록 푸르렀다.

그들은 어떤 별천지에 들어온 듯 정신이 얼얼하였다. 그리고 그들의 초라한 모양에 새삼스럽게 더 부끄러운 생각이 들며 맘 놓고 숨 쉬는 수도 없었다.

팡둥은 의자에 걸어앉으며 궐련[7]을 붙여 물었다.

"여기 친척 있어?"

봉염의 어머니는 머리를 들었다.

"없어요."

이렇게 대답하는 그는 팡둥이 어째서 친척의 유무를 묻는 것인지 생각할 때 전신에 외로움이 훨씬 끼친다. 동시에 팡둥을 의지하려고 찾아온 자신이 얼마나 가엾은가를 느끼며 팡둥의 어깨 너머로 보이는 화단을 물끄러미 바라보았다. 신록에 무르익은 저 화단! 그는 얼핏, 밭에 조 싹도 이젠 퍽이나 자랐겠구나! 김매기 바쁠 테지 내가 웬일이야 김도 안 매구. 가을에는 뭘 먹고 사나 하는 걱정이 불쑥 일었다. 그리고 시선을 멀리 던졌을 때 티 없이 맑게 갠 하늘이 마치 밀리 논물을 바라보는 듯 문득 그들이 부치던 논이 떠오른다.

'논귀까지 가랑가랑하도록 올라온 그 논물! 벼 포기도 퍽이나 자랐을 게다!' 하며 다시 하늘을 쳐다보았을 때 그 하늘은 벼 포

───────────────────

6 몸 전체를 비추어 볼 수 있는 큰 거울. ≒ 몸거울.
7 얇은 종이로 가늘고 길게 말아 놓은 담배. ≒ 권연초·궐련초.

기 사이를 헤치고 깔렸던 그 하늘이 아니었느냐! 그 사이로 털이 푸르르한 남편의 굵은 다리가 철버덕철버덕 거닐지 않았느냐! 그는 가슴이 뜨끔해지며 다시 광둥을 보았다. '남편을 오라고 하여 함께 앉았던 저 광둥은 살아서 저렇게 있는데 그는 어찌하여 죽었는가.' 하며 이때껏 참았던 설움이 머리가 무겁도록 올라왔다.

"친척 없어. 어디 왔어?"

광둥은 한참 후에 이렇게 채쳐 물었다. 목구멍까지 빠듯하게 올라온 억울함과 외로움이 광둥의 말에 눈물로 변하여 술술 떨어진다. 그는 맥없이 머리를 떨어뜨리며 치맛귀를 쥐어다 눈물을 씻었다. 곁에 앉은 봉염이도 어머니를 보자 눈물이 글썽글썽해졌다. 모녀를 바라보는 광둥은 난처하였다. 지금 저들의 눈치를 보니 자기에게 무엇을 얻으러 왔거나 그렇지 않으면 자기 집을 바라고 온 것임을 시간이 지날수록 깨달았다. 그는 불쾌하였다. 저들을 오늘로라도 보내려면 돈이라도 몇 푼 집어 줘야 할 것을 느끼며 '당분간 집에서 일이나 시키며 두어둬 볼까?' 하는 생각이 어렴풋이 들었다. 광둥은 약간 웃음을 띠었다.

"친척 없어. 우리 집 있어. 봉식이가 찾아왔어, 갔어, 응."

광둥의 입에서 떨어지는 아들의 이름을 들으니 그는 원망스러움과 그리움 외로움이 한데 뭉치어 견딜 수가 없었다. 그리고 광둥의 말과 같이 봉식이가 언제든지 나를 찾아오려나, 그렇지 않으면 제 아버지와 같이 어디서 어떤 놈에게 죽음을 당해서 다시는 찾지 않으려나? 하는 의문이 들며 흑흑 느껴 울었다.

그 후부터 모녀는 광둥 집에서 일이나 해 주고 그날그날을 살아갔다. 광둥은 날이 갈수록 그들에게 친절하게 굴었다. 그리고 어떤 때는 밤이 오래도록 그들이 있는 방에 나와서 이런 이야기 저런 이야기를 하여 주며 때로는 옷감이나 먹을 것 같은 것도 사다 주었다. 그때마다 봉염의 어머니는 감격하여 밤 오래도록 잠들지 못하곤 하였다.

팡둥의 아내가 친정집에 다니러 간 그 이튿날 밤이다. 그는 팡둥의 아내가 말라 놓고 간 팡둥의 속옷을 재봉침하였다. 팡둥의 아내가 언제 올는지는 모르나 어쨌든 그가 오기 전에 말라 놓는 일을 다 해야 그가 돌아와서 만족해 할 것이다. 그러므로 그는 밤잠을 못 자고 미싱을 돌렸다. 그는 이 집에 와서야 미싱을 배웠기 때문에 아직도 서툴렀다. 그래서 그는 바늘이 부러질세라 기계에 고장이 생길세라 여간 조심이 되지를 않았다.

저편 팡둥 방에서 피리 소리가 처량하게 들려 왔다. 팡둥은 밤만 되면 저렇게 피리를 불거나 그렇지 않으면 깡깡이를 뜯었다. 깡깡이 소리는 시끄럽고 때로는 강아지가 문짝을 할퀴며 어미를 부르는 듯하게 차마 듣지 못 할만큼 귓가가 간지러웠다. 그러나 저 피리 소리만은 그럴듯하게 들리었다.

일감을 밟고 씩씩하게 달아오는 바늘 끝을 바라보는 그는 한숨을 후 쉬며,

"봉식아 너는 어째서 어미를 찾지 않느냐."

하고 중얼거렸다. 그는 언제나 봉식이를 생각하였다. 낯선 사람이 이 집에 오는 것을 보면 행여 봉식의 소식을 전하려나 하여 그 사람이 돌아갈 때까지 주의를 게을리하지 아니했다.

그러나 이렇게 기다리는 보람도 없이 그날도 그날 같이 봉식의 소식은 막막하였다. 팡둥은 그들에게 고맙게 구나 팡둥의 아내는

종종 싫은 기색을 완연히 드러내었다. 그때마다 그는 봉식을 원망하고 그리워하며 운 적이 한두 번이 아니었다. 아무래도 장래까지는 이 집을 바라지 못할 일이요, 어디로든지 가야 할 것을 그는 날이 갈수록 느꼈다. 그러나 마음만 초조할 뿐이요, 어떻게 하는 수는 없었다. 그는 이러한 생각을 되풀이하며 팡둥의 아내가 없는 사이 팡둥 보고 '집세나 하나 얻어 달라고 해볼까?' 하며 피리를 불고 앉았을 팡둥의 뚱뚱한 얼굴을 그려 보았다. 그러나 '어찌 그런 말을 해, 집세를 얻는다더라도 무슨 그릇들이 있어야지. 아무것도 없이 살림을 어떻게 하누.' 하며 등불을 물끄러미 바라보았다.

어느덧 피리 소리도 그치고 사방은 고요하였다. 오직 들리느니 잠든 봉염의 그윽한 숨소리뿐이다. 그는 등불을 휩싸고 악을 쓰고 날아드는 하루살이 떼를 보며 문득 남편의 짧았던 일생을 회상하였다. '그렇게 살고 말 것을 반찬 한번 맛있게 못 해 주었지, 고춧가루만 땀이 나도록 먹구 참…. 여기는 왜 소금 값이 그리 비쌀까? 그래도 이 집은 소금을 흔하게 쓰두면. 그게야 돈 많으니 자꾸 사오니까 그렇겠지. 돈? 돈만 있으면 뭐든지 다 할 수가 있구나. 그 비싼 소금도 맘대로 살 수가 있는 돈, 그 돈을 어째서 우리는 모으지 못했는가.' 하였다.

그때 신발 소리가 자박자박 나더니 문이 덜거덕 열린다. 그는 놀라 획근 돌아보았다. 검은 바지에 흰 적삼을 입은 팡둥이 빙그레 웃으며 들어온다. 그는 얼른 일어나며 일감을 한 손에 들었다.

"앉아서 일만 했어?"

팡둥의 시선은 그의 얼굴로부터 일감으로 옮긴다. 그는 등불 곁으로 다가앉으며 팡둥 보고 '이 말을 할까 말까? 집세 하나 얻어

주시오.' 하고 금방 입술 사이로 흘러나오려는 것을 참으며 팡둥의
기색을 흘금 살피었다.

"누구 옷이야? 내 해야?"

팡둥은 일감 한끝을 쥐어 보다가,

"내 해야… 배고프지 않아? 우리 방에 나가 차물도 먹고 과자도
먹구. 응, 나갔어."

일감을 잡아당긴다. 그는 전 같으면 얼른 팡둥의 뒤를 따라 나
갈 터이나 팡둥의 아내가 없는 것만큼 주저가 되었다.

"배고프지 않아요."

이렇게 말하는 그는 웬일인지 눈썹 끝에 부끄럼이 사르르 지나
친다. 팡둥은 일감을 획 빼앗았다.

"가, 응. 자 어서 어서."

그는 일감을 바라보며 어째야 좋을지 몰랐다. 그리고 이 기회를
타서 집세를 얻어 달라고 할까 말까 할까….

"안 가?"

팡둥은 일어서며 아까와는 달리 언성을 높인다. 그는 가슴이 선
득해서 얼른 일어났다. 그러나 비쭉비쭉 나가는 팡둥의 살찐 뒷덜
미를 보았을 때 싫은 생각이 부쩍 들었다. 그리고 발길이 떨어지
지를 않았다. 문밖을 나가던 팡둥은 획근 돌아보았다. 그 얼굴은
무어라고 형용할 수 없는 무서움을 띠었다. 그는 맥없이 캉을 내
려섰다. 그리고 잠든 봉염이를 바라보았을 때 소리쳐 울고 싶도록
가슴이 답답하였다.

해산

　이듬해 늦은 봄 어느 날 석양이다. 봉염의 어머니는 바느질을 하다가 두 눈을 부비치며 방문을 바라보았다. 빨간 문 위에 처마 끝 그림자가 뚜렷하다. '오늘은 팡둥이 오려나 대체 어딜 가서 그리 오래 있을까?' 그는 또다시 생각하였다. 팡둥의 아내만 대하면 그는 묻고 싶은 것이 이 말이었다. 그러나 언제든지 새초롬해서 있는 그의 기색을 살피다가는 그만 하려던 말을 줄이치고 말았다. 그리고 '이렇게 석양이 되면 오늘이나 오려나?' 하고 가슴을 졸였다.

　팡둥이 온대야 그에게 그리 기쁠 것도 없건만, 어쩐지 그는 팡둥이 기다려지고 그리웠다. '오면 좋으련만…. 이번에는 꼭 말을 해야지. 무어라구?' 그 다음 말은 생각나지 않고 두 귀가 화끈 단다. 어떻거나 그도 짐작이나 할까? 하기는 뭘 해 남정들이 그러니 그렇게 내게 하리…. 그는 팡둥의 얼굴을 머리에 그리며 원망스러운 듯이 바라보았다.

　그날 밤 후로는 팡둥의 태도가 아무리 좋게 해석해도 냉랭해진 것만 같았다. 처음에는 점잖으신 어른이고 더구나 성미 까다로운 아내가 곁에 있으니 저러나 보다 하였으나 시일이 지날수록 원망스러움이 약간 머리를 들었다. 반면에 끝없는 정이 보이지 않는 줄을 타고 팡둥에게로 자꾸 쏠리는 것을 그는 느꼈다. 그는 한숨을 '후-' 쉬며 이맛가에 흐르는 땀을 씻었다. 언제나 자기도 팡둥을 대하여 '주저 없이 말도 건네고 사랑을 받아 볼까?' 생각만이라도 그는 진저리가 나도록 좋았다. 그러나 자기 주위를 둘러싸고 있는 모든 환경을 깨닫자 그는 울고 싶었다. 그리고 팡둥의 아내가 끝없이 부러웠다. 그는 시름없이 머리를 숙이며 원수로 애는 왜 배었는지 하며 일감을 들었다.

바늘 끝에서 떠오르는 그날 밤. 그날 밤의 팡둥은 성난 호랑이같이도 자기에게 덤벼들지 않았던가. 자기는 너무 무섭고도 두려워서 방 안이 캄캄하도록 늘인 비단 포장을 붙들고 죽기로써 반항하다가도 못 이겨서 애를 배게 되지 않았던가. 생각하면 자기의 죄 같지는 않았다. 그런데 왜 자기는 선뜻 팡둥에게 이 말을 하지 못하는가. 그리고 그렇게 먹고 싶은 냉면도 못 먹고 이때까지 참아 왔던가.

모두가 자기의 못난 탓인 것 같다. '왜 말을 못 해, 왜 주저해, 이번에는 말할 테야. 꼭 할 테야. 그리고 냉면도 한 그릇 사다 달라지.' 하며 그는 눈앞에 냉면을 그리며 침을 꿀꺽 삼켰다. 그러나 이 생각은 헛된 공상임을 깨달으며 한숨을 푸 쉬면서도 픽 하고 웃음이 나왔다. 모든 난문제가 산과 같이 자기를 둘러싸고 있거늘 어린애같이 먹고 싶은 생각부터 하는 자신이 우습고도 가련해 보였던 것이다. 그러나 먹고 싶은 것은 어쩔 수 없다. 목이 가렵도록 먹고 싶다. 냉면만 생각하면 한참씩은 안절부절못할 노릇이다.

그가 뱃속에 애 든 것을 알게 되었을 때, 유산시키려고 별짓을 다하여 보았다. 배를 쥐어박아도 보고 일부러 칵 넘어지기도 하며 벽에다 배를 대고 탕탕 부딪쳐도 보았다. 그러고도 유산이 되지를 않아서 나중에는 양잿물을 마시려고 캄캄한 밤중에 그 몇 번이나 일어앉았던가. 그러면서도 그 순간까지도 냉면은 먹고 싶었다. 누가 곁에다 감추고서 주지 않는 것만 같았다. 그렇게 먹고 싶은 냉면을 못 먹어 보고 죽는다는 것은 너무나 애달픈 일이다.

더구나 봉염이를 생각하고는 그만 양잿물 그릇을 쏟치고 말았던 것이다. 삭수가 차올수록 그는 어쩔 줄을 몰랐다. 우선 남의 눈에 들키지나 않으려고 끈으로 배를 꽁꽁 동이고 밥도 한두 끼니는 예사로 굶었다. 그리고 될 수 있는 대로 사람을 피하여 이렇게 혼자 일을 하곤 하였다.

그때 '지르릉' 하는 이십오세(馬車)소리에 그는 머리를 번쩍 들었다. 팡둥 방에서 뛰어나가는 신발 소리가 나더니 '바바! 바바!' 하고 팡둥의 어린애들이 떠드는 소리가 들린다. 그는 '왔구나!' 하였다. 따라서 가슴이 후닥닥 뛰며 뱃속의 애까지 빙빙 돌아간다. 그는 치마 주름이 들썩들썩하는 것을 보자 배를 꾹 눌렀다. 신발 소리가 이리로 오므로 그는 얼른 일어났다. 그리고 팡둥이 혹시 나를 보러 오는가 하였다.

"어머이, 팡둥 왔어. 그런데 팡둥이 어머이를 오래."

봉염이는 문을 열고 들여다본다. 그는 팡둥이 아님에 다소 실망을 하면서도 안심되었다. 그러나 팡둥이 자기를 보겠다고 오라는 말을 들으니 부끄럼이 확 끼치며 알 수 없는 겁이 더럭 났다. 그리고 말을 할 수 없이 입이 다물어지며 손발이 후들후들 떨린다.

"어머이, 어디 아파?"

봉염이는 중국 계집애같이 앞 머리카락을 보기 좋게 잘랐다. 그는 머리카락 사이로 눈을 동그랗게 뜨고 어머니를 말똥히 쳐다본다. 그는 딸에게 눈치를 보이지 않으려고 머리를 돌리며,

"아니."

봉염이는 한참이나 무슨 생각을 하더니,

"어머이, 팡둥이 성난 것 같아, 왜."

"왜, 어쩌더냐?"

"아니, 글쎄 말야."

봉염이는 솥 가에서 닳아져서 보기 싫게 된 그의 손톱을 들여다보면서 아까 팡둥의 얼굴을 생각하였다. 그때 팡둥의 아내 소리가 '빽' 하고 났다.

"뭣들 하기 그러고 있어. 어서 오라는데."

심상치 않은 그의 언성에 그들은 일시에 불길한 예감을 품으면서 팡둥 방으로 왔다. 팡둥은 어린애를 좌우로 안고서 모녀를 바라보았다. 그리고 잠깐 눈살을 찌푸리며 눈을 거칠게 뜬다. 팡둥의 아내는 입을 비쭉하였다.

"흥, 자식을 얼마나 잘 두었기에 애비 원수인 공산당에 들었을까. 그런 것들은 열 번 죽여도 좋아. 우리는 공산당 친척은 안 돼. 공산당과는 우리는 원수야. 오늘부터는 우리집에 못 있어. 나가야지."

모녀를 딱 쏘아본다. 모녀는 갑자기 무슨 말인지를 알아들을 수가 없었다. 그리고 머리가 어찔어찔해 왔다.

"이번 쟝꿰디가 국자가 가서 네 오빠 죽이는 것을 보았단다."

모녀는 어떤 쇠방망이로 머리를 사정없이 후려치는 듯 아뜩하였다. 한참 후에 봉염의 어머니는 팡둥을 바라보았다. 팡둥은 그의 시선을 피하여 어린애를 보면서도 그 말이 옳다는 뜻을 보이었다. 그는 한층 더 아찔하였다. 그 애가 참말인가 하고 그는 속으로 부르짖었다.

"어서 나가! 만주국에서는 공산당을 죽이니깐."

팡둥의 아내는 귀걸이를 흔들면서 모녀를 밀어내었다. 모녀는 암만 그들이 그래도 그 말이 참말 같지 않았다. 그리고 속 시원히 팡둥이 말을 해 주었으면 하였다. 팡둥은 그들을 바라보자 곧 불쾌하였다. 그날 밤 그의 만족을 채운 그 순간부터 어쩐지 발길로 그의 엉덩이를 냅다 차고 싶게 미운 것을 느꼈다. 그 다음부터 그는 봉염의 어머니와 마주 서기를 싫어하였다. 그러나 살림에 서투른 젊은 아내를 둔 그는 그들을 내보내면 아무래도 식모든지 착실한 일꾼이든지를 두어야겠으니 그러자면 먹여 주고도 돈을 주어야 할 터이므로 오늘내일 하고 이때까지 참아 왔던 것이다. 보다도 내보낼 구실 얻기가 거북하였던 것이다.

그러던 차에 이번 국자가에서 봉식이 죽는 것을 보고서는 곧 결정하였다. 무엇보다도 공산당의 가족이니만큼 경비대원들이 나중에라도 알면 자신에게 후환이 미칠까 하는 생각이었고 또 하나는 자기가 극도로 공산당을 미워하느니 만큼 공산당이라는 말만 들어도 소름이 끼쳐서 못 견디었던 것이다.

아내에게 밀리어 문밖으로 나가는 모녀를 바라보는 팡둥은 봉식의 죽던 광경이 다시 떠오른다. 친구와 교외에 나갔다가 공산당을 죽인다는 바람에 여러 사람의 뒤를 따라가서 들여다보니 벌써 십여 명의 공산당을 죽이고 꼭 하나가 남아 있었다. 그는 '좀 더 빨리 왔더면.' 하고 후회하면서 사람들의 틈을 뻐개고 들어갔다. 마침 경비대에게 끌리어 한가운데로 나앉은 공산당은 봉식이가 아니었느냐! 그는 자기 눈을 의심하고 몇 번이나 눈을 부비친 후에 보았으나 똑똑한 봉식이었다. 전보다 얼굴이 검어지고 거칠게 보이나마 봉식이었다. 그는 기침을 '칵' 하며 봉식이가 들으리만큼 욕을 하였다. 그리고 행여 봉식이가 돈을 벌어 가지고 어미를 찾아오면 자기의 생색도 나고 다소 생각함이 있으리라고 하였던 것이 절망이 되었다.

누런 군복을 입은 경비대원 한 사람은 시퍼런 칼날에 물을 드르르 부었다. 그러나 물방울이 진주같이 흐른 후에 칼날은 무서우리만큼 빛났다. 경비대원은 칼날을 들여다보며 슴벅 웃는다. 그리고 봉식이를 바라보았다. 봉식이는 얼굴이 새하얗게 질리고도 기운 있게 버티고 있었다. 그리고 입모습에는 비웃음을 가득히 띠고 있다. 팡둥은 그 웃음이 여간 불쾌하지 않았다. 그리고 어느 때인가 공산당에게 위협을 당하던 그 순간을 얼핏 연상하며 봉식이가 확실히 공산당이라는 것을 의심하지 않았다. 그러자 칼날이 번쩍할 때 봉식이는 소리를 버럭 지른다. 어느새 머리는 땅에 떨어지고 선혈이 솨 하고 공중으로 뻗칠 때 사람들은 냉수를 잔등에 느끼며 흠칫 물러섰다.

생각만이라도 팡둥은 소름이 끼치어서 어린애를 꼭 껴안으며 어서 모녀가 눈에 보이지 않기를 바랐다. 모녀는 문밖에까지 밀리어 나오고도 팡둥이가 따라 나오며 말리려니 하였다. 그러나 그들이 보따리를 가지고 대문을 향할 때까지 팡둥은 가만히 있었다. 봉염의 어머니는 노염이 치받치어 획 돌아서서 유리창을 통하여 바라보이는 팡둥의 뒷덜미를 노려보았다. 미친 듯이 자기를 향하여 덤벼들던 저 팡둥이 그가 무어라고 소리를 지르려고 할 때, 팡둥의 아내와 웬 알지 못할 사나이가 그를 돌려세우며 그들을 밖으로 내몰았다.

그들은 정신없이 시가를 벗어나 해란강변으로 나왔다. 강물이 앞을 막으니 그들은 우뚝 섰다. '어디로 가나?' 하는 생각이 분에 흩어졌던 그들의 생각을 집중시켰다. 그들은 눈을 들었다. 해는 뉘엿뉘엿 서산에 걸렸는데 저 멀리 보이는 마을 앞에 둘러선 버들 숲은 흡사히도 그들이 살던 싼더거우(三頭溝) 앞에 가로 놓였던 그 숲과도 같았다. 그곳에는 아직도 남편과 봉식이가 있을 것만 같았다. 그러나 다시 한번 눈을 부비치고 보았을 때 봉염의 어머니는 털썩 주저앉았다. 그리고 소리 높이 흐르는 강물을 들여다보며 그만 죽고 말까 하였다.

동시에 이때까지 거짓으로만 들리던 봉식의 죽음이 새삼스럽게 더 걱정이 되며 가슴이 쪼개지는 듯하였다. 그러나 그 말은 믿고 싶지 않았다. 봉식이는 똑똑한 아이다. 그러한 아이가 애비 원수인 공산당에 들었을 리가 없을 듯하였다. 그것은 자기 모녀를 내보내려는 거짓말이다.

"죽일 년, 그년이 내 아들을 공산당이라구. 에이 이 년놈들, 벼락 맞을라. 누구를 공산당이래… 너희 놈들이 그리고 뒈질 때가 있을라. 누구를 공산당이래."

봉염이 어머니는 시가를 돌아보며 이를 북북 갈았다. 시가에는 수 없는 벽돌집이 다닥다닥 붙어 앉았다. 저렇게 많은 집이 있건만 지금 그들은 몸담아 있을 곳도 없어 이리 쫓기어 나오는 생각을 하니 기가 꽉 찼다. 그리고 저자들은 모두가 팡둥 같은 그런 무서운 인간들이 사는 것 같아 보였다. 이렇게 원망스러우면서도 이리로 나오는 사람만 보이면 행여 팡둥이가 나를 찾아 나오는가 하여 가슴이 뜨끔해지곤 하였다.

어스름 황혼이 그들을 둘러쌀 때에 그들은 더욱 난처하였다. 봉염이는 훌쩍훌쩍 울면서,

"오늘 밤은 어데서 자누, 어머이?"

하였다. 그는 순간에 팡둥 집으로 달려들어 가서 모조리 칼로 찔러 죽이고 자기들도 죽고 싶은 충동이 강하게 일어났다. 그래서 그는 벌떡 일어났다. 그러나 그의 앞으로 끝없이 길어 나간 대 철로를 바라보았을 때 소식 모르는 봉식이가 어미를 찾아 이 길로 터벅터벅 걸어올 때가 있지 않으려나…. 그리고 또다시 팡둥의 말과 같이 아주 죽어서 다시는 만나지 못하려나 하는 의문에 그는 소리쳐 울고 싶었다. '속 시원히 국자가를 가서 봉식의 소식을 알아볼까? 그러자. 그 후에 참말이라면 모조리 죽이고 나도 죽자!' 이렇게 결심하고 어정어정 걸었다.

그날 밤 그들은 해란강변에 있는 중국인 집 헛간에서 자게 되었다. 그것도 모녀가 사정을 하고 내일 시장에 내다 팔 시금치나물과 파 등을 다듬어 주고서 승낙을 받았다. 봉염의 어머니는 밤이 깊어 갈수록 배가 자꾸 아팠다. 그는 애가 나오려나 하고 직각하면서 봉염이가 잠들기를 고대하였다. 그러나 잠이 많던 봉염이도 오늘은 잠들지 않고 팡둥 부처를 원망하였다. 그리고 이때까지 몸 아끼지 않고 일해 준 것이 분하다고 종알종알하였다.

"용애는 잘 있는지. 우리 학교는 학생이 많은지."

잠꼬대 비슷이 봉염이는 지껄이다가 그만 잠이 들고 만다. 그의 어머니는 한숨을 후 쉬며 어서 봉염이가 잠든 틈을 타서 나오면 얼른 죽여서 해란강에 띄우리라 결심하였다.

그리고 배를 꾹꾹 눌렀다. 바람 소리가 후루루 나더니 빗방울이 후두두 떨어진다. 그는 되기 딴은 잘되었다 하였다. 이런 비 오는 밤에 아무도 몰래 애를 낳아서 죽이면 누가 알랴 싶었던 것이다. 그리고 그는 봉염의 몸을 어루만지며 낡은 옷으로 그의 머리까지 푹 씌워 놨다. 비는 출출 새기 시작하였다.

그는 봉염이가 비에 젖었을까 하여 가만히 그를 옮겨 누이고 자기가 비 새는 곳으로 누웠다. 비는 차츰 기세를 더하여 좍좍 퍼부었다. 그리고 그의 몸도 점점 더 아팠다.

그는 봉염이가 깰세라 하여 입술을 깨물고 신음소리를 밖에 내지 않으려고 애썼다. 그러나 신음소리가 콧구멍을 뚫고 불길같이 확확 내달았다. 그리고 빗방울은 그의 머리카락을 타고 목덜미로 입술로 새어 흐른다.

"어머이!"

봉염이는 벌떡 일어나서 어머니를 더듬었다.

"에그 척척해."

어머니의 몸을 만지는 그는 정신이 펄쩍 들었다. 그리고 비가 오는 것을 알았다.

"비가 새네, 아이고 어떡허나."

딸의 말소리도 이젠 들리지 않고 딸이 들을세라 조심하던 신음소리도 더 참을 수가 없었다. 그는

"으흥으흥."

하면서 몸부림쳤다. 머리로 벽을 쾅쾅 받다가도 시원하지 않아서 손으로 머리를 감아쥐고 오짝오짝 뜯었다.

봉염이는 어머니를 흔들다가 흔들다가 그만

"흑흑."

하고 울었다. 어머니는 봉염이를 밀치며

"응응."

하고 힘을 썼다. 한참 후에

"으악!"

하는 애기 울음소리가 들렸다. 봉염이는 어머니 곁으로 다가붙으며,

"애기?"

하고 부르짖었다.

어머니는 얼른 아기를 더듬어 그의 목을 꼭 쥐려 하였다. 그 순간 두 눈이 화끈 달며 파란 불꽃이 쌍으로 내달았다. 그리고 전신을 통하여 짜르르 흐르는 모성애! 그는 자기의 숨이 턱 막히며 쥐려는 손 끝에 맥이 탁 풀리는 것을 느꼈다.

그는 땀을 낙수처럼 흘리며 비켜 누워 버렸다. 그리고,

"아이고!"

하고 소리쳐 울었다.

유모

아기를 죽이려다 죽이지 못하고 또 무서운 진통기를 벗어난 봉염의 어머니는 이제는 극도로 배고픔을 느꼈다. 지금 따끈한 미역국 한 사발이면 그의 몸은 가뿐해질 것 같다. '미역국! 지난날에는

남편이 미역국과 흰 이밥을 해가지고 들어와서 손수 떠 넣어 주던 것을…' 하며 눈을 꾹 감았다. 비에 젖고 또 비에 젖은 헛간 바닥에서는 흙내에 피비린내를 품은 역한 냄새가 물큰물큰 올라왔다. '어떡하나? 내가 무엇이든지 먹구 살아야 저것들을 키울 터인데 무엇을 먹나, 누가 지금 냉수라도 짤짤 끓여다만 주어도 그 물을 마시고 정신을 차릴 것 같다. 그러나 그는 흙을 주워 먹기 전에는 아무것도 먹을 것이 없지 않은가, 봉염이를 깨울까, 그래서 이 집 주인에게 밥이나 좀 해달랄까, 아니 아니 못 할 일이야, 무슨 장한 애를 낳았다고 그러랴. 그러면 어떻게? 오래지 않아 날이 밝을 터이니 아침에나 주인집에서 무엇이든지 얻어먹지…' 하였다. 그리고 눈을 번쩍 떠서 뚫어진 헛간 문을 바라보았다. 아직도 캄캄하였다. 날이 언제나 새려나, 이 집에는 닭이 없는가 있는가 하며 귀를 기울였다.

사방은 죽은 듯이 고요하다. 간혹 채마밭에서 나는 듯한 벌레 소리가 어두운 밤에 별빛 같은 그러한 느낌을 던져 주었다. 그는 아기를 그의 뛰는 가슴속에 꼭 대며 자기가 아무렇게서라도 살아야 할 것 같았다. '내가 왜 죽어, 꼭 산다. 너희들을 위하여 꼭 산다.' 하고 중얼거렸다. 애를 낳기 전에는 아니, 보다도 이 아픔을 겪기 전에는 죽는다는 말이 그의 입에서 떠나지 않았고 또 진심으로 죽었으면 하고 생각도 많이 하였다. 그러나 마침 죽음과 삶의 경계선에서 아차아차한 고비를 넘기고 겨우 소생한 그는 어쩐지 죽고 싶지는 않았다. 오히려 삶의 환희를 느꼈다. 그가 하필 이번뿐만이 아니라 이러한 경우를 여러 번 당하였으나 그러나 남편의 생전에는 죽음에 대하여 한 번도 생각해 보지도 않았으며 역시 죽고 싶지도 않았다. 그래서 죽음이란 아무 생각 없이 대하였을 뿐이었다.

이튿날 봉염의 어머니는 곤히 자는 봉염이를 흔들어 깨웠다. 봉염이는 벌떡 일어났다.

"너 이거 내다가 빨아 오너라. 그저 물에 헹구면 된다."

피에 젖은 속옷이며 걸레뭉치를 뭉쳐서 그의 손에 들려 주었다. 그때 봉염의 어머니는 어쩐지 딸이 어려웠다. 그리고 딸의 시선이 거북스러움을 느꼈다. 봉염이는 아직도 가슴이 울렁거리며 모두가 꿈속에 보는 듯 분명하지를 않고 수없는 거미줄 같은 의문과 공포가 그의 조그만 가슴을 꼭 채웠다. 그는 얼른 일어나 밖으로 나왔다. 그의 어머니는 딸이 나가는 것을 보고 저것이 추울 터인데 하며 자신이 끝없이 더러워 보였다.

봉염의 신발 소리가 아직도 사라지기 전에 그는 아기의 얼굴을 자세히 들여다보았다. 볼수록 뭉치 정이 푹푹 든다. 그리고 아기의 얼굴에 얼굴을 맞대지 않고는 견디지 못하였다. 주인집에서 깨어 부산하게 구는 소리를 그는 들으며 '밥을 하는가, 밥을 좀 주려나, 좀 주겠지.' 하였다. 그리고 미역국 생각이 또 일어나며 김이 어린 미역국이 눈앞에 자꾸 어른거려 보인다. 따라서 배는 점점 더 고파 왔다. 이제 몇 시간만 더 이 모양으로 굶었다가는 그가 아무리 살고 싶어도 살 수가 없을 것 같았다. 그는 이러한 생각에 겁이 펄쩍 났다. 무엇을 좀먹어야 할 터인데 그는 눈을 뜨고 사면을 휘돌아보았다. 아직도 헛간은 컴컴하다. 컴컴한 저편 구석으로 약간씩 보이는 파뿌리! 그는 어제 저녁에 주인 여편네가 오늘 장에 내다 팔 파를 헛간으로 옮겨 쌓던 생각을 하며 '옳다! 아무 게라도 좀 먹으면 정신이 들겠지.' 하고 얼른 몸을 솟구어 파 뿌리를 뽑았다. 그러나 주인이 나오는 듯하여 그는 몇 번이나 뽑은 파를 입에 대다가도 감추곤 하였다. 마침내 그는 파를 입 속에 넣었다. 그리고 우쩍 씹었다. 그때 이가 시끔하며 딱 맞찔린다. 그래서 그는 얼굴을 찡그리며 입을 쩍 벌린 채 한참이나 벌리고 있었다.

침이 턱밑으로 흘러내릴 때에야 그는 얼른 손으로 침을 몰아넣으며 이 침이라도 목구멍으로 삼켜야 그가 살 것 같았다. 그는 다시 파를 입에 넣고 이번에는 씹지는 않고 혀끝으로 우물우물하여 목으로 넘겼다. 넘어가는 파는 왜 그리도 차며 뻣뻣한지, 그의 목구멍은 찢어지는 듯 눈물이 쑥 비어졌다. '파를 먹구도 사는가.' 그는 이렇게 생각하며 헛간 문 사이로 보이는 하늘을 멍하니 쳐다보았다.

그때 신발 소리가 나며 헛간 문이 획 열린다.

"어머이, 용애 어머이를 빨래터에서 만났어. 그래서 지금 와!"

말이 채 마치기 전에 용애 어머니가 들어온다. 봉염이 어머니는 얼결에 일어나 그의 손을 붙들고 소리를 내어 울었다. 용애 어머니는 쌘더거워서 한집안 같이 가까이 지내었던 것이다. 그래서 봉염이를 따라 이렇게 왔으나 그들의 참담한 모양에 반가움이란 다 달아나고 '내가 어째서 여기를 왔던가.' 하는 후회가 일었다. 그리고 뭐라고 위로 할 말조차 생각나지 않았다.

"아니, 봉염이 어머이 이게 어찌 된 일이오."

한참 후에 용애 어머니는 입을 열었다. 봉염이 어머니는 울음을 그치고,

"다 팔자 사나워 그렇지요. 왜 죽지 않고 살았겠수…. 그런데 언

제 나려왔수, 여기를?"

"우리? 작년에 모두 왔지. 우리 동네서는 모두 떠났다오. 토벌난 통에 모두 밤도망들을 했지. 어디 농사할 수가 있어야지. 그래 여기 내려오니 이리 어렵구려."

봉염이 어머니는 퍽이나 반가웠다. 그리고 용애 어머니를 놓쳐서는 안 될 것을 번개같이 깨달으며 모든 것을 숨김없이 말하고 사정하리라고 결심하였다.

"용애 어머이, 난 아이를 낳았다우. 어젯밤에 이걸⋯. 어떡허우. 사람 하나 살리는 셈 치고 날 며칠 동안만 집에 있게 해주. 어떡허겠수. 나 같은 년 만나기만 불찰이지⋯."

그는 말끝에 또다시 울었다. 용애 어머니를 만나니 남편이며 봉식의 생각까지 겹쳐 일어나는 동시에 어째서 남은 다 저렇게 영감이며 아들딸을 데리고 다니며 잘사는데 나만이 이런 비운에 빠졌는가 하는 생각이 들었던 것이다.

용애 어머니는 한참이나 난처한 기색을 띠다가 한숨을 푹 쉬었다.

"그러시유. 할 수 있소."

용애 어머니는 더 물으려고도 안 하고 안 나오는 대답을 이렇게 겨우 하였다. 뒤에서 가슴을 졸이고 있던 봉염이까지 구원받은 듯하여 한숨을 '호' 내쉬었다.

"고맙수. 그 은혜를 어찌 갚겠수"

봉염의 어머니는 떨리는 음성으로 이렇게 말하고 봉염에게 아기를 업혀 주었다. 용애 어머니는 '이렇게 모녀를 데리고 가나? 남편이 뭐라고 나무라지나 않으려나?' 하는 불안에 발길이 무거워졌다.

용애네 집으로 온 그들은 사흘을 무사히 지냈다. 용애 어머니는 남의 빨래 삯을 맡아 날이 채 밝지도 않아서 빨랫가로 달아나고 용애 아버지는 철도공사 인부로 역시 그랬다. 그래서 근근이 살아가는 것을 보는 봉염의 어머니는 그들을 마주 바라볼 수 없이 어려웠다. 그래서 얼른 일어나고 말았다. 그날 저녁 봉염의 어머니는 빨랫가에서 돌아오는 용애 어머니를 보고

"나두 남의 빨래를 하겠으니 좀 맡아다 주."

용애 어머니는 눈을 크게 떴다.

"어서 더 눕고 있지, 웬일이오…. 어려워 말우."

용애 어머니는 갑자기 무슨 생각이 난 듯이 눈을 껌뻑이더니 다가앉았다. 부엌에서는 용애와 봉염이 종알거리는 소리가 들렸다.

"아니, 저 나 빨래 맡아다 하는 집엔 젖유모를 구하는데…. 애가 딸렸다더라도 젖만 많으면 두겠다구 해. 그 대신 돈이 좀 적겠지만…. 어떠우?"

봉염의 어머니는 귀가 번쩍 뜨였다.

"참말이요? 애가 있어도 된대요?"

용애 어머니는 이 말에는 우물쭈물하고,

"하여간 말이야, 한 달에 십이삼 원을 받으면 집세 얻어서 봉염이와 애기는 따루 있게 하고 애기에겐 봉염의 어머니가 간간이 와서 젖을 멕이고 또 우유를 곁들이지 어떡허나. 큰애 같지 않아 갓난애니까 저게서 알면 재미는 좀 적을게요. 그러니 우선은 큰애라고 속이고 들어가야지. 그러니 그렇게만 되면 그 벌이가 아주 좋지 않우."

봉염의 어머니는 벌이 자리가 난 것만 다행으로 가슴이 뛰도록 기뻤다.

"그러면 어떻게든지 해서 들어가도록 해주우."

하였다. 그리고 돈만 그렇게 벌게 되면 이 집에 신세진 것은 꼭 갚아야겠다 하며 자는 아기를 돌아보았을 때 '저것을 떼고 남의 애에게 젖을 먹여?' 하였다.

며칠 후에 몸이 다소 튼튼해진 봉염의 어머니는 드디어 젖유모로 채용이 되어 애기와 봉염이를 떨어치고 가게 되었다. 그리고 봉염이와 아기는 조그만 방을 세 얻어 있게 하였다. 그 후부터 아기는 봉염이가 맡아서 길렀다. 아기는 매일 같이 밤만 되면 불이 붙는 것처럼 울고 자지 않았다. 그때마다 봉염이는 아기를 업고 잠오는 눈을 꼬집어 당기면서 방 안을 거닐었다. 그리고 나중에는 아기와 같이 소리를 내어 울면서 어두운 문밖을 내다보곤 하는 때가 종종 있었다.

이렇게 지나기를 한 일 년이 되니 아기는 우는 것도 좀 나아지고 오줌이며 똥도 누겠노라고 낑낑대었다. 봉염이는 아기를 잘 거두어 주다가도 애가 놀러 왔는데 자꾸 운다든지 제 장난감을 흐트러 놓는다든지 하면 아기를 사정없이 때리었다. 그리고 미처 오줌과 똥을 누겠노라고 못 하고 방바닥에 싸 놓으면 사뭇 죽일 것 같이 아기를 메치며 때리곤 하였다. 그것은 아기가 미워서 때리는 게 아니고 제 몸이 고달프고 귀찮으니 그렇게 하는 것이었다.

아기의 이름은 봉염의 이름자를 붙여서 봉희라고 지었다. 봉희는 이젠 우유를 안 먹고 간간이 어머니의 젖과 밥을 먹었다. 그는 이제야 겨우 빨빨 기었다. 그리고 때로는 오뚝 일어서고 자착자착 걸었다. 그러나 눈치는 아주 엉뚱나게 밝았다. 그러므로 어떤 때는 똥과 오줌을 방바닥에 싸놓고도 언니가 때릴 것이 무서워서

"으아."

하고 때리기 전부터 미리 울곤하였다. 그리고 어떤 때는 봉염이가 동무와 놀 양으로 봉희를 보고 자라고 소리치면 봉희는 잠도 안 오는 것을 눈을 꼭 감고서 땀을 뻘뻘 흘리며 자는 체하였다. 그가 돌이 지나도록 자란 것은 뼈도 아니요 살도 아니요 눈치와 머리통 뿐이었다. 머리통은 조그만 바가지통만은 하였다. 그리고 머리통이 몹시도 굳었다. 그러나 이 머리통을 싸고 있는 머리카락은 갓 낳던 그대로 노란 것이 나스스하였다. 어쨌든 그의 전체에서 명붙어 보이는 곳이란 이 머리통같이도 보이고, 혹은 이 머리통이 너무 체에 맞지 않게 크므로 못 이겨서 오래 살지 못하고 죽을 것 같이 무겁게 보이곤 했다.

봉희는 어머니를 알아보았다. 그래서 어머니가 왔다 갈 때마다 그는 번번이 울었다. 그때마다 삼 모녀는 서로 붙안고 한참씩이나 울다가 헤지곤 하였다.

어느 여름날이다. 봉염이는 열병에 걸려 밥도 못 지어 먹고서 자리에 누워 있었다. 온몸이 불같이 뜨거워서 미처 어디가 아픈지도 알아낼 수가 없었다. 곁에서 봉희는 '앵앵' 울었다. 봉염이는 어머니나 와 주었으면 하면서 어제 먹다 남은 밥을 봉희의 앞에 놔 주었다. 봉희는 울음을 그치고 밥을 퍼 넣는다. 봉염이는 눈을 딱 감고 팔을 이마에 올려놓았다. 그러다 신발 소리 같아 눈을 번쩍 떠서 보면 어머니는 아니요, 곁에서 봉희가 밥그릇 쥐어 당기는 소리다. 그는 화가 버럭 났다.

"잡놈의 계집애 한자리에서 먹지 여기저기 다니며 버려 놓니!"

눈을 부릅떴다. 봉희는 금시 울음이 터져 나오는 것을 참으며 입을 비죽비죽하였다. 그리고 문을 돌아보았다. 필시 봉희도 어머니를 찾는 것이라고 봉염이는 얼른 생각되었을 때 그는

"어머니!"

하고 소리치고 싶은 충동을 강하게 받았다. 그는 입술을 꼭 다물고 한참이나 울 듯 울 듯이 봉희를 바라다보았다.

"봉희야, 너 엄마 보고 싶니? 우리 갈까?"

그는 누가 시켜 주는 듯이 이런 말을 쑥 뱉었다. 봉희는 말끄러미 보더니 밥술을 뎅그렁 놓고 달아온다. 봉염이는 '아차, 내가 공연한 말을 했구나!' 후회하면서 봉희를 힘껏 껴안았다.

그때 두 줄기 눈물이 그의 볼에 뜨겁게 흘러내리는 것을 그는 깨달았다.

"어머이는 왜 안 나와. 오늘은 꼭 올 차례인데. 그렇지 봉희야!"

봉희는 아무것도 모르고,

"응."

하고 대답할 뿐이었다.

"어서 밥 머. 우리 봉희는 착해."

봉염이는 봉희의 머리를 내려 쓸고 내려놓았다. 봉희는 또다시 밥술을 쥐고 밥을 먹었다.

봉염이는 멍하니 천장을 바라보았다. 언제인가 어머니가 와서 깨끗이 쓸어 주고 가던 거미줄은 또다시 연기같이 슬어 붙었다. '어머니는 거미줄이 슬었는데두 안 온다니.' 하였다. 그 후에도 어머니는 몇 번이나 왔건만 그 기억은 아득하여 이런 말을 하지 않고는 견디지 못하였다. 그는 돌아누우며 '어머니가 조반을 먹고서 명수를 업고 문밖을 나오나…. 에크, 이젠 되놈의 상점은 지났겠

다. 이젠 문 앞에 왔는지도 모르지.' 하고, 다시 문 편을 흘금 바라 보았다. 그러나 신발 소리는 들리지 않았다. 오직 봉희가 술구는 소리뿐이다.

그는 벌떡 일어나서 문을 탁 열어 젖혔다. 봉희는 어쩐 까닭을 모르고 한참이나 언니를 말끄러미 바라보다가 발발 기어왔다.

그는 코에서 단김이 확확 내뿜는 것을 깨달으며 팔싹 주저앉았 다. 밖에는 곁집 부인이 흰 빨래를 울바자[8]에 바삭바삭 소리를 내 며 널고 있었다. 바자[9] 밖으로 넘어오는 손끝은 흡사히 어머니의 다정한 그 손인 듯, 그리고 금시로 젖비린내를 가득히 피우는 어 머니가 저 바자 밖에 섰는 듯하였다. 그는 젖비린내 속에 앉아 있 으면 어쩐지 맘이 푹 놓이고 평안함을 느꼈다.

그는 못 견디게 어머니 품에 자기의 다는 몸을 탁 안기고 싶었 다. 그는 목이 마른 듯하여 물을 찾았다. 그래서 봉희가 밥 말아 먹던 물을 마셨지마는 어쩐지 더 답답하였다.

이렇게 자리에 못 붙고 안타까워하던 그는 어느새 잠이 들었다 가 무엇에 놀라 후닥닥 깨었다. 그의 얼굴에 수없이 붙었던 파리 소리만이 '왱왱' 하고 났다. 그는 얼른 봉희가 없는 데 정신이 바짝 들었다. 뒤이어 '어머니가 왔었나? 그래서 봉희만 데리고 어디를 나갔나.' 하는 생각이 들자 그만 발악을 하고 울고 싶었다.

그는 미친 듯이 달려 일어났다. 그래서 밖으로 튀어나가니 어머 니와 봉희는 보이지 않았다. 그리고 찌는 듯한 더위는 마당이 붉

---

8   울타리에 쓰는 바자.
9   대, 갈대, 수수깡, 싸리 따위로 발처럼 엮거나 결어서 만든 물건. 울타리를 만드는 데 쓰인다.

어지도록 내리쪼인다. '어디 갔을까? 어머니가?' 하고 울 밖에까지 쫓아나갔다가 앞집 부인을 만났다.

"우리 어머이 못 봤우?"

"못 봤어…. 왜 어디 아프냐, 너?"

어머니 못 봤다는 말에 더 말하고 싶지 않은 그는 눈이 벌개서 찾아다니다가 방으로 들어왔다. 그때 뒤뜰에서 무슨 소리가 나므로 벌떡 일어나 뛰어나갔다.

저편 뜨물 동이 옆에는 봉희가 붙어 서서 그 큰 머리를 숙이고 마치 젖 빨듯이 입을 뜨물 동이에 대고 뜨물을 꼴깍꼴깍 들이마시고 있다. 그리고 머리털은 햇볕에 불을 댄 것처럼 빨갛다.

어머니의 마음

사흘 후에 봉염이는 드디어 죽고 말았다. 그의 어머니는 할 수 없이 유모를 그만두고 명수네 집에서 나오게 되었으며 봉희 역시 몹시 앓더니 그만 죽었다. 형제나 죽는 것을 본 주인집에서는 그를 나가라고 성화치듯 하였다. 그는 참다못해서 주인 마누라와 아우성을 치면서 싸웠다. 그리고 끝어내기 전에는 움직이지 않을 뜻을 보이고 하루 종일 방 안에 누워 있었다. 전날에 그는 미처 집세를 못 내도 주인 대하기가 거북하였는데 지금은 어디서 이러한 대담함이 생겼는지 그 스스로도 놀랄 만하였다.

이제도 그는 주인 마누라와 한참이나 싸웠다. 만일 주인 마누라가 좀 더 야단을 쳤다면 그는 칼이라도 가지고 달라붙고 싶었다. 그러나 다행히 주인 마누라는 그 눈치를 채었음인지 슬그머니 들어가고 말았다.

"흥! 누구를 나가래. 좀 안 나갈걸, 암만 그래두."

이렇게 중얼거리며 그는 문 편을 노려보았다. 그리고 좀 더 싸우지 않고 들어가는 주인 마누라가 어쩐지 부족한 듯하였다. 그는 지금 땅이라도 몇 십 길 파고야 견딜 듯한 분이 우쩍우쩍 올라왔던 것이다.

분이 내려가더니 잠깐 잊었던 봉염이, 봉희, 명수까지 뻔히 떠오른다. 생각하면 할수록 그들은 자기가 일부러 죽인 듯했다. 그가 곁에 있었으면 애들이 그러한 병에 걸렸을는지도 모르거니와 설사 병에 걸렸다더라도 죽기까지는 않았을 것 같았다. 그는 가슴을 탁탁 쳤다.

"남의 새끼 키우느라 제 새끼를 죽인단 말이냐… 이년들 모두 가면 난 어쩌란 말이. 날마자 다려가라."

하고 소리를 내어 울었다. 그러나 음성도 이미 갈리고 지쳐서 몇 번 나오지 못하고 콱 막힌다. 그리고는 목구멍만 찢어지는 듯했다. 그는 기침을 콱콱 하며 문밖을 흘끔 보았을 때 며칠 전 일이 불현듯이 떠올랐다.

그날 밤 비는 좍좍 퍼부었다. 봉염의 어머니는 봉염이가 앓는 것을 보고 가서 도무지 잠들 수가 없었다. 그래서 밤중에 그는 속옷 바람으로 명수의 집을 벗어났다. 그가 젖유모로 처음 들어갔을 때 밤마다 옷을 벗지 못하고 누웠다가는 명수네 식구가 잠만 들면 봉희를 찾아와서 젖을 먹이곤 하였다. 이 눈치를 챈 명수 어머니는 밤마다 눈을 밝히고 감시하는 바람에 그 후로는 감히 옷을 입지 못하고 누웠다가는 틈만 있으면 벗은 채로 달아오는 때가 종종 있었던 것이다. 그 밤, 낮에 다녀온 것을 명수 어머니가 뻔히 아는 고로 다시 가겠단 말을 못 하고 누웠다가 그들이 잠든 틈을 타서 소리 없이 문을 열고 나온 것이다. 사방은 지척을 분간할 수 없이 어두우며 몰아치는 바람결에 굵은 빗방울은 그의 벗은 어깨를 사정없이 내리쳤다. 그리고 눈이 뒤집히는 듯 번갯불이 번쩍이고 요란한 천둥소리가 하늘을 때려 부수는 듯 아뜩아뜩하였다.

그러나 그는 지금 아무것도 무서운 것이 없었다. 오직 그의 앞에는 저 하늘에 빛나는 번갯불같이 딸들의 신변이 각일각으로 걱정되었던 것이다. 그가 숨이 차서 집까지 왔을 때 문밖에 허연 무엇이 있음에 그는 깜짝 놀랐다. 그러나 그것은 봉염인 것을 직각하자 그는 와락 달려들었다.

"이년의 계집애 뒈지려고 예가 누웠냐?"

비에 젖은 봉염의 몸은 불 같았다. 그는 또다시 아뜩하였다. 그리고 간폭을 갉아 내는 듯함에 그는 부르르 떨었다. 따라서 젖유모고 무엇이고 다 집어뿌리겠다는 생각이 머리가 아프도록 났다. 그러나 그들이 방까지 들어와서 가지런히 누웠을 때 그의 머리에는 또다시 불안이 불 일듯 하였다. 명수가 지금 깨어서 그 큰집이 떠나갈 듯이 우는 것 같고 그리고 명수 어머니 아버지까지 깨어서 얼굴을 찡그리고 자기의 지금 행동을 나무라는 듯, 보다도 당장에 젖유모를 그만두고 나가라는 불호령이 떨어지는 듯, 아니 떨어진

듯, 그는 두 딸의 몸을 번갈아 만지면서도 그의 손끝의 감촉을 잃
도록 이런 생각만 자꾸 들었다. 그는 마침내 일어났다. 자는 줄 알
았던 봉희가 젖꼭지를 쥐고 달려 일어났다. 그리고

"엄마!"

하고 울음을 내쳤다. 봉염이는 차마 어머니를 가지 말란 말은 못
하고 흑흑 느껴 울면서 어머니의 치마 깃을 잡고,

"조금만 더…"

하던 그 떨리는 그 음성. 그는 지금도 들리는 듯하였다. 아니 영원
히 잊혀지지 않을 것이다.

그는 벌떡 일어났다. 그리고 이 모든 생각을 하지 않으려고 방
안을 빙빙 돌았다. 그러나 불똥 튀듯 일어나는 이 쓰라린 기억은
어쩔 수가 없다. 그리고 명수의 얼굴까지 떠올라서 핑핑 돌아간
다. 빙긋빙긋 웃는 명수.

"그놈 울지나 않는지…"

나오는 줄 모르게 이렇게 중얼거리고는 그는 억지로 생각을 돌
리려고 맘에 없는 딴말을 지껄였다.

"에이, 이놈의 자식 너 때문에 우리 봉희 봉염이는 죽었다. 물러
가라!"

그러나 명수의 얼굴은 점점 다가온다. 손을 들어 만지면 만져질
듯이…. 그는 얼른 손등을 꽉 물었다. 손등이 아픈 것처럼 그렇게
명수가 그립다. 그리고 발길은 앞으로 나가려고 주춤주춤하는 것
을 꾹 참으며 어제 이맘때 명수의 집까지 갔다가도 명수 어머니에
게 거절을 당하고 돌아오던 생각을 하며 맥없이 머리를 떨어뜨리
었다. '흥! 제 자식 죽이고 남의새끼 보고 싶어 하는 이 어리석은

년아, 왜 죽지 않고 살아 있어? 왜 살아, 왜 살아, 그때 죽었으면 이 고생은 하지 않지.' 하며 남편의 죽은 것을 보고 '따라 죽을까?' 하던 그때 생각을 되풀이하였다. 그리고 자신이 이러한 비운에 빠지게 된 것은 남편이 죽었기 때문이라고 단정하였다. 그리고 남편을 죽인 공산당, 그에게 있어서는 철천지원수인 듯했다. 생각하면 팡둥도 그의 남편이 없기 때문에 그에게 그러한 일을 감행하지 않았던가. 그렇다 모두가 공산당 때문이다. 그때 공산당이라고 경비대에게 죽었다는 봉식이가 떠오르며 팡둥의 그 얼굴이 선명하게 나타난다.

"이놈, 내 아들이 공산당이라구…. 내쫓으려면 그냥 내쫓지 무슨 수작이냐. 더러운 놈…. 봉식아 살았느냐 죽었느냐?"

그는 봉식이를 부르고 나니 어떤 실 끝 같은 희망을 느꼈다. '국자가엘 가자. 그래서 봉식이를 찾자.' 할 때 그는 가기 전에 명수를 봐야겠다는 생각이 불쑥 일어난다. '명수, 명수야!' 하고 입 속으로 부르며 무심히 그는 그의 젖꼭지를 꼭 쥐었다. '지금쯤은 날 부르고 울지 않는가?' 그는 와락 뛰어나왔다. 그러나 명수 어머니의 그 얼굴이 사정없이 그의 앞을 꽉 가로막는 듯했다. 그는 우뚝 섰다.

"이년! 명수를 왜 못 보게 하니. 네가 낳기만 했지 내가 입때 키우지 않았니. 죽일 년. 그 애가 날 더 따르지, 널 따르겠니. 명수는 내 거다."

하고 눈을 부릅떴다. 그러나 다음 순간에 명수의 머리카락 하나 자유로 만져 보지 못할 자신인 것을 깨달을 때 그는 머리를 푹 숙였다.

고요한 밤이다. 이 밤의 고요함은 그의 활활 타는 듯한 가슴을 눌러 죽이려는 듯했다. 이러한 무거운 공기를 헤치고 물큰 스치는 감자 삶은 내! 그는 지금이 감자 철인 것을 얼핏 느끼며 누구네가 감자를 이리도 구수하게 삶는가 하며 휘돌아보았다. 그리고 뜨끈한 감자 한 톨 먹었으면 하다가

"흥!"

하고 고소를 하였다. 무엇을 먹고 살겠다는 자신이 기막히게 가련해 보였던 것이다. 그는 벽을 의지해서 하늘을 멍하니 바라보았다. 하늘에는 달이 둥실 높이 떴고 별들이 종종 반짝인다. 빛나는 별, 어떤 것은 봉염의 눈 같고 봉희의 눈 같다. 그리고 명수의 맑은 눈 같다. 젖을 주무르며 쳐다보던 명수의 그 눈.

"에이 이놈 저리 가라!"

그는 또다시 이렇게 중얼거렸다. 그리고 봉희 봉염의 눈을 생각하였다. 엄마가 그리워서 통통 붓도록 울던 그 눈들. 아아 이 세상에서야 어찌 다시 대하랴! 공동묘지에나 가볼까 하고 그는 충충 걸어 나올 때, 달 아래 고요히 놓인 수없는 묘지들이 휙 지나친다. 그는 갑자기 싫은 생각이 냉수같이 그의 등허리를 지나친다. 여기에 툭 튀어나오는 달 같은 명수의 그 얼굴, 그는 멈칫 서며 '죽음이란 참말 무서운 것이다.' 하며 시름없이 저편을 바라보았다. 그때 그는 무엇에 놀란 사람처럼 후닥닥 달려 나왔다.

앞집 처마 끝 그림자와 이 집 처마 끝 그림자 사이로 눈송이같이 깔리어 나간 달빛은 지금 명수가 자지 않고 자기를 부르며 누워 있을 부드러운 흰 포단과 같았던 것이다. 그러나 그것은 그의 볼을 사정없이 후려치는 듯한 달빛이었다. 그는 두 손으로 볼을 쥐고 그 달빛을 밟고 섰다. 그리고

"명수야!"

하고 쏟아져 나오는 것을 숨이 막히게 참으며 조금도 이지러짐이 없는 저 달을 쳐다보았다. 그의 눈에는 어느덧 눈물이 술술 흐른다. 그리고 '정이란 치사한 것이다!' 라고 생각하였다.

그는 문득 그의 그림자를 굽어보며 이제로부터 자신은 살아야 하나 죽어야 하나가 의문이 되었다. 맘대로 하면 당장이라도 죽어서 아무것도 잊으면 이 위에 더 행복은 없을 것 같다.

그러고 나니 그의 몸은 천근인 듯, 이 무게는 죽음으로써야 해결할 것 같다. '죽으면 어떻게 죽나? 양잿물을 마시고… 아니 아니 그것은 못 할 게야. 오장육부가 다 썩어 내리고야 죽으니 그걸 어떻게…. 그러면 물에 빠져….' 그의 앞에는 핑핑 도는 푸른 물결이 무섭게 나타나 보인다. 그는 흠칫하며 벽을 붙들었다. '사는 날까지 살자. 그래서 봉식이도 만나 보고 그놈들 공산당들도 잘되나 못되나 보구. 하늘이 있는데 그놈들이 무사할까 부야. 이놈들 어디 보자.' 그는 치를 부르르 떨었다. 마침 신발 소리가 나므로 그는 주인 마누라가 또 싸우러 나오는가 하고 안방 편으로 머리를 돌렸다. 반대 방향에서,

"왜 거기 섰수?"

그는 획근 돌아보자 용애 어머니임에 반가웠다. 그리고 저가 명수의 소식을 가지고 오는 듯싶었다.

"명수 봤수?"

"명수? 아까 낮에 잠깐 봤수."

"울지? 자꾸 울 게유!"

용애 어머니는 그를 물끄러미 바라보며 아까 명수가 발악을 하

고 울던 생각을 하였다. 그리고 봉염의 어머니 역시 얼마나 명수를 보고 싶어 한다는 것을 즉석에서 알 수가 있었다.

"어제 갔댔수, 명수한테?"

"예. 그년이, 죽일 년이 애를 보게 해야지. 흥! 잡년 같으니."

용애 어머니는 잠깐 주저하다가,

"가지 말아요. 명수 어머니가 벌써 어서 알았는지 봉염이, 봉희가 염병에 죽었다구 하면서 펄펄 뜹데다. 아예 가지 말아유."

그는 용애 어머니마저 원망스러워졌다.

"염병은 무슨 염병. 그 애들이 없는데야, 무슨 잔수작이래유. 그만두래. 내 그 자식 안 보면 죽을까. 뭐, 안 가. 안 가유, 흥!"

명수 어머니가 앞에 섰는 듯 악이 바락바락 치밀었다. 그의 기색을 살피는 용애 어머니는,

"그까짓 말은 그만둡시다. 우리, 저녁이나 해자셨수?"

치맛길을 휩싸고 쪼그려 앉은 용애 어머니에게서는 청어 비린내가 물큰 일어난다. 그는 갑자기 자기가 배가 고파서 이렇게 더 어렵다는 것을 알았다. 그리고 용애 어머니에게 말하여 식은 밥이라도 좀 먹어야겠다 하였다.

"오늘도 또 굶었구려. 산 사람은 먹어야지유! 내 그럴 줄 알고 밥을 좀 가져오렸더니…. 잠깐 기대리우 내 얼른 가져올게."

용애 어머니는 얼른 일어나서 나간다. 봉염의 어머니는 하반신이 끊어지는 듯 배고픔을 느끼며 겨우 방 안으로 들어가서 쾅 하고 누워 버렸다. 용애 어머니는 왔다.

"좀 떠보시유. 그리고 정신을 차려유. 그러구 살 도리를 또 해야지…. 저 참 이 남는 장사가 있수?"

봉염의 어머니는 한참이나 정신없이 밥을 먹다가 용애 어머니를
바라보았다.

"아주 이가 많이 남아유. 저, 거시기 우리 영감도 그 벌이 하러
오늘 떠났다오."

"무슨 벌이유?"

벌이라는 말에 그의 귀는 솔깃하였다. 용애 어머니는 음성을 낮
추며,

"소금장사 말유."

"붙잡히면 어찌유?"

봉염의 어머니는 눈을 둥그렇게 떴다.

"그러기에 아주 눈치 빠르게 잘 해야지. 돈벌이 하랴면 어느 것
이나 쉬운 것이 어디 있수 뭐."

그는 이렇게 말하면서 먼 길을 떠난 영감의 신변이 새삼스럽게
더 걱정이 되었다. 한참이나 그들은 잠잠하고 있었다.

"봉염의 어머니두 몸이 튼튼해지거들랑 좀 해 봐유. 조선서는
소금 한 말에 삼십 전 안에 든다는데, 여기 오면 이 원 삼십 전!
얼마나 남수."

그의 말에 봉염의 어머니는 기운이 버쩍 나면서도 다시 얼핏 생
각하니 두 딸을 잃은 자기다. 남들은 아들딸을 먹여 살리려고 소
금 짐까지 지지만 자신은 누구를 위하여? 마침내 자기 일신을 살
리려라는 결론을 얻었을 때 그는 너무나 적적함을 느꼈다. 그러나
아무리 자기 일신일지라도 스스로 악을 쓰고 벌지 않으면 누가 뜨
물 한 술이나 거저 줄 것일까? 굶는다는 것은 차라리 죽음보다도
무엇보다 무서운 것이다. 보다도 참기 어려운 것은 그것이다. 요전

까지는 그의 정신이 흐리고 온 전신이 나른하더니 지금 밥술을 입에 넣으니 확실히 다르지 않은가. 그리고 가슴을 누르는 듯하던 주위의 공기가 가뿐해 오지 않는가. 살아서는 할 수 없다, 먹어야지…. 그때 그는 문득 중국인의 헛간에서 봉희를 낳고 파뿌리를 씹던 생각이 났다. 그는 몸서리를 쳤다. 그리고 그 동안에 그는 명수네 집에 비록 맘 고통은 있었을지라도 배고픈 일은 당하지 않았다는 것을 처음으로 느꼈다. 그는 명수의 얼굴을 또다시 머리에 그리며 '명수가 못 견디게 자꾸 울어서 명수 어머니가 할 수 없이 날 또다시 데려가지 않으려나?' 하면서 밥술을 놓았다.

"왜 더 자시지. 이젠 아무 생각도 말구 내 몸 튼튼할 생각만 해유."

"튼튼할…. 흥, 사람의 욕심이란…. 영감 죽어, 아들딸…."

그는 음성이 떨리어 목멘 소리를 하면서 문 편을 시름없이 바라보았다. 달빛에 무서우리만큼 파리해 보이는 그의 얼굴을 바라보는 용애 어머니는 나가는 줄 모르게 한숨을 쉬었다.

그리고 하늘도 무심하다 하며 달빛을 쳐다보았다.

"그럼 어쩌우. 목숨 끊지 못 하구 살 바에는 튼튼해야지. 지나간 일은 아예 생각지 말아유."

이렇게 말하는 용애 어머니는 그의 곁으로 다가앉으며 흐트러진 그의 머리를 만져 주었다.

그는 얼핏 명수가 젖을 먹으며 그 토실토실한 손으로 그의 머리카락을 쥐어뜯던 생각이 나서 적이 가라앉았던 가슴이 다시 후닥닥 뛴다. 그는 무의식간에 용애 어머니의 손을 덥석 쥐었다.

"명수 지금 잘까유?"

말을 마치며 용애 어머니 무릎에 그는 머리를 파묻고 소리를 내어 울었다. 어느덧 용애 어머니 눈에서도 눈물이 흘렀다.

"울지 마우. 그까짓 남의 새끼 생각지 말아유. 쓸데 있수?"

"한 번만 보구는…. 난 안 볼래유. 이제 가유, 네? 용애 어머니."

자기 혼자 가면 물론 거절할 것 같으므로 그는 용애 어머니를 데리고 가려는 심산이었다. 용애 어머니는 아까 입에 못 담게 욕을 하던 명수 어머니를 얼핏 생각하며 난처해 하였다. 그래서 그는 언제까지나 잠잠하고 있었다. 봉염이 어머니는 벌떡 일어났다. 그리고 용애 어머니의 손을 잡아끌었다.

"봉염이 어머니, 좀 진정해유. 우리 내일 가봅시다."

하고 그를 꼭 붙들어 주저앉히었다. 달빛은 여전히 그들의 얼굴에 흐르고 있다.

밀수입

북국의 가을은 몹시도 스산하다. 우레 같은 바람 소리가 대지를 뒤흔드는 어느 날 밤, 봉염의 어머니는 소금 너 말을 자루에 넣어서 이고 일행의 뒤를 따랐다. 그들 일행은 모두가 여섯 사람인데 그 중에 여인은 봉염의 어머니뿐이었다. 앞에서 걷는 길잡이는 십여 년을 이 소금 밀수로 늙었기 때문에 눈 감고도 용이하게 길을 찾아가는 것이다. 그러므로 그들은 이 길잡이에게 무조건 복종을 하였다. 그리고 며칠이든지 소금 짐을 지는 기간까지는 벙어리가 되어야 하며 그 대신 의사 표시는 전부 행동으로 하곤 하였다.

그들은 열을 지어 나란히 걸었다. 바람은 여전히 불었다. 그들은 앞에 사람의 행동을 주의하며 이 바람 소리가 그들을 다그쳐 오는 어떤 신발 소리 같고 또 어찌 들으면 순사의 고함치는 소리 같아 숨을 죽이곤 하였다. 그리고 '어제도 이 근방 어디서 소금 짐을 지다 총에 맞아 죽은 사람이 있다지.' 하며 발걸음 옮김을 따라 이러한 불안이 저 어둠과 같이 그렇게 답답하게 그들의 가슴을 캄캄케 하였다.

남들은 솜옷을 입었는데 봉염의 어머니는 겹옷을 입고 발가락이 나오는 고무신을 신었다. 그러나 추운 것은 모르겠고 시간이 지날수록 머리에 인 소금자루가 무거워서 견딜 수 없다. 머리 복판을 쇠뭉치로 사정없이 뚫는 것 같고 때로는 불덩이를 이고 가는 것처럼 자꾸 따가웠다. 그가 처음에 소금자루를 일 때 사내들과 같이 엿 말을 이려 했으나, 사내들이 극력 말리므로 애수한 것을 참고 너 말을 이게 된 것이다. 그런 것이 소금자루를 이고 단 십 리도 오기 전에 이렇게 머리가 아팠다. 그는 얼굴을 잔뜩 찡그리고 두 손으로 소금자루를 조금씩 쳐들어 아픈 것을 진정하였으나 아무 쓸데도 없고 팔까지 떨어지는 듯이 아프다. 그는 맘대로 하면 이 소금자루를 힘껏 쥐어뿌리고 그 자리에서 자신도 그만 넌쩍 죽고 싶었다. 그러나 그것은 공연한 맘뿐이었다. 발길은 여전히 사내들의 뒤를 따라간다. '사내들과 같이 저렇게 나도 등에 져 보더라면…. 이제라도 질 수가 없을까. 그러려면 끈이 있어야지 끈이…. 좀 쉬어 가지 않으려나 쉬어 갑시다.' 금시로 이러한 말이 입밖에까지 나오다는 칵 막히고 만다. 그리고 여전히 손길은 소금자루를 들어 아픈 것을 진정하려 하였다.

이마와 등허리에서는 땀이 낙수처럼 흘러서 발밑까지 내려왔다. 땀에 젖은 고무신은 왜 그리도 미끄러운지 걸핏하면 그는 쓰러지려 하였다. 그래서 그는 정신을 바짝 차리면 벌써 앞에 신발 소리는 퍽이나 멀어졌다. 그는 기가 나서 따라오면 숨이 칵칵 막히고 옆구리까지 결린다. '두 말이나 일 것을…. 그만 쏟아 버릴까? 어쩌누?' 소금자루를 어루만지면서도 그는 차마 그리하지는 못하였다.

어느덧 강물 소리가 어렴풋이 들린다. 그들은 이 강물 소리만 들어도 한결 답답한 속이 좀 풀리는 듯하였다. 강가에 가면 이 소금 짐을 벗어 놓고 잠시라도 쉴 것이며 물이라도 실컷 마실 것 등을 생각하였던 것이다. 그러면서도 '강 저편에 무엇들이 숨어 있지나 않을까?' 하는 불안이 강물 소리를 따라 높아진다. 봉염의 어머니는 시원한 강물 소리조차도 아픔으로 변하여 그의 고막을 바늘 끝으로 꼭꼭 찌르는 듯 이 모양대로 조금만 더 가면 기진하여 죽을 것 같았다. 마침 앞에 사내가 우뚝 서므로 그도 따라 섰다. 바람이 무섭게 지나친 후에 어디선가 벌레 울음소리가 물결을 따라 들렸다. '낑' 하고 앞에 사내가 앉는 모양이다. 그도 '털썩' 하고 소금자루를 내려놓으며 쓰러졌다. 그리고 얼른 머리를 두 손으로 움켜쥐며 바늘로 버티어 있는 듯한 눈을 억지로 감았다. 그러면서도 '앞에 사내들이 참말로 다들 앉았는가. 나만이 이렇게 쓰러졌는가.' 하여 주의를 게을리하지 않았다.

아픈 것이 진정되니 온몸이 후들후들 떨린다. 그는 몸을 웅크릴 때 앞에 사내가 그를 꾹 찌른다. 그는 후닥닥 일어났다. 사내들의 옷 벗는 소리에 그는 한층 더 정신이 바짝 들었다.

그는 잠깐 주저하다가 옷을 홀홀 벗어 돌돌 뭉쳐서 목에 달아매었다. 그때 그는 놀릴 수 없이 아픈 목을 어루만지며 '용정까지 이 목이 이 자리에 붙어 있을까?' 하는 의문이 들었다. 그리고 사내가 이어 주는 소금자루를 이고 다시 걷기 시작하였다.

벌써 철버덕철버덕 하는 물소리가 나는 것으로 보아 앞에 사람은 강물에 들어선 모양이다. 벌써 그의 발끝이 모래사장을 거쳐 물속에 들어간다. 그는 오소소 추우며 알 수 없는 겁이 버쩍 들어서 물결을 굽어보았다. 시커멓게 보이는 그 속으로 물결 소리만이 요란하였다.

그리고 뭉클뭉클 내리 밀치는 물결이 그의 몸을 울려 주었다. 그때마다 머리끝이 쭈뼛해지며 오한을 느꼈다. 그리고

"흑."

하고 숨을 들이마셨다.

물이 깊어 갈수록 발밑에 깔린 돌이 굵어지며 걷기도 몹시 힘들었다. 그것은 돌이 께느른한[10] 해감탕[11] 속에 묻히어 있기 때문이다. 그래서 걸핏하면 미끈하고 발끝이 줄달음을 치는 바람에 정신이 아득해지곤 하였다. 봉염의 어머니는 몇 번이나 발이 미끄러지고 또 곱디디었다. 물은 젖가슴을 확실히 지나쳤다. 그때 그의 발끝은 어떤 바위를 디디다가 미끈하여 달음질쳐 내려간다. 그 순간 온몸이 화끈해지도록 그는 소금자루를 버티고 서서 넘어지려는 몸을 바로잡으려 하였다. 그러나 벌어지는 다리와 다리를 모두는 수가 없었다. 그리고 소리를 쳐서 앞에 사내들에게 구원을 청하려

---

10   께느른하다: 몸을 움직이고 싶지 않을 만큼 느른하다.
11   바닷물 따위에서 흙과 유기물이 썩어서 이루어진 진흙탕.

하나 웬일인지 숨이 막히고 답답해지며 암만소리를 질러도 나오지도 않거니와 약간 나오는 목소리도 물결과 바람결에 묻혀 버리곤 하였다. 그는 죽을힘을 다하여 왼발에 힘을 들이고 섰다. 그때 그는 죽는 것도 무서운 것도 아뜩하고 다만 소금자루가 물에 젖으면 녹아 버린다는 생각만이 미끄러져 내려가는 발끝으로부터 머리털 끝까지 뻗치었다.

앞서 가는 사내들은 거의 강가까지 와서야 봉염의 어머니가 따르지 않는 것을 눈치채고 근방을 찾아보다가 하는 수 없이 길잡이가 오던 길로 와 보았다. 길잡이는 용이하게 그를 만났다. 그리고 자기가 조금만 더 지체하였더라면 봉염이 어머니는 죽었으리라 직각되었다.

그는 봉염이 어머니의 손을 잡아 일으키며 일변 소금자루를 내리어 자기의 어깨에 메었다. 그리고 그의 발끝에 밟히는 바위를 직각하자 봉염이 어머니가 이렇게 된 원인이 여기 있는 것을 곧 알았다. 그리고 자기는 이 바위 옆을 훨씬 지나쳐 길을 인도하였는데 어쩐 일인가하며 봉염이 어머니의 손을 꼭 쥐고 걸었다.

봉염의 어머니는 정신이 흐릿해졌다가 이렇게 걷는 사이에 정신이 조금 들었다. 그러나 몸을 건사하기 어렵게 어지러우며 입 안에서 군물이 실실 돌아 헛구역질이 자꾸 나온다. 그러면서도 머리에는 아직도 소금자루가 있거니 하고 마음대로 머리를 움직이지 못하였다.

그들이 강가까지 왔을 때 맘을 졸이고 있던 나머지 사람들은 욱 쓸어 일어났다. 그리고 저마다 두 사람을 어루만지며 어떤 사람은 눈물까지 흘리었다. 자기들의 신세도 신세려니와 이 부인의 신세가 한층 더 불쌍한 맘이 들었다. 동시에 잠 한 잠 못 자고 오롯이 굶어 오며 자기들을 기다리고 있을 아내와 어린 것들이며 부모까지 생각하고는 뜨거운 한숨을 푸푸 쉬었다.

그 순간이 지나가니 또다시 맘이 졸이고 무서워서 잠시나마 가만히 앉아 있을 수가 없었다. 그래서 그들은 이번에는 봉염의 어머니를 가운데 세우고 여전히 걸었다. 이번에는 밭고랑으로 가는 셈인지 봉염이 어머니는 발끝에 조 벤 자국과 수수 벤 자국에 찔리어서 견딜 수 없이 아팠다. 그는 몇 번이나 고무신을 벗어 버렸으나 그나마 버리지는 못하였다.

그는 언제나 이렇게 맘을 내고도 한 번도 그의 속이 흡족하게 실행하지는 못하였다. 그저 망설였다. 나중에는 고무신이 찢어져 조 뿌리나 수수 뿌리에 턱턱 걸려 한참씩이나 진땀을 뽑으면서도 여전히 버리지는 못하였다.

그들이 어떤 산마루턱에 올라왔을 때,

"누구냐? 손들고 꼼짝 말고 서라. 그렇지 않으면 쏠 터이다!"

이러한 고함소리와 함께 눈이 부시게 파란 불빛이 쏵 하고 그들의 얼굴에 비친다. 그들은 이 불빛이 마치 어떤 예리한 칼날 같고 또 그들을 향하여 날아오는 총알 같아서 무의식간에 두 손을 번쩍 들었다. 그리고 이젠 '소금을 빼앗겼구나!' 하고 그들은 저만큼 속으로 생각하였다. 이렇게 단정은 하면서도 웬일인지 '저들이 공산당이 아닌가. 혹은 마적단인가.' 하며 진심으로 그리 되었으면 하고 바랐다. 공산당이나 마적단들에게는 잘 빌면 소금 짐 같은 것은 빼앗기지 않기 때문이었다.

길잡이로부터 시작하여 깡그리 몸 뒤짐을 하고 난 저편은 꺼풋[12]하고 불을 끄고 한참이나 중얼중얼하였다. 그들은 불을 끄니 전신이 소름이 오싹 끼치며, '저놈들이 칼을 빼어 들었는가. 혹은 총부리를 거누었는가.' 하여 견딜 수 없이 안타까웠다. 그때 어둠 속에서는,

"여러분! 당신네들이 왜 이 밤중에 단잠을 못 자고 이 소금 짐을 지게 되었는지 알으십니까!"

쇳소리 같은 웅장한 음성이 바람결을 타고 높았다 떨어진다. 그들은 '옳다! 공산당이구나! 소금은 빼앗기지 않겠구나. 저들에게 뭐라구 사정하면 될까.' 하고 두루 생각하였다. 저편의 음성은 여전히 흘러나왔다. 그들은 말하는 시간이 지날수록 어서 말을 그치고 놓아 보냈으면 하였다. 그리고 이 산 아래나 혹은 이 산 저편에 경비대가 숨어 있어 우리들이 공산당 의연설을 듣고 있는 것을 들으면 어쩌나 하는 불안이 자꾸 일어난다. 봉염의 어머니는 저편의 연설을 듣는 사이에 싼더거우 있을 때 봉염이를 따라 학교에 가서 선생의 연설 듣던 것이 얼핏 생각히며 흡사히도 그 선생의 음성 같았다. 그는 머리를 번쩍 들며 저편을 주의해 보았다. 다만 칠 같은 어둠만이 가로막힌 그 속으로 음성만 들릴 뿐이다. 그는 얼른 우리 봉식이도 저 가운데나 섞이지 않았는가 하였으나 그는 곧 부인하였다. 그리고 봉식이가 보통 아이와 달라 똑똑한 아이니 절대로 그런 축에는 섞이지 않았을 것이라고 단정되었다. 이렇게 생각하고 나니 봉식이에 대한 불안은 적어지나 저들의 말하는 것이 어쩐지 이 소금자루를 빼앗으려는 수단 같기도 하고 저 말을

---

12 『북한어』 바람에 날리어 매우 힘 있게 떠들리며 빠르고 세게 움직이는 모양.

그치고 나면 우리를 죽이려는가 하는 의문이 자꾸 들었다.

어둠 속에서 연설이 끝난 후에 원로에 잘 다녀가라는 인사까지 받았다. 그들은 얼결에 또다시 걸었다. 그러면서도 저들이 우리를 돌려보내는 것처럼 하고 뒤로 따라오며 총질이나 하지 않으려나 하여 발길이 허둥거렸다. 그러나 그들이 산을 넘어 밭머리로 들어설 때 비로소 안심하고 … (원문 탈락) … 한숨 끝에 탄식하였다.

봉염의 어머니는 조급한 맘을 진정할수록 '저들이 의심할 수 없는 공산당들이었구나!' 하였다. 그리고 아까 그들의 앞에서 꼼짝하지 못하고 섰던 자신을 비웃으며 세상에 제일 못난 것은 자기라 하였다. 남편을 죽이고 자기를 이와 같은 구렁에 빠뜨린 저들 원수를 마주 서고도 말 한마디 못 하고 떨고 섰던 자신! 보다도 평시에 저주하고 미워하던 그 맘조차도 그들 앞에서는 감히 생각도 못 한 자기. 아아! 이러한 자기는 지금 살겠노라고 소금자루를 지고 두 다리를 움직인다. 그는 기가 막혀서 웃음이 나올 지경이었다. 그리고 못난 바보일수록 살겠다는 욕망은 더 크다고 깨달았다. 동시에 한 가지 의문 되는 것은 저들이 어째서 우리들의 소금 짐을 빼앗지 않고 그냥 보내었을까가 의문이었다. '그렇게 사람 죽이기를 파리 죽이듯 하고 돈과 쌀을 잘 빼앗는 그놈들이…' 하며 그는 이제야 저주하기 시작하였다.

그들은 낮에는 산 속에서 혹은 풀숲에서 숨어 지내고 밤에만 걸어서 사흘 만에야 겨우 용정까지 왔다. 집까지 온 봉염의 어머니는 소금자루를 얻다가 감추어야 좋을지 몰라 한참이나 망설이다가 낡은 상자 안에 넣어서 방 한구석에 놓고야 되는 대로 주저앉았다. 방 안에는 찬바람이 실실 돌고 방바닥은 얼음덩이같이 차다. 그는 머리와 발가락을 어루만지며 목이 메어서 울었다. 집에 오니 또다시 봉염이며 봉희며 명수까지 선하게 보이는 듯하였던 것이다. 그들이 곁에 있으면 이렇게 쓰리고 아픈 것도 한결 나을 것 같다. 그는 한참이나 울고 난 뒤에 사흘 동안이나 지난 생각을 하며 무의식간에 몸서리를 쳤다. 그리고 이 눈물도 여유가 있어야 나온다는 것을 알았다. 그는

"으흠."

하고 신음을 하며 누울 때 소금 처치할 것이 문득 생각한다. 남들은 벌써 다 팔았을 터인데 누가 소금 사러 오지 않는가 하여 문편을 흘금 바라보다가 '내가 소금 짐을 져왔는지, 여왔는지 누가 알아야지. 그만 내가 일어나서 앞집이며 뒷집을 깨워서 물어 볼까? 그러다가 참말 순사를 만나면 어떻게.' 하며 그는 부시시 일어나려 하였다.

"아!"

소리를 지르도록 다리뼈 마디가 맞찔리어 그는 한참이나 진정해 가지고야 상자 곁으로 왔다.

그는 잠깐 귀를 기울여 밖을 주의한 후에 가만히 손을 넣어 소금자루를 쓸어 만졌다. '이것을 팔면 얼만가…. 팔 원하고 팔십 전! 그러면 밀린 집세나 마저 물고…. 한 달 살까? 이것을 밑천으로 무슨 장사라도 해야지. 무슨 장사?' 하며 그는 무심히 만져지는 소금덩이를 입에 넣으니 어느덧 입 안에는 군물이 시르르 돌며 밥이라도 한술 먹었으면 싶게 입맛이 버쩍 당긴다. 그는 입맛을 다시며 침을 두어 번 삼킬 때 '소금이란 맛을 나게 한다. 아무리 좋은 음식이나 소금이 들지 않으면 맛이 없다. 그렇다!' 하였다. 그

때 그는 문득 남편과 아들딸이 생각히며 그들이 있으면 이 소금으로 장을 담가서 반찬 해 먹으면 얼마나 맛이 있을까! 그러나 그들을 잃은 오늘에 와서 장을 담을 생각인들 할 수가 있으랴! 그저 죽지 못해 먹는 것이다. 그는 한숨을 푹 쉬었다. 생각하니 자신은 소금 들지 않은 음식과 같이 심심한 생활을 한다. 아니 괴로운 생활을 한다. '이렇게 괴로운…' 하며 그는 머리를 슬슬 어루만졌다. 머리는 얼마나 이그러지고 부어올랐는지 만질 수도 없이 아프고 쓰리었다.

그는 얼굴을 상자에 대며, '봉식아, 살았느냐 죽었느냐 이 어미를 찾으렴…. 난 더 살 수 없다!' 어느 때인가 되어 무엇에 놀라 그는 벌떡 일어났다. 벌써 날은 환하게 밝았는데 어떤 양복쟁이 두 명이 소금자루를 내놓고 그를 노려보고 있다. 그는 그들이 순사라는 것을 번개같이 깨닫자 풀풀 떨었다.

"소금표 내놔!"

관염(官鹽)은 꼭 표를 써주는 것이다. 그때 그는 숨이 콱 막히며 앞이 캄캄해 왔다. 그리고 얼른 두만강에서 소금자루를 빠뜨리지 않으려고 죽을힘을 다하였었던 그때와 흡사하게도 그의 신경이 날카로워지는 것을 느꼈다. 그때는 길잡이가 와서 그의 손을 잡아 살아났지만 아아! 지금에 단포와 칼을 찬 저들을 누가 감히 물리치고 자기를 구원할까?

"이년! 너 사염(私鹽)을 팔러 다니는 년이구나. 당장 일어나라!"

순사는 그의 눈치를 채고 이것이 관염이 아닌 것을 곧 알았다. 그래서 그는 이렇게 소리치며 그의 손을 잡아 낚아챘다. 별안간 그의 몸은 화끈 달며 어젯밤 … (이하 원문 탈락) …

어머니와
딸

번민

　부엌 뒷대문을 활짝 열고 나오는 옥의 얼굴은 푸석푸석하니 부었다. 그는 사면으로 기웃기웃하여 호미를 찾아들고 울바자 뒤로 돌아가며 기적거린 후 박, 호박, 강냉이 씨를 심는다. 그리고 가볍게 밟는다.

　눈동이 따끈따끈하자 콧잔등에 땀이 방울방울 맺힌다. 누구인지 옆구리를 톡톡 친다. 휘끈 돌아보니 복술이가 꼬리를 치면 그에게로 달려든다. 까만 눈을 껌벅이면서⋯. 옥은 호미를 던지고,

　"복술이 왔니!"

　복술의 잔등을 쓰다듬었다. 그리고 멍하니 뒷산을 올려다보았다. 그의 눈과 마주 띄는 이끼 돋은 바위틈에는 파래진 이름 모를 풀포기가 따뜻한 볕과 맑은 바람결에 흔들리고 있다. 그 옆으로 돌아가며 봄맞이 아이들의 손에 다 꺾인 나뭇가지에는 노랑꽃, 빨강꽃이 송이송이 피었다.

　나비 한 마리가 펄펄 날아든다. 그는 가볍게 한숨을 쉬며 높았다 낮아지는 나비를 따라 시선을 달음질쳤다. 눈 깜빡일 사이에

나비는 벌써 산비탈을 넘어 까뭇거린다. 그의 눈은 스스로 감겨지며 볼 위로 눈물 흔적이 보인다.

"무엇하셔요."

사립문 밖에서 건넛집 애기 어머니가 자루 같은 젖을 흔들며 발발 기어 달아나는 애기를 잡아 안고 일어선다. 옥은 빙긋 웃으며,

"호박씨 심으러 나왔어요."

그는 손톱 사이에 낀 흙을 파내고 보니 애기 어머니는 어디로 가버리었다. 그는 방문턱 위에 비스듬히 걸터앉아 두 다리를 내려다볼 때 저켠 산 너머로 작은 새소리가 그의 가슴을 한두 번 두드리고 잠잠하여진다. 순간에 떠오른 것은 엊저녁에 받은 남편의 편지다. 그는 한숨을 길게 쉬며 '그가 그렇다니… 인골(人骨)을 쓰고야 차마… 그렇게… 하는 수야 있나! 어머님의 말씀이 오죽이나 잘 알으시고 하신 말씀이랴! 믿지 마라! 남자를 믿지 말아라!' 몇 번인지 되뇌이고 난 그는 눈물이 그득해졌다.

'어머니, 나는 이 일을 어찌 해야 좋아요?' 정면 위에 걸린 약간 미소를 띤 남편의 사진을 쳐다보았다. 언제나 틈만 있으면 이렇게 하는 것이었다. 따라서 일어나는 그의 과거. 시어머니 생전에 자기와 남편이 천진스럽게 놀던 꼴, 그리고 시어머님이 임종 시까지도.

"봉준을 잘 길러라. 둘이서 싸우지 말고 잘 살아야 한다. 옥아!"

어린 옥은 곤한 잠에 들기 전까지는 입 속으로 외우건마는… 사정없이 잡아뗀 남편의 지독한 편지. 이것이 자기의 정성이 부족함일까, 혹은 남편이 철없는 탓일까를 탓하기 전에 먼저 돌아가신 시어머니에게 대하여는 죄스러웠다. 어쨌든 싸움이었던 것이었다.

그의 시어머니는 옥에게 무슨 말이든지 부탁할 때에는 두 손을

꼭 잡고 들여다보며,

"옥아, 너는 내 딸이지, 내 말 잘 듣지?"

이렇게 묻고 나서야 뒷말을 계속하시는 것이었다.

옥은 펄썩 주저앉는다. 방바닥은 산뜻한 맛이 있다. 뒤를 이어 보름달 같이 선연히 떠오르는 시어머니의 그 눈, 코, 입모습, 부지런하기로 댈 데 없는 그의 손발, 어느 것 하나 빼놓지 않고 꼬리에 꼬리를 물고 나타나는 것이다.

책상 앞으로 다가앉아 그는 책을 펼쳐 들었다 놓았다. 연필을 쥐고 무엇을 쓰다가 박박 뜯어 두 손으로 꼬깃꼬깃하여 뒷문 밖으로 내쳤다. 말쑥하니 치워놓은 책상 위를 다시 들어내어 먼지를 떤다.

이렇게 뒤질 때 남편이 어려서 읽던 뚜껑 없는 책 몇 권이 나왔다. 책장 떨어진 것, 연필로 죽죽 내려 그은 것, 먹 점이 뚝뚝 박힌 것들이다. 따라 남편의 두둑한 손이 보였다. 언제나 흙장난하는 탓으로 손거스러미는 항상 일고 있었다.

어린 남편은 학교서 돌아오면 문턱에서 책보를 방안으로 팽개치고 선길로 나가는 것이었다. 옥은 뒤로 따라서며,

"어디 가?"

그는 휘끈 돌아보고 두말없이 나가고, 혹간,

"저기."

하고는 도망질치는 것이었다. 옥은 저녁을 퍼 놓고 기다리다 못해 사립문까지 나와서 머리를 배움하고 가고 오는 사람들을 남몰래 살펴보았다.

아득아득할 때 남편은 사립문으로 뛰어들자,

"오마이!"

냅다 치고는 꽉 고꾸라지는 것이었다. 가뜩이나 요리조리 궁리하던 옥은 이 소리에 가슴이 찌르르 울리며 시어머님이 죽게 보고 싶었다. 자기네들을 남기고 먼저 간 시어머님이 원망스러워졌다. 그러나 꾹 참고 남편을 껴안고 방으로 들어가며,

"왜 그래!"

남편은 한층 더 느껴 울며 옥의 무릎 위에 탁 실린다.

"누가 때려?"

"장손이가 여기를 때리지…."

볼을 가리켰다. 옥은 바투 들여다보고 어루만지며,

"정 나쁜 놈들! 울지 말라오. 후일 내 보면 대신 때려 주고 욕해 줄게. 어서 밥 먹자오, 응?"

이렇게 말하여 겨우 울음을 그치게 한 그는 상 옆에 마주 앉아 밥을 물에 말아 주고 반찬에 가시를 뽑아가며 불룩이는 그의 두 볼을 바라볼 때 대견한 끝에 두 줄기 눈물이 앞을 캄캄케 하는 것이었다.

이러한 과거를 돌아볼 때 그나마 옛날이 다시 오지 못할 행복한 날이었음에 그의 가슴은 뻐근하여졌다. 따라서 어머니를 잃은 자기네들의 외로운 신세가 눈앞에 선하니 보인다.

그의 볼은 능금빛으로 타오르고 골치가 들썩들썩 아프기 시작하였다. 그는 횃대[13]에 걸린 수건으로 힘껏 머리를 동인 후, 책상 위에 푹 엎드렸다가 벌떡 일어나 아래윗목으로 왔다 갔다 하며 자

---

13 옷을 걸 수 있게 만든 막대. 간짓대를 잘라 두 끝에 끈을 매어 벽에 달아매어 둔다.

기의 장래를 어림하여 보았다.

남편은 언제나 자기를 버리고 어떤 말쑥한 여학생과 함께 살 때가 있을 것 같았다. '그러면 나는 어쩔까? 이혼을 해 주어야 옳을까? 이대로 견뎌 배겨야 할까?' 그는 한참이나 바람벽을 노려보다가 입술을 꼭 다물고, '망설이는 것부터도 벌써 어머니의 유언을 잊은 나다! 견디자! 어머님의 둘도 없는 아들이 아니냐? 그리고 나의 남편인 것이다!' 이렇게 부르짖으며 책상 서랍을 열었다.

그는 봉투 속으로부터 편지를 꺼내어 몇 번이든지 되읽어 본 후 그의 가슴 에 꼭 갖다 대었다. 그리고 조심성스러이 남편의 사진을 쳐다보았다. 밖에서 신발소리가 났다. 그는 손 재게 편지를 서랍 속에 밀어 넣고 얼른 일어났다.

앞문이 열리자 영철 선생이 들어선다.

"어디 아픈가!"

옥은 그제야 머리에 동인 수건을 슬그머니 벗어서 뒤로 감추며,

"아뇨, 언제 오셨나요?"

"지금 오는 길일세. 어디 아픈 것 같은데….."

자세히 들여다보며 묻는다.

"아니야요."

"그새 동경서 편지 왔겠지?"

"네, 어제 왔습니다."

"음, 잘 있다던가?"

"네."

"다른 말 없어?"

옥은 머리를 숙였다. 갑자기 무엇이라고 대답해야 좋을지 몰랐다.

"왜? 무어랬던가?"

"저… 아니요."

그의 입은 굳이 다물어졌다. 그리고 그의 흰 목덜미에 새파란 힘줄이 불끈 일어나는 것이었다. 선생은 그의 입술을 바라보며 무거운 침묵 속에서 그의 속을 어림하여 보았을 때 가엾음보다도 감복됨이 앞서는 것이었다.

"공부에 재미 많지, 어디 얼마나 배웠나 보세."

선생은 이렇게 화제를 돌려서 그의 긴장된 마음을 풀어주려 하였다. 그는 책보를 당겨서 풀어놓았다. 선생은 다가앉아 그의 가리키는 페이지를 들여다보며,

"그새 많이 배웠지."

선생은 빙긋이 웃어 보였다.

"열심으로 공부나 하고 모든 괴로움은 하느님께 바치게나. 세상 사람 치고 근심 없는 사람이 어디 있는 줄 아나. 원체 괴로운 세상이니까. 먼저 깨닫고 달게 받아야 하네."

옥은 잠잠하여 고름 끈을 만지작거렸다.

"이번 공부시키러 가서 자네 어머님 뵈었지."

"네? 어머님!"

"요새는 영업도 그만두시고 무던한 영감님 얻으셔서 평안히 계시는 모양이야. 장차로는 교회 안으로 들어오시겠다고 하시데. 어머님 위하여 많은 기도 올리게."

"한번 오시겠다는 말씀 없어요?"

"오시겠다데."

시계는 네 시를 땅땅 친다. 선생은 시계를 바라보며 모자를 들

고 일어섰다.

"쓸데없는 생각하지 말고 열심으로 공부하게. 그리고 자조자조 기도해. 내일 예배당에 꼭 가지?"

하고 옥을 똑바로 쳐다보았다. 옥은 발부리를 굽어보며,

"네."

선생은 댓돌로 내려서며 저편 구석에 석유 초롱이 반만큼 눈에 띄었다.

"무엇 떨어진 것 없나?"

"아뇨."

선생은 햇빛을 안고 집 모퉁이로 돌아갔다.

옥은 앞이 허전해지며 머리를 갈래갈래 풀어헤친 어머님의 환영이 떠오르는 것이었다. 어릴 때부터 지금까지 그의 친정어머니에게 대한 인상이란 남자들의 무릎과 무릎 사이로 옮아 다니며 갖은 아양을 다 피우다가도 그들의 발길에 툭툭 채여 질질 울고 다니는 꼴이었다.

그러나 오늘에 생각키운 어머니 - 그의 과거를 짐작해 볼 때 한 번도 보지 못한 자기 아버지란 사나이가 어딘지 모르게 그리우면서도 안타깝게 미워졌다. - 어머니의 타락된 원인이 아버지의 소위(所爲)인 것을 깊이깊이 깨닫게 되었다.

그는 사립문 안으로 들어서자 맨땅에 펄썩 주저앉으며,

"어머니! 당신도 깨끗한 처녀였겠지요. 아부지를 만나기 전에는…. 아, 얼마나 쓰림을 당하시다 못해서 곱고 고운 어머니의 그 깨끗한 마음이 흐리어졌습니까? 이제야 비로소 어머님의 쓰라렸던 가슴을 알겠습니다. 괴로움을 잊기 위하여 술을 마시고 울지

않았습니까! 오, 그 쓰림은 나에게도 왔습니다! 왔습니다.”

　그는 일어났다. 해는 산밭을 타서 뉘엿뉘엿 넘어가고 멀리 들리는 버들피리 소리는 차츰차츰 가늘어진다.

추억

　지루하나마 옥의 친정어머니 이야기로부터 시작하자. 옥의 어머니는 송화읍에서 은율목으로 빠지는 막바지에 사는 김창문의 맏딸이었다. 아버지의 부지런한 탓으로 조밥이나마 배불리 먹고 갈나무라도 미루어가면서 뜨뜻이 땠다.

　금년 열일곱에 난 창문의 딸은 동네의 자랑거리였다. 바느질 잘하고 얌전하다는 것, 더구나 우선우선[14] 웃는 듯한 그의 얼굴은 동네의 인기를 끌고도 지나친 것이었다. 그러므로 누구나 그를 대할 때에는 ‘예쁜이’ 이렇게 불러서, 그의 이름은 예쁜이로 되어 버리고 말았다.

　아침만 되면 그의 부모들은 네 살 된 세인이를 맡기고 들로 나간다. 예쁜이는 집에 남아 있어 물 길어 밥 짓기, 진흙투성이 된 옷 빨고 바늘질하기였다.

　그의 동무들은 김매기를 뽑혀 다니었건만, 그는 텃밭을 매는 외

14　『북한어』1. 목소리나 표정 따위가 좀스럽지 않고 탁 트여 시원스러운 모양.
　　2. 얼굴에 어두운 기색이 없이 밝고 활기가 있는 모양.

에 벌김이라 고는 매어 보지 못하였다. 그만큼 그의 부모들이 그를 아끼었던 것이다.

어느 날 저녁 때 그는 세인을 데리고 물을 길러 갔다. 앞으로 뿔뿔 달아나는 세인이를 보고,

"아가, 세인아"

하고 불렀다. 세인은 말뚱말뚱 누이를 쳐다보며 달아난다.

"놀며 가자우. 넘어져, 웅?"

몇 걸음 천천히 걷던 세인은 금시로 달음질쳤다. 예쁜이는 따라가서 붙잡고 흘겨보며,

"넘어진대도?"

세인은 몸을 빼치려고 어깨를 흔들며,

"고기고기나!"

조그만 손을 쪽 내밀었다.

"무엇?"

손길을 통하여 바라다보니 샛노란 망망꽃이 풀포기에 숨어 반만큼 배움하고 있다.

"꺾어 주랴?"

"웅."

그는 가만가만히 풀숲을 헤치고 꺾어다 주었다. 세인의 얼굴은 한층 더 둥그래 보였다. 파란 풀포기에 숨어 흐르는 흰 물줄기는 쭉 둘러싼 차돌 틈으로 졸졸 흐르고 있었다.

예쁜이는 그의 그림자를 물속에 던지며 바가지를 들어 밀었다.

풍, 소리가 나자 눈달치[15]들이 하나씩 나타나기 시작한다. 동이에 물을 채우고 나서 예쁜이는 한 모금 마신 후 돌아보며,

"물 안 먹어?"

바가지를 들어 뵈었다. 세인은 그에게로 다가서며,

"감구감구."

한다.

휘끈 돌아보다가 번개같이 웬 사람의 시선은 마주쳤다. 그는 머리를 폭 숙이고 얼른 동이를 이었다.

"어서 가!"

겨우 한마디를 입 속으로 중얼거리고 세인의 손을 잡아끌었다.

저편 사나이로부터,

"아기, 싱아[16] 줄까?"

세인이는 예쁜에게로 칵 달려 매며 망망꽃을 공중에 내던지고 울멍울멍하였다. 옥의 두 귀밑은 빨개지며 세인의 손을 홱 잡아뿌리치고 잦은걸음으로 달아났다. 세인은

"으아."

소리를 치고 두 발을 동동 굴렀다.

이 꼴을 본 사나이는 이편으로 달려와서 그의 손에 싱아를 들려주었다.

"애기 울지 마라."

세인이는 싱아를 집어내치고 예쁜이를 따라 허방지방 따라오다가 팍 고꾸라졌다. 사나이는 뒤로 와서 그를 부둥켜안고 예쁜네

---

15   1. 『방언』 '치어02(稚魚)'의 방언(황해) 2. 『북한어』 '왜몰개'의 북한어.
16   마디풀과의 여러해살이풀.

집 사립문까지 왔다.

"아가, 잘 들어가라. 또 넘어지지 말고, 응?"

세인이는 눈물을 좌우로 씻으며 봉당 대문 사이로 갸웃이 내다 보고는 쑥 들어가 버렸다. 사나이는 돌아서서 머리를 푹 숙이고 천천히 걸음을 옮기었다.

부엌에 숨었던 예쁜이는 세인이를 꽉 쓸어안고 문 사이로 사나 이의 뒷맵시를 보았다. 커다란 사나이가 산비탈을 넘어서자 힐끗 돌아보는 것이었다.

그 후로는 세인이는 밖에만 갔다 오면 싱앗단이나 과자봉지를 들고 달려 들어오며,

"이거 봐, 사탕이야. 씨, 너 안 줘."

하고 빙빙 돌아가며 과자봉지를 들었다 놓았다 하였다.

예쁜이는 눈을 둥그렇게 뜨고,

"웬 거냐? 누가 사주디?"

세인은 밖을 흘끔흘끔 돌아보며,

"감구, 감구가 사줘."

예쁜이는 문밖을 바라보며 어디 숨어서 엿보지나 않는가 하는 생각이 들 때, 전신이 오싹해지며 눈앞에 전날 본 사나이의 그 눈 매가 무섭게 떠오르는 것이었다. 그는 가는 소리로,

"세인아, 얻어먹으면 거렁뱅이 되어서 못 쓴다. 후댐에 또 사주거 든 '우리 집엔 사탕 많아요.' 하고 받지 말아라, 응? 그러면 내가 아 부지더러 하얀 돈 많이 달라고 해서 사탕 이만큼 사주마, 응?"

그는 손을 벌려 뵈었다. 세인이는 들은 체도 안 하고 사탕만 들 여다보는 것이었다. 그는 세인이를 꼭 잡고 들여다보며,

"아가, 남한테 사탕 받아먹으면 곱다 저고리 해서 너 안 줘."

그는 사탕을 입에 넣고 예쁜이를 쳐다보았다. 후일에 감구가 사 주면

"받아 가지고 올 테냐? 후일에는 안 그렇게 하지? 응, 대답해."

세인이는 두리번두리번하며 덮어놓고,

"응."

하였다. 예쁜이는 세인이를 꼭 껴안으며

"우리 세인이 용치, 정말 용해."

볼과 볼을 마주 댈 때 달콤한 냄새가 구미를 스르르 돌리게 하였다.

예쁜의 집 문 앞을 감도는 그 사나이는 송화읍서 한 등 너머 사는 최용문의 일꾼으로 있는 둘째였다. 그가 예쁜이를 먼 빛으로 보기는 벌써 여러 번이었으나 이렇게 마주당해 보기는 처음이었던 것이다.

그 후로부터는 일하다 중턱에도 나뭇짐이나 걸머지고 뻔질나게 읍으로 오는 수가 잦았다. 그리하여 지고 온 나뭇짐을 되는대로 팔아버리고 예쁜네 집 주위를 몇 바퀴든지 돌아서 세인이라도 만나보고 나오면 한결 마음이 나았다.

둘째는 어젯밤 비에 와짝 달라진 조밭머리에 앉아 호미를 움직였다. 침묵 속에 몇 이랑을 매고 난 그는 긴 한숨을 후, 쉰 끝에 김내기를 내쳤다. 굽이쳐 올라가는 멜로디는 스러져가는 듯 꺼져가는 듯 삼아삼아 하였다. 곁에 동무는,

"좋다!"

제 엉덩이를 툭툭 치고 벙글벙글 웃었다. 소리가 끝나자,

"웬일인가? 자네도 소리 할 줄 알아?"

두리번두리번 쳐다보았다. 그는 픽 웃어 보이고 잠잠하였다.

"한마디 또 하게."

밭머리에서는 와자지껄하였다.

"어서 들어들 가세."

이편을 향하여 한 사람이 고함친다. 곁에 동무는 일어섰다.

"가세."

"먼저 가게나."

동무는 꾸역꾸역 그들의 뒤를 따랐다.

둘째는 매던 이랑을 마치고 나서 밭머리로 나왔다. 이 밭 저 밭에서 꾸역꾸역 사람들이 밀려나왔다. 그는 사람들의 지껄이는 소리가 귀찮아서 맨 꽁무니에 떨어져서 산비탈 지름길에 들어섰다.

딱 막아선 다방솔 포기 옆에 붙어 앉아 그는 담배를 피워 물었다. 그리고 정신없이 읍등새만 바라보고 있었다. 뒤에서는 잦은 발소리가 차츰차츰 가까워졌다. 그는 무심코 힐끗 돌아보니 새하얀 손수건으로 귀밑까지 폭 눌러쓴 색시가 노란 바구니를 옆에 끼고 이편을 향하여 오다가 인기척 있음을 알고 피하여 가만가만 저편으로 가는 것이었다.

둘째의 눈은 차차로 둥그래지며 멀어가는 색시의 뒷맵시를 살피는 순간 '예쁜이다!' 이렇게 속으로 부르짖고 벌떡 일어났다. 그의 가슴은 점점 술렁이기 시작하였다.

한참이나 멍하니 바라보던 그는 최후의 용기를 내어 색시의 뒤를 따르기 시작하였다. 열 눈이 자기 한 몸으로만 쏠린 듯하여, 뒷잔등이 오싹오싹해지며 이마에 식은땀이 흐르는 것이었다.

이 눈치를 챈 색시는 두 팔을 허우적거리며 재게 걸었다. 뒤에 발소리가 가까워짐을 알자 그는 바구니까지 내치고 달아난다. 일삼아 다듬어가며 뜯어 넣은 풋나물은 길가에 좍 헤지고 바구니는 데굴데굴 구르기 시작했다.

둘째는 구르는 바구니를 붙잡고 헤어진 나물을 주섬주섬 주웠다. 솔밭 속으로 지나치는 색시는 뒤를 돌아보자 수건이 공중 벗겨지며 삼단 같은 머리채가 어깨 위로 미끄러져 빨간 댕기가 나풀거렸다. 둘째는 색시의 눈과 마주치자 머리를 폭 숙일 때

"아이고 어마이!"

하고 털썩 주저앉았다.

침묵은 계속되었다. 둘째는 겨우 머리를 들어 폭 숙인 그의 얼굴을 옆으로 자세히 보니 틀림없는 예쁜이다. 그리던 예쁜이를 꿈밖에도, 생각지 않은 곳에서 이렇게 만났으나 무엇이라고 말하는지 감감하였다.

빽빽이 들어선 소나무 새로 그윽한 송진 냄새와 함께 새 속잎에 짙은 뭇냄새가 그들의 코를 스칠 뿐이었다. 둘째는 예쁜이가 숨도 크게 못 내쉬고 바들바들 떠는 것을 내려다보고는 가엾은 생각이 들었다. 그리하여 그만 갈까 하고 발길을 돌렸으나 착 붙고 떨어지지 않았다. 자기로서도 생각지 못한 어떠한 큰 힘의 지배를 받고 있었던 것이었다.

"어떻게 할까?"

가는 바람만 불어와도 사람인 듯, 이상한 소나무라도 눈에 띄면 사람이 숨었는가? 이리하여 전 신경이 긴장되었을 때, 까치 한 마리가 그들을 굽어보며 깍깍하였다.

그는 얼결에 바구니를 예쁜이 앞으로 놓았다.

"예쁜아! 너 집에 가고 싶지?"

떨리는 소리다. 힘을 들여 해 놓고 보니 그의 생각한 바가 아니고 딴청을 끌어내었다. '한마디만 물어보고 보내야 할 텐데 어떻게 하나?' 이렇게 속으로 궁리하면서도 역시 같은 말을 뇌이는 데서 지나지 않았다.

"예쁜아, 어서 가라."

누가 이런 말을 시켜 주는지 안타까웠다. 둘째는 있는 힘을 다하여 옆으로 비켜섰다.

예쁜이는 죽나 보다 하고 두 눈을 꼭 감고 엎드렸다가 '가라.'는 둘째의 말이 그의 귀에 어렴풋이 들리자 공포와 의문이 그의 전신을 억눌렀다. 그는 한층 더 떨었다.

이 꼴을 본 둘째는 슬금슬금 뒤로 물러서서 노송나무 뒤로 숨어버렸다. 그제야 예쁜이는 겨우 일어나 바구니를 들고 달음질을 쳤다.

"예쁜아, 나를 잊지 마라!"

그의 전신은 화끈함을 느끼자 앞이 캄캄해졌다. 그는 소나무를 콱 쓸어안고,

"예쁜아, 예쁜아!"

주먹으로 눈물을 씻고 바라다보니 한 길가 나뭇가지 사이로 숨바꼭질하는 그의 댕기꼬리는 햇빛을 받아 피같이 붉어 뵈었다.

어젯밤 늦게까지 순희네 벼 마당질을 마치고 오늘부터는 예쁜네 차례였다. 창살이 푸릇푸릇하자 예쁜 아버지는 부시럭부시럭 일

어났다.

"여보게, 일어나 밥 하게."

그는 아내를 깨우고 밖으로 나갔다. 예쁜 어머니는 예쁜이를 깨워 가지고 부엌으로 나와 등에 불을 켜놓고 아궁이에 불을 피우며 한편으로 해팥을 일어 안쳤다.

예쁜이는 아궁이 앞에 앉아 무럭무럭 일어나는 불을 들여다볼 때 두 무릎이 따끈따끈해지며 졸음이 포로로 왔다. 눈이 감길수록 밖에서 웅성거리는 소리는 선히 들려왔다. 어머니는 쌀을 안치며,

"불 때려마!"

깜짝 놀라 깬 예쁜이는 나무를 끌어다 넣고 벼 태질 소리에 머리가 뒤숭숭하여졌다. 어느덧 밥이 우구구 끓어오르자 예쁜이는 불을 멈추고 일어나서 소매를 척척 걷고 설거지를 하며 한편으로 상을 놓았다.

어머니는 등에 불을 훅 끄고 널문을 활짝 열어놓았다. 차츰 새어오는 회색빛 하늘에는 별들이 까뭇거렸다. 어머니는 예쁜이가 주는 주걱을 받아들고 그릇을 포개 담은 양푼을 부뚜막 위에 놓은 후 솥 깨[17]를 열었다. 무역무역 올라오는 훈훈한 김이 그의 볼을 스치고 올라간다.

"진지들 잡수시오."

뒤이어 예쁜 아버지는,

"밥들 먹고 하지."

그들은 우중우중 사립문으로 들어서 방안으로 들어앉았다.

---

17 『방언』 '뚜껑'의 방언(충청, 황해).

"상 들여라."

방문턱에 비껴 서서 딸이 가져오는 상을 받아 차례로 그들 앞에 갖다 놓았다.

예쁜이는 통통걸음을 쳐서 잔심부름을 다하고 숭늉까지 퍼들인 후, 뒷대문 옆에 가만히 붙어 서서 안방에서 흘러나오는 소리를 분간하여 들으며 읍등새 좌우로 총총 들어선 솔밭을 바라보았다.

언제나 눈결에라도 이 솔밭이 띄게 되면 지난 일이 번개같이 그의 머리에 떠오르는 것이었다. 무섭고도 어딘가 모르게 귀염성스러운 둘째의 얼굴은 항상 솔밭 속에 숨어 있는 듯이 생각되었다.

컴컴하던 솔밭도 새어온다. 옆으로 돌아가며 간 당추밭에는 빨간 당추 고추가 하나씩 둘씩 나타나기 시작하였다. 우수수하는 바람결에 '툭'하는 소리가 들렸다. 그는 놀라 굽어보니 밤 한 알이 앞으로 굴러왔다. 깜빡 잊었음을 느끼고 그는 치마 앞을 벌리고 울바자 밑에 서 있는 밤나무 아래로 달려갔다. 주먹 같은 밤알이 여기저기 흩어져 보암직스러웠다.

밤알을 다 줍고 난 그는 치마 앞을 연해 들여다보며 밤나무를 쳐다보았다. 예쁜이는 가을철이 들자 눈만 뜨면 밤나무 아래로 달려가서 살펴보다가 밤 아람이 지기 시작하면서부터 옹골차고 그중 큰 알로 따로 골라서 어머니도 세인이도 모르게 뚜란독 속에 깊이깊이 간직해 두었다가 마가을에 가는 어머님께 부탁하여 팔아오게 하였다. 그리하여 가지고 싶던 것을 사서 가지곤 했다.

그는 가만가만히 허청간으로 달려가서 방석을 열고 독 속으로부터 커다란 시승 배아지를 꺼내자 치마 앞에 밤을 골라 옮겨 놓고 보니 배아지 전과 비슷하였다. 그는 쫑긋 웃고 배아지를 독 속에 넣은 후 허튼 짚으로 덮고 부엌으로 나왔다.

방안에서는 담뱃대 터는 소리가 나자 웃음소리가 왁 쓸어 나왔다. 뒤미처,

"상 받아라."

그들은 밖으로 밀려나갔다. 예쁜이는 짐짓 섰다가 어머니가 주는 상을 받아 부엌으로 날랐다.

어머니는 세인에게 젖을 빨리며 밥을 먹었다. 세인은 예쁜에게로 손을 내밀며,

"나, 밤."

예쁜은 부엌으로 나가서 밤 담은 종다래끼[18]를 갖다 세인의 앞에 놓았다. 그는 종다래끼를 잔뜩 껴 앉고 갸웃갸웃 들여다보며 어머니의 떠 넣어 주는 밥을 먹었다. 세인의 보기 좋게 볼록이는 두 볼에는 오목오목 우물이 잡히었다.

밖에서는 벼 알 떨어지는 소리가 요란스럽게 났다. 저녁때가 되어 말 되는 소리가 들렸다. 예쁜이는 밥을 잦혀 놓고 밥상을 보아 놓은 후 사립문 뒤에 붙어 서서 졸이는 가슴으로 엿보았다.

아버지는 그 커다란 눈을 둥그렇게 뜨고 말 수를 세고 있었다. 옆으로 농장지기, 낯설은 양복쟁이, 돈 장사하는 김만수, 그 밖에 마당질한 일꾼들이 쭉 둘러섰다. 벌써 엿 섬째 묶는 것이었다. 그들의 눈은 호기심이 빛났다.

"열한 섬 반!"

여러 사람 입에서 똑같이 굴러 떨어졌다. 만수는 데리고 온 일

---

18 작은 바구니. 다래끼보다 작으며 양쪽에 끈을 달아 허리에 차거나 멜빵을 달아 어깨에 메기도 한다.

꾼에게 눈짓하여 닷 섬을 구루마[19] 위에 탕탕 실어 놓았다. 예쁜 아버지는 하도 어이가 없어 멍하니 바라보자 구루마는 털털 구르기 시작하였다.

뒤이어 처신이도 볏섬을 구루마 위에 실어 놓고 앞서거니 뒤서거니 굴러갔다. 예쁜 아버지는 벼 씌움을 한 먼지 머리를 뒤집어쓴 채 짚북데기[20]를 손에 들고 금방 울 듯, 울 듯한 눈으로 하늘을 쳐다보았다. 멀리 들리는 구루마 바퀴소리는 마치 그들의 가슴 한복판을 굴러가는 듯 요란스럽게 울리는 것이었다.

예쁜네 모녀는 설거지를 마치고 방으로 들어왔다. 일꾼들은 벌써 가버리고 담뱃내만 자욱한 방에 예쁜 아버지는 시름없이 째한 앞문만 바라보고 있었다. 그러자 밖에서 기침소리가 났다.

"진지들 잡수셨나요?"

"어, 그 누구이?"

예쁜이는 윗방으로 올라갔다.

"처신이오."

그는 의외라는 듯 벌컥 일어나며,

"무엇이 잘못된 것이 있습니까?"

처신은 방안으로 들어앉았다. 예쁜 어머니는 등불을 헤어 놓았다.

"아뇨, 오늘 퍽 섭섭하셨겠지요."

이 말에 그는 너무 황공하여 눈물까지 글썽글썽해졌다.

"오늘 나와 같이 오셨던 어른이 바로 우리 농장 주인이십니다."

"뭐?"

---

19   수레.
20   짚이 아무렇게나 엉킨 북데기.

예쁜 아버지는 눈을 둥그렇게 떴다.

"전에는 늘 대리로 보내시더니 올해는 친히 오셨습니다."

한 층을 낮추어서,

"마침 참한 소실을 구하신다는 말을 하기에 내가 집에 따님 이야기를 하였더니 영감님께 말씀해 보라고 하시기에 왔습니다."

예쁜 아버지는 너무나 생각 밖인 까닭에 무엇이라고 대답할 것이 칵 막히었다. 영감이 잠잠함에 예쁜 어머니는 답답하여,

"그런 어룬이 우리 딸 같은 것을 어떻게…"

이제야 예쁜 아버지도,

"글쎄, 그런 돈 많으신 어룬이…"

"원, 별 말씀도 다 하십니다. 전에 세월 같으면야 어림이나 있습니까마는 요새 세월은 그렇지 않다오. 그런 걱정은 말으시고 얼른 작정하시오."

부부는 잠잠하였다. 그들에게는 무엇보담 처신의 말이 미덥지 않았다. 한 참 후에 영감은,

"글쎄, 원… 그럴 리가…"

처신이는 눈을 슴벅슴벅하며,

"어서 작정하시오. 이런 때를 놓치지 말아야지. 그런 부자를 사위로 맞이하는 판인데, 설마한들 영감님네를 굶으라 하겠수?"

부부의 머리는 지끈해지며 나오려던 말이 한층 더 막혔다. 처신이는 부부를 번갈아 보았다.

"어찌 하겠수…. 좀 좋소? 딸은 호사여, 치여 죽을 지경이겠구려. 동자도 바누질고 안 하고 오도카니 앉어 손톱에 물만 팅기구 앉았겠구려. 수 생겼소."

영감은 예쁜 어머니를 보았다.

"어쩔까?"

"글쎄요…. 어찌했던 한번 가셔서 손수 자세한 이야기를 듣고 다시 생각해봅시다. 갑자기 되니 내니 알겠소."

처신은 벌컥 일어났다.

"가십시다."

영감은 왜자자한[21] 머리를 쓰다듬으며 일어났다.

"뭐 그러고 가시랍니까?"

"그럼."

아래를 굽어보았다. 처신은 문밖으로 나가며,

"원, 어서 가십시다. 농사꾼이 아모려면 상관있습니까."

영감은 두말없이 뒤를 따랐다.

예쁜 어머니는 그들의 말소리가 멀어질수록 아까 일이 활동사진 모양으로 나타났다, 없어졌다 하였다. 어느덧 그의 눈에는 눈물이 흘렀다. 무엇보다도 나이 많은 자기 남편이 여름내 그 다디단 잠도 못 자고 밤새워 가며 봇등의 물을 논에 대느라고 애쓰던 것이 아까웠다. 벼이삭이 보암직스러이 패어올 때 영감의 좋아하던 꼴, 그는 폭 엎드러서 흑흑 느껴 울었다. 한참 울고 나니 이번에는 예쁜이 일, 아까 본 그 양복쟁이가 새삼스럽게 뚜렷해 보였다.

"참이라면 어쩔까?"

이렇게 부르짖으며 웃방[22]을 향하여,

"예쁜아!"

---

21 『북한어』 머리카락 따위가 마구 헝클어지거나 흩어진 모양.
22 『북한어』난방 구조에서, 기본 살림방을 기준으로 하여 그다음에 있는 방.

몇 번이나 불렀으나 잠잠하였다. 그도 세인의 옆에 입은 채로 누워서 하던 생각을 되풀이하였다.

밤이 적이 깊어서 남편은 돌아왔다. 곁에 펄썩 주저앉자 술내가 훅 끼쳤다.

"무어랍디까?"

그는 아무 말 없이 일어서서 비틀걸음으로 윗방 문을 열었다.

"예쁜아!"

텁텁한 소리였다. 뒤로 따라 선 예쁜 어머니는,

"자요, 자요. 할 말 있으면 내일 하구려."

"응, 취한다. 내 딸 자니?"

눈을 지리쳐 감고 예쁜 어머니께로 탁 실린다.

"우리는 살았네. 내 딸 때문이지. 에이! 고얀 놈! 이놈아! 만수란 놈아! 날도적놈아!"

시뻘건 눈을 부릅뜨고 부들부들 떤다. 그는 겨우 남편을 끌어다 옷을 벗기고 자리 위에 뉘었다. 눕자마자 코를 골아 넘긴다.

그는 한층 더 눈이 똑똑해졌다. 고요한 방안에 숨소리만이 가득하고 이때마다 들리느니 가을벌레 울음이다. 혹 불을 끄고 나니 뒷문에 달이 비쳤다.

남편의 입에서 나오는 말에 의하여 딸의 혼인은 이미 결정된 듯싶었다. 무엇보다도 섭섭한 것은 소실이라는 것이었다. 자기의 귀한 딸을 남의 눈엣가시로 보내는 것이 아무래도 못할 짓으로 생각되었다.

그는 남편 곁에 누워 어느덧 잠이 들고 말았다. 이튿날 새벽, 남편에게 흔들리어 깨어난 그는 남편을 쳐다보았다.

"혼인은 다 되었네."

"뭐야요. 좀 생각해보고 하지."

"공연한 소리를 또 하네 그려. 그런 자리가 쉽겠나. 그러고 며칠 있다가는 가겠다니까 예쁜이를 따라 보내야 하겠네."

예쁜 어머니는 기가 막혔다. 이어서 눈물이 좌우로 흘러내렸다.

"이 사람은 쩍 하면 울기는…. 그럼 시집도 안 주고 끼고 있을 텐가?"

마누라는 돌아누우며 세인이를 꼭 껴안았다.

훤히 밝자 예쁜이는 일어났다. 가만히 샛문을 열자 그의 어머니는,

"왜 벌써 일어나니? 곤할 텐데."

그는 아무 대답 없이 부엌으로 나가서 앞뒤 대문을 활짝 열어놓았다. 산뜻한 바람이 그의 정신을 깨끗하게 하였다. 그는 우두커니 차츰 새어오는 하늘을 쳐다볼 때 컴컴한 솔밭이 그의 앞을 가로막았다. 어제 새벽만 하여도 무섭던 솔밭이 이 순간에 있어서는 눈물이 날 만치 정들어 보였다.

그도 모르는 사이에 긴 한숨을 내쉬고 저적저적 밤나무 아래로 가보았다. 어제보다도 더 많이 떨어졌다. 그는 맥없이 치마 앞을 벌려 한 알씩, 두 알씩 줍기 시작할 때 눈물이 주르르 흘러내렸다.

그는 밤을 채 줍지도 않고 부엌으로 들어왔다. 방문 소리가 나자 어머니가 나왔다.

"아부지가 너 들어오란다."

그의 가슴은 지끈하였다. 예쁜이는 머리를 푹 숙이고 나무 꼬챙이로 부엌 바닥만 이리저리 긋고 있었다. 이 꼴을 본 그의 어머니

도 저 애가 벌써 다 들었구나 하였다.

"어서 들어가라 왜 그리고 있니, 아모러면…."

발이 떨어지기도 전에 훌쩍훌쩍 울음이 터졌다. 방 안에서는 아버지의 소리가 들렸다.

"예쁜아, 들어오너라."

어머니의 딸의 우는 양을 보니 가슴이 뻐근해지며 '저런 것이 어찌 남의 첩 노릇을 할까, 아무것도 모르고 아비, 어미밖에는 모르는 저것이…' 이렇게 생각하고 나니 저절로 눈물이 앞을 가렸다.

예쁜 아버지도 부엌으로 나왔다.

"내, 내 딸 왜 우니, 너무 좋아서? 허허허…."

그는 너털웃음을 내치고,

"어서 들어가자. 밥을랑 네 어미더라 하라자, 응."

그는 예쁜의 곁으로 바싹 대들었다.

"그만둬요. 저도 다 들은 모양인데."

"어디서 들었어?"

아내를 쳐다보았다 그는 영감을 밀치며,

"그만둬요. 새벽부터 말 안 하기로서니 틈이 없을까."

그는 하는 수 없이 중얼중얼하며 방으로 들어간다.

"야! 울지 말라구. 누구나 한 번씩은 겪는 일인데 무얼. 내가 열네 살에 너의 아부지한테 왔겠니."

예쁜이는 가만히 일어서서 뒤안으로 나갔다. 그리하여 밤나무 옆에 착 가리어 앉아 치마폭으로 얼굴을 폭 가리고 흑흑 느껴 울었다.

조반을 퍼놓은 예쁜 어머니는 뒤 안으로 나와서 밤나무 옆으로 왔다.

"들어가서 밥 먹자. 야, 말 들어. 속 태이지 말고."

예쁜의 손을 잡아끌었다. 그는 하는 수 없이 방으로 들어갔다.

"내 딸 왜 그래! 공연히 그리누나. 이제 서울 가면 좋은 구경하고 좀 좋으냐?"

예쁜 어머니는

"그만둬요. 자꼬만 우는 애를 가지고 여러 말 하시우…. 괜히 밥도 못 먹게스리."

어머니의 들려주는 숟갈을 들고 밥을 퍼먹으려니 기가 꽉 찼다. 며칠만 있으면 아버지의 말대로 가야 하니 그러면 다시는 어머니 아버지 세인이도 못 보겠지. 이런 생각에 슬그머니 숟갈을 놓고 윗방으로 올라갔다. 그의 어머니도 따라 밥술을 놓고 말았다.

세인이가 기지개를 켜며 벌떡 일어나 앉는다.

"오마이!"

영감은 세인이를 꺼안았다.

"아가, 밥 먹자."

세인은 도리를 치고 어머니께로 가서 젖가슴을 헤치고 팠다. 아버지는 샛문을 열고,

"밥 먹어라, 울기는 와! 어서 나려와!"

세인은 토닥토닥 아버지 곁으로 와서 갸웃하고 보았다.

"오마이, 누나 울어. 이렇게 울지."

조그만 손으로 눈을 부비치며 어머니 앉은 곳으로 달려온다. 그는 본체만체하고 한숨만 후후 쉬었다.

조반상을 물리자 이춘식이와 처신이가 들어선다. 영감은 황망히 일어나며,

"이리 오시오. 집이 누추해서…"

아랫목을 가리키고 방안을 휘휘 둘러보며 윗목으로 앉았다.

춘식은 들어서자마자 어떤 토굴 속에 들어온 듯하였다. 한참 후에야 방안 속이 어림해 보였다. 도배하지 않은 바람벽이며 불그죽죽한 장롱짝, 엉성그려물은 갈자리입, 어느 것 하나 원시시대를 상상케 아니할 것이 없었다. 더구나 먼지내가 코를 벗튀우는 것 같았다. 그는 수건을 내어 코를 가리고 있었다.

영감은 샛문을 열고 보니 딸이 없었다. 그는 부엌으로 나갔다.

"이애 어디 갔노?"

세인이를 업고 왔다 갔다 하는 아내를 쳐다보았다.

"글쎄요, 이제 곧 나갔는데…"

영감은 얼굴을 찡그리며

"어서 데려오게."

그는 새침하고 밖으로 나갔다.

영감은 방으로 들어오며,

"촌년이 돼서 몹시 부끄러워합니다."

얼마 후에 발소리가 들렸다. 영감은 밖으로 나갔다.

"왜 혼자 오누?"

"어디 있습디까?"

"에잇…"

춘식은 부부의 이야기를 듣자 처신이를 찔러 가지고 일어났다. 영감은 돌아보자 얼굴이 벌개지며,

"어째서 가시랍니까, 곧 올 터인데요."

그들은 웃으며,

"보나 다름 있겠습니까? 내일 가겠습니다. 옷은 다 맡기었습니다."

그들은 가고 말았다.

이튿날 아침 여덟 점 차로 예쁜이는 그리운, 그리운 고향을 등지고 떠나게 되었다.

가을이 깊었다. 창문의 딸 예쁜이는 부자 이춘식의 호강첩으로 팔려갔다는 소문이 읍촌간에 자자하게 퍼졌다. 둘째는 처음에는 곧이듣지 아니하였다. 보다도 자기 귀를 의심하였다. 그러나 새록새록이 들어오는 소문은 그로 하여금 괴로우나마 믿지 않고는 견디지 못하였다.

가슴을 졸이며 알아본 결과는 움직일 수 없는 사실이었다. 그의 다만 하나인 과부의 외아들 같은 희망은 빼앗기고 말았던 것이다.

지금 그의 짤막한 과거를 돌아본다면 그나마 희망에 넘친 행복한 날이었었다. 처음이자 마지막으로 만나 본 그 순간에 다만 한 번만이라도 시원한 말을 나누고 떠났다면 차라리 나을 것같이 생각되었다.

그는 모든 것을 잊어보려 하였다. 자기로서도 알지 못할 쓰림과 질투의 불길이 날이 갈수록 무섭게 타올랐던 것이다. 그는 자기의 생사를 헤아리지 않을 만큼 되었었다. 그리하여 그의 얼굴은 파리해 가고 가뜩이나 무거운 입이 철문같이 굳게 닫혀버렸다.

그는 밤마다 발길 가는 대로 맡겨두며 번번이 읍둥새 솔밭을 찾게 되는 것이었다. 그는 소나무 밑에 펄썩 주저앉아서 노송나무를 힘껏 껴안고 차츰차츰 깊어 가는 가을밤에 고즈넉이 잠든 송화읍을 내려다보았다. 전에 볼 수 없던 함석집들이 가운데 들어앉아,

둘러앉은 초가집들을 노려보는 듯 비웃는 듯이 달빛에 빛나고 있었다.

찰나에 떠오른 눈, 비웃는 그 눈, 천진한 어린 자기를 속인 말끔한 거짓말이 그의 전 신경을 비상히 흥분시킴을 따라 쓰라렸던 과거 실마리가 풀리기 시작하였다.

젊어서 남편을 잃은 그의 홀어머니는 어린 그를 하늘같이 믿고 여름이면 김품 팔고 겨울이면 삯바느질 같은 것으로 그날그날 겨우 살아갔다.

둘째가 열두 살 나던 해 가을이었다. 여름철이 들면서부터 그의 어머니는 소화불량증을 얻어 노상 굶다시피 하면서도 삯김을 계속하였다. 그러나 철이 바뀐 어느 날 그는 견디지 못하여 하던 일을 겨우 대강대강 마쳐 버리고 집으로 돌아와서는 정신없이 자리에 눕고 말았다.

어린 둘째는 솔가리를 긁어다 놓고 방으로 들어왔다.

"오마이!"

언제나 그는 방문을 열어 잡고 이렇게 부르는 것이었다. 여러 날 신고(辛苦)에 두 눈등이 푹 꺼진 그의 어머니는,

"왜?"

겨우 눈을 뜨고 아들을 보았다. 군데군데 해진 잠방 적삼이라든지 발꿈치가 쑥 나온 목달이가 새삼스럽게 그의 머리를 어지럽게 하였다.

곁에 앉은 아들의 손을 어루만지며,

"배고프겠구나. 아파서 나는 밥 못하겠으니 식은 밥이라도 갖다

먹어라, 아이고!"

그는 긴 한숨을 푹 내쉬고 자기도 모르는 사이에 눈물이 흘러내렸다.

"응."

둘째는 부엌으로 나가서 들그렁들그렁 하더니 조밥 바리와 된장 그릇을 안고 들어왔다. 그는 씩씩하며 나뭇단 끌어들이듯이 밥술은 큼직큼직하였다.

부리나케 푹푹 퍼먹은 그는 숟갈을 공중 던지고,

"오마이, 나 배 불러."

"오냐."

어머니 대답을 들은 그는 그릇을 버려둔 채 어머니 곁으로 달려와서 눕자마자 코를 골아 넘긴다.

그의 어머니는 똑 부러지게 아픈 곳은 없다 하더라도 전신의 맥을 출 수가 없으며 따라서 호흡이 곤란해졌다. 나중에는 가래까지 올랐다. 방안은 찬바람이 실실 돌았다. 새어드는 달빛은 아들의 얼굴을 뚜렷이 보여주었다. 그는 젖 먹던 힘을 다하여 이불을 끌어다 아들에게 덮어 주었다.

자기의 병이 위중할수록 막연하게 어린 아들의 신세가 불쌍해 보일 뿐이었다. 따라서 저 어린것을 놓고 내가 아주 죽나 보다 하는 끔찍한 생각은 하늘이 무서워서 못하여 보았던 것이다.

밤이 깊어갈수록 점점 가래가 성해지고 바람에 밀려다니는 나뭇잎의 와삭이는 소리와 요란스럽게 들리던 벌레 울음소리가 차츰차츰 가늘어지며 주위가 암흑으로 변해지는 것을 느낄 때 그의 가슴은 죽음이란 것 앞에서 마지막으로 울렁거리기 시작하였다.

잠든 아들을 깨워보렸으나, 태산준령이 콱 내려앉은 듯하여 손가락 하나 까딱하는 수가 없었다. 그의 눈은 점점 흰자위만이 남기 시작하였다.

별안간 둘째는 왈칵 일어났다.

"오마이, 오줌 뉘."

아무 대답이 없었다. 그는 어머니를 흔들었다.

"요강 달라오!"

오줌은 나오기 시작하였다. 그는 두 분을 딱 감고 시원하게 누고 나서 그 자리에 되는 대로 누어버렸다. 그러나 눈 오줌은 사정없이 그의 해진 옷 속으로 푹 젖어 먹었다. 그는 잠결에 괴로움을 느끼고 벌떡 일어났다.

"오마이!"

갑자기 추움과 무서움이 휘딱 들어 두 눈이 올랑해졌다. 둘째는 어머니 곁으로 바싹 다가앉아 흔들었다.

"오마이!"

어머니는 정신이 뻔하였다. 그러나 마치 가위눌린 사람 모양으로 말도 할 수 없으며 움직일 수도 없었다. 하도 대답이 없음에 안타까워서 둘째는 머리맡으로 가서 그의 어머니의 눈을 보았다. 그는 갑자기 무서움을 느꼈다.

"오마이, 왜 그래, 응아!"

그는 어머니 가슴에 얼굴을 파묻고 울었다. 아들의 우는 것을 번연히 아는 어머니는 어떻다고 말할 수 없이 슬펐다. 그러나 그는 역시 순간이고 아무것도 분간치 못하는 의혹으로 변해지는 것이었다.

둘째는 어머니의 얼굴을 들여다볼 때 밤마다 켜지던 등불이 없었다. 그는 한 손으로 눈물을 씻으며 또 한 손으로 성냥을 더듬어 불을 켰다.

"오마이! 나 보라우, 어서야!"

어머니의 감겨지는 눈을 뻐기고 들여다보았다. 어머니는 무엇이라고 중얼거렸다. 음성은 들리지 않고 입만 놀렸다.

"무어! 에 그 정 크게 하려마."

어머니의 입술을 똑똑히 들여다보며 그대로 입술을 놀려 보았다.

"주부. 응, 주부!"

얼핏 작년 여름에 엉덩이의 종기로 인하여 어머니와 주부(의원)네 집 갔던 기억이 떠올랐다.

"응, 주부, 주부. 내 갔다 와!"

그는 우뚝 일어섰다. 문밖으로 뛰어나오자 무서운 김에,

"오마이! 난 가! 응."

이런 말을 남기고 앞으로 뛰었다.

오불꼬불한 논두덩을 지나고 밭머리를 지나 읍등새 솔밭 사이로 들어섰다. 바람에 솔포기 흔들리는 소리가, 동무들에게서 들은 옛날이야기에서 나오는 무서운 범이 나오는 듯, 그리고 자기의 발자취 소리에 놀라 휘끈 돌아보면 둥그런 달이 자기를 따르는 것이었다.

그 무서운 솔밭도 지나고 외나무도 건너지른 쪽다리를 기어 건너서 새로 닦은 큰 길 위로 들어서 줄달음질쳤다. 의원집까지 다 온 그는 팍 고꾸라지자 두 걸음을 쳐서 일어났다. 단숨에 돌충계를 올라서 차디찬 대문짝에 착 달라붙었다.

"오마이, 문 열어!"

얼결에 빽 소리치고 숨을 죽이고 엿들었다. 여기저기서 짖는 개 소리만이 점점 요란스럽게 들렸다.

"문 열어요!"

전신에 땀이 훈훈히 흐르며 눈물이 그렁그렁 떨어졌다. 눈을 딱 감고 대문짝을 쳐다리고 나니 안으로부터 인기척이 나며 문이 방싯 열리자 뚱뚱한 주부가 나타났다.

"웬 아이냐?"

자다 나온 텁텁한 소리였다. 둘째는 반가움에 와락 달려들어가 칵 매어달렸으나 한참 동안은 말을 못하고 애만 썼다.

그는 달빛에 둘째의 얼굴을 비춰보니 한 번 본 아이 같았다. 그는 머리를 돌려 생각해보더니,

"너 종기로 앓던 애지?"

"네, 울 오마이, 저 울 오마…"

숨이 찼다.

"그래 너의 오마니가 어떻단 말이냐?"

"저 죽어가요, 아파서…"

"어디가 아프다든?"

"겨워요, 그리고 말 못해요."

"음."

의사는 둘째를 물리쳤다.

"앓다가 낫지. 울지 마라. 내일 아침 내 갈 것이니 어서 가거라."

"나 혼자요?"

안타까운 듯이 의사를 쳐다보았다.

"그럼."

의사의 머리에 아직 새로운 것은 작년 약값도 절반도 받지 못한 것이었다. 그리고 밤도 오래고 더구나 촌이 되어 가고 싶지 않았다.

"올 때도 너 혼자 왔니?"

"네, 갑시다, 우리 집에. 네?"

바투 대들어 그의 손을 잡아끌었다.

"내일 가겠으니 어서 가거라!"

자기 어머님 같은 사람인 줄 알고 대들었으나 사정없이 그를 몰아낸다.

"내일 간다. 잘 가거라!"

말을 마치지도 전에 문빗장을 걸고 들어가 버렸다. 둘째는 멍하니 섰다가 문 사이로 들어가는 의사의 뒷덜미를 바라보았다.

"정말 오겠수우?"

아무 대답없이 안대문까지 쾅 닫겨 버렸다.

둘째는 대문 밖에 우두커니 서서 누가 또 나올까 하고 기다리다 못해 두 주먹을 부르쥐고 앞으로 뛰었다. 나무도 산도 얼씬얼씬 움직였다.

집까지 달려온 둘째는 방문을 벼락같이 열고,

"오마이!"

뛰어들어 어머니 가슴에 팍 엎어졌다. 문바람에 등불마저 꺼져 버렸다. 둘째는 어머니 얼굴 위에다 얼굴을 마주 대고,

"주부가 안 오지, 내일 오겠대, 응."

뜨거운 눈물이 차디찬 송장 위에 한 방울, 두 방울 떨어지기 시작하였다. 때마침 곁집 닭은 홰를 치고

"꼬끼오."

하고 울었다.

　여기까지 생각한 둘째는 깊이깊이 가라앉았던 분까지 왈카닥 치몰려 하늘을 뚫을 듯하였다. 그는 두 주먹을 다져 쥐고 벌떡 일어났다.

　예쁜이는 예쁘장한 계집애를 낳게 되었다. 두 눈이 분명하고 얼굴 판장은 어머니 비슷하면서도 어머니보다 생김생김이 뚜렷하였다. 우리의 여주인 이 될 옥이였었다.

　외롭던 끝에 계집앨 망정 생기고 보니 몇 달 동안 갖은 수고와 입으로 담지 못할 악형당한 것도 꿈속으로 사라지고 더할 나위 없이 위안이 되었다. 그리하여 아무것도 모르는 그 어린것에다가 혼자서 중얼중얼 주고받고 하는 것이었다.

　주옥이 어머니가 혹간 지나가다 귓결에 들으면 벼락같이 문이 열렸다.

　"그 잘난 계집애만 가지고 빈둥빈둥 놀 테야!"

　평생 말할 때에도 달싹도 못하는 판에 긁어 닥치는 듯한 큰 소리에 금방 무슨 변이라도 나는 듯싶었다. 그리하여 머리를 푹 숙이고 가슴은 울렁거리기 시작하였다.

　"반편, 반편 하니, 저런 반편이 어디 있다가 내 속을 요다지도 태워주니! 이 야이 못난 년아!"

하고 달려들어 어린애를 뺏아 가지고 안방으로 홱 들어가 버렸다.

　어린애는 발악을 하고 운다. 뒤이어 어떻게나 하는지 죽는 소리가 난다. 울음 마디마디가 예쁜이의 뼈끝마다 새어드는 듯 가슴이 찢어지는 듯하였다.

그는 더 참을 수 없어 벌컥 일어나서 방안으로 빙빙 쏘다니다가 두 눈이 벌개져서 안방으로 건너가는 것이었다. 눈치를 챈 주옥 어머니는 앞질러 딱 막아서서 노려보았다.

"잘못했습니다…. 네. 애기 주시오. 참말이야요."

그의 눈은 애처롭게 타올랐다. 주옥 어머니는 일종의 통쾌감을 느끼며,

"무엇을 그래 잘못했단 말이냐?"

그는 무엇이라 대답할 것이 난처하여 마지막에는 울음으로 대하였다.

"아씨, 저 입 보시우."

둘러선 행랑어멈 침모는 눈짓을 하여 입을 막고 웃었다. 이렇게 하여 그들의 잔인한 흥미도 다해지면 사정없이 어린애를 내쳐 주었다.

그는 어린애를 안고 비실비실 자기 방으로 건너가서 맞은 자리를 어루만지며 볼과 볼을 남몰래 마주 대었다. 어린애는 눈을 맞추자 방싯방싯 웃었다.

어슬막에 대문소리가 요란하게 났다. 뒤이어 흐트러진 신발소리가 들리자

"나리 오신다!"

하는 소리가 거푸 들렸다. 예쁜이는 애기를 멀찍이 눕히고 밀장문 사이로 바라보았다. 얼근히 취하여 비칠비칠 들어오는 남편의 탁트인 얼굴, 안방에서 마주 나오는 다닥다닥 붙은 주옥 어머니. 첫눈에 벌써 외모만은 기운 짝이었다.

주옥 어머니는 생글생글 눈웃음치며,

"아빠 오신다, 주옥아."

주옥이는 빠르르 나와서 아버지에게 안겼다. 부부는 앞서거니 뒤서거니 하여 방으로 들어가자 밀장문이 스르르 쾅쾅 닫히고 만다.

멍하니 바라보던 예쁜이는 어쩐지 허전함을 느꼈다. 역시 순간이었다. 그 는 어린애를 꼭 끼어 안고 전등불 아래 빛나는 조그만 눈을 말없이 언제까지나 들여다보았다.

방으로 들어간 주옥 어머니는 남편의 기분이 좋을 때를 이용하여 예쁜이의 말을 꺼내리라 하고 눈치만 슬슬 보며 갖은 아양을 다 떨고 있었다.

저녁상이 들어온다.

"난 먹었어."

춘식은 벌렁 누웠다 어멈은 도로 부엌으로 나갔다. 주옥이는 아버지 팔에서 잠들었는지 색색 하는 숨소리가 들렸다.

"어떻게 할 테요? 저 반편은."

"왜 또, 갑자기?"

"정말 반편부려 못 보겠소, 여보."

"마음대로 하지."

이 말에 생긋 웃었다.

"내야 어찌 알겠소. 당신 마누라를…. 집으로 보내면 어떠우?"

"보내지, 그럼."

순간에 그는 아찔하도록 좋았다.

"애는 떼어서 젖유모 주지요."

벌써 예쁜이의 안타까워하는 꼴이 눈에 보였다.

"글쎄."

"노비는 얼마나 줄까?"

"한 십 원 주게나."

춘식은 귀찮다는 듯이 가만히 팔을 빼고 모로 누웠다.

"내일 보내겠소."

"마음대로 해."

그는 주옥의 베개를 내려 베어준 후 가만히 밖으로 나와서 한 바퀴 돌았다.

아침이 되자 주옥 어머니는 전에 없이 일찍 일어나서 안팎으로 나다니며 새살랑하였다. 문밖까지 나와서 남편을 보낸 주옥 어머니는 상노를 데리고 건넌방으로 와서 그는 단박 달려들어 어린애를 잡아 안고 일어섰다.

"가라! 네 집으로! 엣다, 이것 가지고…."

포갠 일 원짜리 지폐를 예쁜이의 앞으로 던졌다.

예쁜이는 가슴이 울리기 시작하였다. 이렇게 숱하게 많은 돈을 보기가 처음이나 '가라'는 째는 듯한 소리는 그의 귀를 아프도록 울리었던 것이다.

상노는 돈을 집어 그의 손에 들려주었다.

"어서 갑시다."

얼결에 예쁜이는 따라 일어섰다. 방문턱까지 나온 그는 앞이 허전하였다.

"아가!"

자기도 모르는 사이에 이렇게 부르짖고 돌아보았다. 주옥 어머니 품에 안긴 어린애는 그와 눈을 맞추고 방싯방싯 웃고 있었다.

남편 춘식이는 낮에는 어느 회사 사장으로 출근하고 밤이 되면 기생아씨들에게 둘러싸여서 밤새우는 것이 거의 일과 되다시피 하였다. 예쁜이를 같이 데려다 놓고는 마누라의 새우는 것도 돌아보지 않고 도리어 욕질까지 하면서 밤이 되면 끈히 건너오더니 며칠 지나서 역시 싫증이 났는지 발길을 뚝 끊어버리고 혹시 어쩌다 마주치는 때가 있어도 본 둥 만 둥 하여 두는 것이었다.

따라서 안방 아씨는 나날이 기승스러워 가는 것이었다. 별로 잘못한 일이 없는데도 달려들어 머리채를 휘어 쥐는 것이 매일 되다시피 하였다. 그리하여 온갖 일을 다 시키는 것이었다. 마루걸레, 방걸레, 빨래질, 동 자…. 손대지 않는 것이 없었다. 오히려 괴로우라고 시키는 것이 그에게는 갑갑하지 않고 십상 좋게 생각되었다.

어느 날, 그는 밥을 퍼들이고 밥 한 그릇, 국 한 사발을 가지고 건넌방으로 건너가려니까,

"여기저기 벌리지 말고 어멈과 같이 먹지!"

안방에서 나오는 표독스러운 소리였다. 그는 놀라 꿈칠하여 하마터면 국그릇을 짓몰 뻔하고 겨우 부엌으로 들어갔다. 그는 한숨을 푹 쉬었다. 무엇보다도 그릇 깨뜨리지 않은 것이 적이 안심되었다. 어멈은 안방으로부터 빈 그릇을 가지고 나왔다.

"개밥 주었수?"

"아니오."

"아이구 입때 무얼 했수, 그래? 촌 양반이 왜 개밥 주는 것도 몰우? 기차라!"

부뚜막에 긁어 놓은 솥치에다 식은 밥을 뒤섞고 찌개국물을 타서 개밥통에 들썩 부어주는 것이었다.

"에스, 에스!"

부르니 새카만 강아지가 꼬리를 저으며 달려들어 처럭처럭 먹기 시작하였다. 그는 속으로, '에스는 무엇일까? 우리 곳에서 검둥이, 복술이란 개 이름을 그렇게 부르나?' 어쩐지 에스라는 이름이 서먹서먹하여 다정한 맛이 없었다.

그는 멍하니 서서 개 주둥이 속으로 차츰차츰 없어져 가는 허리가 길쭉길쭉한 흰 밥알을 보았다. 사명절 때나 아버지 생일이라야만 먹는 줄 알았던 흰 이밥을 이 집에서는 개에게까지 먹인다. 이런 생각을 할 때 문득 떠오르는 것은 아버지의 피나던 손이었다.

어느 날 아버지는 벼를 베시다가 엄지손이 벤 것이었다. 빨간 피가 죽죽 흐르는 것을 예쁜이가 달려가서 제 고름 끝을 잘라 처매어드렸다. 피는 점점 더 흘러 옷에 묻고 벼이삭에까지 발려도 아버지는 탐스러운 벼 이삭에 끌려 아픈 것도 아무것도 모르시는 모양이었다.

육칠월 된 햇빛 속에도 구슬땀을 흘리시며 만지고 또 만져서 키워놓은 쌀알! 비가 안 오면 안 온다고 걱정, 너무 오면 온다고 걱정, 한시 한초를 마음 놓지 못하고 키운 눈물, 땀, 피로써의 결정인 이 쌀알을 아버지는 만져도 못 보고 지주와 빚쟁이에게 홀랑 빼앗기고 마는 것이었다.

이리하여 다 늙으신 아버지는 장위[23]도 성하지 못하시건만 파슬파슬한 호좁쌀[24]밥을 잡수시며 잘 넘어가지 않는 탓으로 이따금 물 한 모금씩 마시던 것이 방금 보이는 듯했다.

---

23   1.『의학』=위장. 2.『한의학』입에서 항문까지의 소화 기관을 이르는 말.
24   호좁쌀: 중국에서 나는 좁쌀.

어느 사이에 그는 눈물이 흘렀다. 그는 남몰래 눈물을 씻고 나서 다시 개밥을 보았다. 어김없는, 아버지가 애써 지어 놓은 쌀밥이었다. 만일 아버지가 저 쌀밥을 보시게 되면 얼마나 아끼실 쌀알이랴! 얼마나 대견할 쌀알이랴! 그러나 이 집에서는 아까운 것도 귀한 것도 모르는 모양이었다.

그는 이 집안 사람들은 자기와는 딴 나라 사람들과 같이 생각되었다. 그런 사람들과 한 솥에 밥을 먹고 한집에서 살아간다는 것은 결국은 기막혀 죽을 것 같았다. 어멈은 말똥히 쳐다보다가,

"밥 먹우…. 개 먹는 것이 아깝소, 그래?"

그는 어멈을 돌아보며 밥상을 보자 가슴이 멍청해지며 먹고 싶은 생각이 없고 도리어 끔찍해 보였다. 주옥이는 토닥토닥 나왔다.

"나, 물!"

그는 주옥이를 볼 때마다 세인이가 그리워졌다. 따라서 귀여운 마음으로 주옥이를 보았다. 그는 떠 놓은 물을 입에 대어 주었다.

"싫어!"

안에서는,

"찬물 주어라."

그는 수돗물을 뽑아서 주옥의 입에다 대었다. 꿀꺽꿀꺽 마시고 나서 말똥말똥 쳐다보았다. 예쁜이는 빙긋이 웃었다. 별안간 찰싹하고 예쁜의 따귀를 갈겼다.

"반편! 가야! 네 집으로 가야!"

하고 침을 탁 뱉고 나서 방으로 들어가자 무엇이라고 종알종알하는 소리가 들렸다. 따라 하하 웃는 소리가 들렸다. 어멈도 '너무한다. 어린 계집애가!' 이런 생각을 하며 숟갈을 놓고 일어났다.

"살아 무얼 해요, 어린애한테 그런 모욕을 받고…"

귀엣말로 중얼거리는 것이었다.

예쁜이는 골치가 우썩하며[25] 전신의 열이 머리로 치떠밀어 올리는 것 같았다. 그는 눈을 푹 내려 감고 찬물을 벌떡벌떡 들이키고 있었다. 행랑어멈은 발 빠르게 안방으로 냉큼 들어갔다. 예쁜이는 어멈의 사라지는 뒤꼴을 바라보자 펄썩 주저앉았다.

"못 가요! 난 못 가요!"

처음으로 내는 요란스러운 목소리였다. 모두가 눈이 둥그래질 뿐이었다. 주옥 어머니는 오목한 눈이 한층 더 옴쑥해졌다.

"이년, 이 오라질 년, 어디 못 가나 보자. 염치없이 왜 우리 딸 가져가겠다니? 흥, 이년아 글쎄."

침을 탁 뱉으며 암팡지게 노려보았다.

"끌어내게!"

집안이 쩌렁쩌렁 울었다. 상노는 또다시 달려들어 예쁜의 두 손을 사정없이 낚아챘다. 그는 푹 고꾸라지며 두 팔을 마음껏 뿌리쳤다.

"애기 주어요! 내가 낳았지, 누가 낳았단 말이야!"

예쁜이의 입술에서는 빨간 피가 흘렀다. 상노는 예쁜이의 허리를 깍지 끼었다.

별안간 대문이 활짝 열렸다. 뒤이어 나타나는 키가 들어 꽂은 듯한 험상스럽게 생긴 한 사나이가 번개같이 달려들어 상노를 잡아 낚아채 팽개쳤다. 둘러섰던 계집들은

---

25   우썩하다:『북한어』마르거나 뻣뻣한 물건이 세게 스치거나 부서지는 소리가 나다.

"악!"

하고 뿔뿔이 도망질쳤다.

사나이는 예쁜이의 앞에 딱 막아섰다. 예쁜이는 어리둥절하여 고개를 푹 숙였다가 상노를 밟아치운 데 눈이 뜨였다. 예쁜이는 최후 용기를 다하여 그를 쳐다보았다. 점점 뚜렷이 나타나는 이 사나이. 예쁜이의 눈은 찢어질 듯이 둥그래졌다.

"둘째야!"

나는 듯이 일어나 그의 가슴속에 자기의 흐트러진 머리를 푹 파묻었다.

"예쁜아!"

두멍깨 같은 그의 시커먼 손이 그의 어깨로 돌아가자 꽉 껴안았다.

"잊지 않았구나!"

따르르 하는 소리가 들렸다. 예쁜이는 머리를 번쩍 들고

"애기 가지고 어서 갑시다. 네. 누가 올 테야요!"

그는 이렇게 부르짖었다. 무슨 소리인지 잘 아는 까닭이었다.

둘째는 단박 안방으로 뛰어들자 잡히는 대로 잡아 낚아챘다. 주옥 어머니는 어디로 숨은 꼴이었다. 어린애는

"악."

하고 울었다. 둘째는 어린애를 껴안고 밖으로 나왔다.

예쁜이는 어린애를 받아 안고 죽어 넘어진 상노놈을 건너서 허방지방 나왔다.

"어디 가냐?"

벼락같은 소리와 함께 우중우중 들어서는 경관들은 달려들어

항쇄[26], 족새, 둘째를 읽어 놓았다. 예쁜이는 기절해 넘어지고 말았다.

　며칠 후 예쁜이는 경관들에게 호위되어 남대문 정거장까지 나왔다. 눈 딱 불거진 형사가 차표를 사서 예쁜이의 손에 들려주었다. 그는 차표를 내던지고,

　"난 못해요, 둘째를 놔주어요. 아모 죄 없는 사람이야요. 내가 상노를 죽였어요! 이년이 죽였어요!"

　"가만히 있어, 둘째도 곧 보낼 테야."

　예쁜이는 순사에게 대어 들었다.

　"참말이야요? 거짓말 말으세요. 나는 혼자는 안 가겠어요!"

　그는 팔싹 주저앉았다. 순사는 달려들어 일으켰다. 이 꼴을 본 모든 사람들은 예쁜이에게로 눈이 쏠렸다.

　차는 미끄러져 들어왔다. 꾸리묵거시듯한 사람의 물결은 흔들리기 시작하였다. 예쁜이는 차안으로 끌려왔다. 차는 움직였다. 순간에 예쁜이의 정신은 펄쩍 들었다. 그는 아기를 마루 바닥에 팽개치고 미친 듯이 창 앞으로 달려갔다.

　"둘째야! 둘째!"

　소리를 치고 뛰어내리려 하였다. 사람들은 그를 꼭 붙잡았다. 예쁜이가 내려온 그 해 봄에 창문네 생명줄은 떼이고 말았다. 몇 식구의 살아갈 길은 하루아침 가볍게 떨어지는 말 한마디로 캄캄하게 되었다.

26　칼.

창문이는 딸이 내려온 것, 더구나 준 이태 동안에 갖은 고생 당한 이야기를 듣고 치밀어 오르는 분을 억제하기가 힘들었으나, 그러나 밥줄이 무서워서 꼼짝 못하고 꿀떡꿀떡 삼키고 있었던 것이다.

양과 같이 순하던 그는 며칠 밤새운 끝에 맹호 같은 기세로 일떠나지 않을 수가 없었다. 그의 눈앞에는 아들, 딸, 늙은 마누라도 보이지 않고 다만 원 수인 이춘식이만이 딱 막아섰다. 그리하여 그는 어떤 날 새벽에 아내를 가만히 흔들어 깨웠다.

"어디 잠깐 다녀오겠네."

"어디를 가서요?"

예쁜 어머니는 선뜻함을 느꼈다. 남편의 성질을 잘 알기 때문이었다.

"어디요, 말씀하고 가시오."

그는 아내를 꾹 찔렀다.

"애들 깨겠구만."

세인의 옆으로 가서 얼굴을 맞대보고 예쁜이를 어루만지며 한참이나 우두커니 앉았다가 벌컥 일어났다.

"혹시 이번 갔다 며칠 걸릴지 모르니까 세인이 울리지 말고 예쁜이에게도 잘 위로하여 주게."

여기까지 말한 그는 앞이 캄캄함을 느꼈다. 그러나 꾹 참고 어둠 속으로 달음질쳤다. 신발 소리가 멀어질수록 그의 가슴은 터지는 듯하였다. 남편이 다시 돌아오지 못할 것만 같았다.

다음날부터 세 식구는 날마다 아버지를 기다리나, 날이 가고 철이 바뀌어도 점점 막연하였다. 세인이는 눈만 뜨면 아버지를 부른다.

"오마이, 오늘은 아부지 과자 사 가지고, 웅?"

하도 여러 번 거짓말을 하다 나니 입이 썼다. 그러나 세인의 안타까워하는 꼴을 보고는 번번이,

"그래."

어머니는 한숨을 푹 쉬었다. 나중에는 세인이도 곧이듣지 않고 덮어놓고 어머니 손목을 잡아끌고 나섰다.

"아부지한테 가자! 아부지한테."

어머니는 모든 것을 단념하고 다음날 세인의 손목을 잡고 나섰다.

"야, 난 가겠다."

예쁜이는 부엌으로부터 나왔다.

"어디?"

"견디겠니? 야 때문에."

모녀의 눈에는 약조나 한 듯이 일겁에 눈물이 핑 돌았다.

"오마이, 나도 가!"

따라 나선다.

"너까지 그러지 마라. 하도 조르니 바람이나 쐬이랴고 촌으로 슬슬 돌아다니다가 올 테다. 어서 어린것 데리고 집이나 잘 보아라."

등에 업힌 애를 들여다본다.

"엄마, 엄마!"

"오, 다녀오마 아가."

이렇게 어르고 나서 영감이 떠난 길로 정처 없이 나섰다. 예쁜이는 하는 수 없이 신작로까지 따라나섰다.

"그럼 이내 와. 오마이 안 오면 나도 곧 갈 테야."

머리를 푹 숙이고 울었다.

"오냐."

차마 뒤를 돌아보지 못하였다. 무 밑동 같은 딸 하나를 남겨놓고 다시 오게 될지 말지한 길을 떠나는 어머니의 가슴은 무엇이라 형용할 수 없었다.

어머니와 세인은 산모롱이로 돌아갔다. 그는 펄썩 주저앉아 어린애를 집어 동댕이쳤다.

"이년의 계집애! 네 아비 때문에 우리 어머니, 동생은 떠나누다. 죽어라!"

어린애는

"악."

하고 어머니에게로 달려들었다. 한참 성풀이를 하고 나니 도리어 후회가 났다. '어린것이 무슨 죄가 있나, 내 팔자 사나워 그렇지.' 이렇게 위로받고 집으로 돌아왔다.

어머니가 떠난 지 며칠, 몇 달이 지나도 아무 소식이 없었다. 거의 일 년이 지난 후에 이러한 풍문이 돌았다. 예쁜 아버지가 춘식이를 죽이려다 못 죽이고 도리어 잡혀서 몇 달 후에 애통이 터져 죽었다는 것, 어머니와 세인이도 이 소식을 듣고 한강에서 자살했다는 것이었다.

예쁜이는 그만 실신상태에 빠졌다. 먹을 것 없고 입을 것 없는 데다 하늘 같이 믿고 바라던 어머니, 세인이 돌아오기를 손꼽아 기다리던 희망조차 물거품이 되고 만 것이었다.

그는 담배를 배우고 술을 입에 대었다. 그리고 난봉가를 불렀다. 냄새를 맡은 사내놈들은 수캐처럼 밤낮을 헤아리지 않고 달려들었다.

"여보세요, 이리 와 앉으세요."

처음 보는 사내에게도 탁탁 매어 달려 손을 잡아끌었다.

"술, 술 사주어요. 술 아니면 난 못 살아요!"

그의 눈은 가느다랗게 되는 것이었다. 그는 사내를 얻게 되었다. 그 통에 몇 놈이 저마다 주먹 담판을 하는 바람에 게딱지같은 집이 몇 번이나 무너질 뻔하였다. 그러나 그 중 힘센 매질꾼으로 호난 김명구가 이기고 말았다.

어머니를 빼앗긴 이제 네 살 된 어린 아기는 윗방 구석에서 해종일 혼자서 놀다가는 안타깝게 어머니가 그리워서 샛문 사이로 고개를 갸웃하고,

"엄마!"

어머니는 사내놈의 무릎 위에 올라앉아 갖은 아양을 다 피우다가,

"이 계집애, 가만있어라."

소리를 냅다 치는 바람에 어린애는 눈을 꼭 감고 숨어 버리고 말았다.

예쁜이가 사내 얻으면서부터 아기는 윗목 구석에서 혼자 자게 하였다. 밤중에 한 번씩이라도 깨 보면 고양이 나드는 윗방이 무서웠다. 그리하여 눈을 꼭 감고 이불을 치덮을수록 여전히 무서워졌다. 그러다 혹시 오줌이 마려우면,

"엄마!"

가만히 불렀다. 이마 끝에 땀이 쪽 흐른다. 대답을 기다리던 그는 차마 또 다시는 불러보지 못하고 자리에 그냥 싸 버리고 만다. 아침이 되면 예쁜이는 아기를 차고 던지고 하며 때렸다.

"다시 또 오줌 싸겠니?"

망치를 둘러메면,

"안 그래…"

조그만 손을 눈에 꼭 붙였다. 끼니 때가 되면 사내는 번번이 아기를 미워하였다.

"밥을 작작 처먹어야지."

그 커단 눈을 흘깃흘깃 하였다. 예쁜이는 자기가 욕하고 때릴 때에는 모르다가도 사내가 무어라면 화가 바짝 치밀었다.

"여보, 먹는 건 죄 아니랍데다. 밥 먹는 것까지 그렇게 밉소."

밥숟갈을 뎅그렁 내치고 새침하여졌다. 사내는 눈을 부라리며,

"그래, 밉다! 꼴 못 보겠다. 모두 나가!"

발길로 예쁜이를 내밀쳤다. 예쁜이는 얼굴이 발갛게 되어 사내 놈을 노려보고 있었다. 이 꼴을 본 아기는 나분 술을 놓고 슬그머니 밖으로 나가 뽕나무 옆에 우두커니 서 있었다. 지나가고 오던 사람들은 어린것이 하도 괴망스럽게 무엇을 생각하는 듯한 것이 귀엽고도 불쌍하였다.

"아가, 엄마가 무어라든?"

손을 잡고 들여다보면 잠자코 머리를 흔들어 보였다.

"그럼 아빠가?"

뒤를 돌아보며 가만히 있었다. 그는 아기를 덥썩 안고 자기 집으로 갔다. 한참 후에 예쁜이는 아기를 찾아와서 그를 데리고 집으로 왔다. 그리하여 사내의 골을 풀어주려고,

"아가, 아빠라고 해 보아라."

웃으면서 아기를 들여다보았다. 그는 눈이 둥그래서 가만히 있었다.

"아빠다! 그래야 과자도 사오고 명절빔도 해 준다."

예쁜이는 성이 와락 나서,

"아빠라고 불러 봐!"

아기는 눈을 꼭 감고,

"아니야, 아빠는 없어…."

사내는 골이 한층 더 났다. 예쁜이는 눈을 부릅뜨고,

"나가라, 이 계집애. 너 같은 것 길러서 소용없다!"

사내 할 말을 미리 앞질러서 그의 입을 막으려는 것이었다. 사내는

"흥."

하고 머리를 외어 꼰다. 예쁜이는 아기를 내밀쳤다.

"나가라, 이 계집애!"

그는 문턱을 꼭 잡고,

"아빠!"

소리 없이 눈물이 샘솟듯 하였다.

"아비라는 소리 듣기 힘들다."

씩 돌아앉았다. 예쁜이는 웃으며,

"아직 철없으니까 그렇지요."

변명하였다.

이렇게 사내와 딸 사이로 다리를 놓다가, 놓다가도 결국은 명구와 예쁜이는 갈라지고야 말았다. 예쁜이는 밥 먹을 턱은 없고 하여 하는 수 없이 읍으로부터 몇 고개 넘어가 무초리라는 곳에서 술장사를 시작하였다.

이러는 사이에 아기는 열 살이 되었다. 지금은 제법 물 길어 밥을 곧 잘하였다. 그리하여 예쁜이는 술상이나 차리는 외에 양 끼니 때는 내다보지도 않았다.

인물 고운 새 술장수 났다더라, 소문이 나니 어딧놈이 다 안 불려 오는지 몰랐다. 그리하여 밤낮으로 장구소리 그칠 사이가 없고 싸움하지 않는 날이 없었다.

예쁜이는 술만 취하면 둘러앉은 사내놈들에게 헛욕질을 대고 퍼부으며 보기 싫게 입을 벌리고 우는 것이었다. 그리고는 휘몰이 장단을 쳐서 사내놈들을 쫓아버린 후 앞마당 풀 바탕에 털썩 주저앉아 고함을 치며 울었다. 옛날 둘째를 생각하였던 것이다.

딸은 어머니 팔을 부여잡고,

"오마니, 들어가자우. 남들 욕해."

그는 목에 핏대줄을 올리며,

"욕하면 어떠냐, 개 같은 놈들. 내가 저희 덕에 산다더냐!"

한참이나 악설을 퍼붓다가는 금시로 아리랑 타령을 스러져 가는 듯이 눈물 섞어 부르는 것이었다.

아침마다 아기는 어뜩 새벽에 일어나서 조그만 동이를 이고 물 길러갔다. 윗집 봉준 어머니는 마당을 쓸다가 어린것이 매일 아침 다니는 것을 보고 측은한 마음이 키워서 자세히 보았다.

"아가 춥지 않니?"

"아니오."

쳐다보는 그 눈은 별같이 빛났다.

"어마이 무얼 하니?"

"술 취해서 자고 있어요."

"응."

머리를 끄덕이며,

"네가 밥하니?"

"네."

"용쿠나. 애기 어서 가 밥해라. 그리고 우리 집에 놀러 오너라."

"네."

돌아서 아장아장 걸어가는 그의 뒷맵시를 한없이 바라보던 그는 즉각적으로 범상한 애가 아닌 것을 알았다. 그리고 탐스러운 생각이 났다. 자기는 아들이 있으면서도 항상 알찍은 마음이 한편에 있었던 것이다.

동네에서는 그 부인의 과거를 아는 사람이 한 사람도 없었다. 다만 소년과 수로 유복자를 데리고 유족한 생활 속에서 남부럽지 않게 산다는 그것뿐이었다. 따라서 한낱 부인으로서도 남자 못지않은 수단이 있는 여자라는 밑에 맹목적으로 그를 존경하고 있었다.

그 부인의 과거를 잠깐 애기하고 지나가자. 이 부인의 기억에 아직 새롭게 남아 있는 것은 자기는 사생아라는 것이었다. 그리하여 어떤 사람의 손을 빌어 평양 고아원에서 칠 세까지 자란 후에 어떤 사람의 손을 거쳐 기생학교로 들어가게 된 것이다.

이리하여 기생학교를 졸업한 그는 나날이 소문이 높아져서 열칠팔 세에 평양의 유명한 예기 산호주라면 누구나 모를 사람이 없게 되었던 것이었다.

나면서부터 별난스러운 그는 쓰라린 현실 속에서 다소 침착하여졌으나 그러나 여전히 좀 남아 있었다. 그리하여 누구나 그를 초면으로 대하게 되면 다소 환멸을 느끼고 말 한마디라도 헛놓고 하다가는 번번이 콧방을 맞고 나서 며칠 몇 달을 지내는 사이에 그의 엄연한 인격에 여지없이 굴복이 되고 마는 것이었다.

부호 자제들이 날마다 그의 무릎 앞에 꿇어 돈으로나 기타 무엇으로든지 그의 마음을 사보려고 갖은 모양을 다 피우나 넘어갈 듯 넘어갈 듯하면서도 아주 넘어가지 않는 그만큼 그의 이름을 나날이 올라갔던 것이다.

이러한 독특한 성격을 가진 그는 항상 혼자 있기를 좋아하였다. 그때에 자기의 본성이 발로되는 것이었다. 두 눈을 가만히 뜨고 끝없이 무엇을 생각하는 그는 평상시와는 딴판인 것을 엿볼 수 있었다. 어느 때나 위급할 때를 당하게 되면 고요히 마음을 가라앉혀 가지고 모든 것을 후회 없이 결정하는 것이었다.

그는 어디를 가든지 어떤 사람의 이야기를 듣든지 무심코 듣고 보는 적이 없었다. 그리하여 모든 것을 자기에게 대조해 보고 끝없이 자기의 처지를 불만히 생각하였다. 따라서 자기의 장래라는 것은 눈물나리 만큼 불쌍하게 보였던 것이다.

'어쩌면 나도 남과 같이 남편을 얻어 아들딸 낳고 자미있게 살아볼까. 에라! 생각하면 무엇하리, 나 같은 년에게.' 나이가 한두 살 많아갈수록 그의 가슴은 이러한 생각으로 가득 찼던 것이다. 하지만 그의 앞길은 갈수록 태산만이었다.

그에게는 돈 그것이, 악마같이 생각키웠다. 그리고 알뜰한 인정, 그것이 안타깝게 그리웠던 것이다. 세상에는 사내가 많고 많건마는 이년에게는 사내 하나가 태이지 않았담! 이렇게 탄식하고 남몰래 우는 적이 많았다.

그가 스물한 살 잡히던 때, 우연한 기회에 어떤 보기에도 초라한 고학생을 만나게 된 것이었다. 그 후로 그는 자기도 모르는 사이에 사랑의 불길이 일어나기 시작하였다. 그리하여 그는 남몰래 그의 하숙으로 자주 방문하게 되었던 것이다.

어떤 여름밤 비는 느실느실 오기 시작하였다. 졸이는 가슴으로 손님들을 억지로 쫓다시피 하고 보니 새로 두시 반이었다. 그는 분주히 옷을 갈아입고 미리 약조한 곳으로 가보니 그는 기다리고 있었다. 그때에 그는 감격의 치밀리는 기쁨이 진하여 흐르는 눈물을 억제하기가 힘들었다.

"입때 기다리셨소?"

그를 만나면 어쩐지 수줍어지는 것이었다. 그리고 가슴이 떨리기 시작하였다. 그는 앞으로 슬금슬금 걸었다.

"그러믄요."

침묵 속에 그들은 걸었다. 이때마다 번개질을 하였다. 잔잔히 흐르는 물소리는 차츰차츰 가까이 들렸다.

"공부도 그만둘 테야요."

그는 놀라 어둠 속에서 그를 바라보았다.

"무슨 말씀이세요?"

이렇게 묻는 사이에 '돈 때문일까 혹은 나 때문일까.' 하는 의문이 일어났다.

"공부도 아무것도 귀치 않으니까요."

"특별한 사정이 있습니까? 숨김없이 저에게 말씀해 주십시오, 네?"

"별한 사정도 없이 그저 모두가 귀치 않고 당신…"

그는 여기까지 끊고는 잠잠하였다. 듣던 그는 반가우면서도 한켠으로 겁이 났다.

"강수 씨, 당신은 그러한 번민으로 아까운 시간을 허송할 때가 아닙니다. 만일 당신께서 이 사람으로 인하야 공부도 치워버린다면 단연코 당신과 가까이하지 않겠습니다. 그것만을 깊이깊이 알아주시지요. 그리고 앞으로 부족하나마 당신의 학비까지도 저의 힘 미치는 데까지는….”

머리를 숙였다. 한참이나 말없이 걷던 그는,

“고맙습니다!”

겨우 이렇게 대답을 하고 부끄럼을 느꼈다. 그리고 그의 고상한 말에 감복되었다.

그들은 송림 새로 들어섰다. 강수는 어떤 소나무 아래 앉으며,

“여기 앉으십시오.”

자기 양복 겉저고리를 벗었다. 그는 분주히 도로 입히며,

“모두 낡은 옷입니다. 새 옷이라면…. 이까짓 옷 버리면 어떻습니까?”

강수 옆에 걸터앉았다. 별안간 강수는 그의 손을 꼭 잡고,

“나를 그렇게까지 사랑하십니까?”

그는 잠잠히 그의 가슴에 머리를 파묻었다. 번갯불이 번쩍했다.

이리하여 돌이라도 녹일 듯한 사랑이 계속될수록 반면에 산호주의 격렬한 후원은 강수의 용맹스러운 힘이 되고야 말았다. 하여 무사히 중학을 마치고 일본까지 건너가게 되었다.

애인을 보낸 산호주는 사내놈들의 단련을 받다 못해 어떤 때는 매까지 맞는 때가 종종했지만도 모든 모욕이 남편을 위해 하거니 하여 스스로 위로받으며 오히려 그들을 골라서 한 푼이라도 빼앗을 궁량만 하고 있었다.

시간은 빠르다. 어느덧 형설의 공을 쌓아 가지고 그리운 고향으로 나온 강수는 평양 모 중등학교 교편을 잡게 되었다. 중화로부

터 그의 부모들은 아들의 뒤를 따라 평양성 내에 들어오자마자 아들의 혼사담은 바짝 일게 되었다.

하여 산호주에게는 말 한마디 전함 없이 그곳 사립 모 여학교를 우수한 성적으로 졸업한 깨끗한 여학생과 드디어 약혼되어서 문밖 예배당 내에서 목사의 주례하에 성대한 결혼식은 끝나고 말았다.

바로 결혼식 열흘 앞두고 산호주를 찾아온 강수는 아무러한 눈치도 그에게 보이지 않고 간 후 발길을 뚝 끊고 말았다. 소문을 들은 산호주는 새삼스럽게 놀라지는 않으면서도 자기의 기대가 너무 컸던 것을 얼핏 깨달았다. '세상은 그런 것이다!' 이 한마디로 오륙 년간 받은 자기의 상처를 눌러 버리려 하였다. 그러나 용이히 매워지지 않는 그 상처는 마침내 그로 하여금 벙어리라는 별명까지 듣게 하였다.

그는 손님 맞기를 싫어하고 불러도 가기를 싫어했다. 그저 방안에 우두커니 앉아서 끝없는 침묵 속에 별 신기맹통한 공상도 못 하면서 꽁하니 앉아 있었다.

어떤 날 그는 모란봉 위에 올라 시원한 바람을 쐬었다. 잔잔히 흐르는 대동강 물, 다정히 모여 앉은 능라도 수풀도 별한 아름다움과 흥미를 그에게 주지 못하였다. 그저 그렇다 할 뿐이었다. 그는 자기 스스로도 이상히 생각하였다. '이것이야말로 실연의 쓴맛인가? 무엇 때문에 내가 이럴까? 강수 때문에?' 딱히 강수 때문인 것 같지 않았다. 어쩐지 자기 가슴속에 열이란 하나도 없어지고 차디찬 송장같이 생각되었다. 그러면 세상을 버릴까 하는 최후까지 마음 키워 보았으나 그다지 염증나게 세상이 싫지도 않았다. 그저 그만그만하였다.

몇 사람의 지나치는 신발소리도 들었으나 돌아보지 않았다. 한참 이러한 생각으로 시간을 보낸 그는 발길을 돌렸다. 그의 앞에 딱 막아선 사람이 있었다. 얼른 쳐다보니 강수였다. 한참 동안 강수를 쏘아본 그는 천천히 발길을 옮겼다.

"산호주, 잠깐만 기다리오."

그는 우뚝 섰다. 발갛게 상기된 그의 얼굴은 느긋느긋함이 돌았다. 산호주는 머리를 돌렸다. 바짝 다가선 강수는,

"한번 집까지 가려는 중에 잘 만났습니다."

"네."

그는 머리를 끄덕이며 주춤 물러났다. 씨근씨근하는 그의 숨소리가 불쾌했던 것이다.

"용서하여 주시겠소? 물론 영리한 당신인 것만큼 이번 일에 대하여는 관서할[27] 것으로 믿습니다마는. 네, 용서하시지요. 환경이 나로 하여금 그리 맨 들었소마는, 그러나 당신만은 내가 잊을 수가 있소?"

우두커니 서서 듣고 있던 그는,

"그렇겠소."

"용서하시지요? 나는 믿습니다."

"더 할 말 없지요?"

그는 다시 돌아섰다. 그리하여 천천히 내려왔다. 멍하니 바라보던 강수는,

"산호주!"

27　= 관면하다: 죄나 허물 따위를 너그럽게 용서하다.

삑 질렀다. 그는 돌아보았다.

"전과 같이 나를 사랑하겠소? 안 하겠소?"

사랑이란 말을 들을 때 그는 웃음이 칵 쓸어 나왔다. 그는 입을 틀어막고 한참이나 진토록 웃었다. 강수는 몸이 바짝 달아서,

"그새 다른 놈 붙인 것이로구나!"

하고 노려보았다. 웃는 것이 무엇보다도 불쾌했던 것이다. 산호주는 쓸쓸한 코웃음을 던지고 집으로 돌아왔다.

그 후 몇 번이나 지나치는 길가에서, 혹은 요리 집에 불리어가서 강수를 만나게 되었다. 여전히 인사를 건네는 것뿐 아무 다른 눈치를 볼 수가 없었다. 그럴수록 강수는 행여나 하여 그의 뒤꽁무니를 따라 본 때도 있으며 오밤중에 산호주 자는 방문을 두드린 적이 많았다.

몇 달이 지나자 산호주는 자기가 홀몸이 아닌 것을 발견하였다. 그리하여 어떤 달 밝은 밤, 소리도 인적도 없이 진절머리 나는 평양을 벗어나 이곳으로 오게 되었던 것이다.

우선 얌전한 집을 사고 논밭 합하여 십여 마지기를 샀다. 그리고 대강 한 세간살이를 마련하여 재미를 알아올 만한 때 해산을 하게 되었다. 그의 원하던 대로 아들을 낳게 되었다. 그는 처음으로 세상에 대한 애착심을 가지게 되었다.

어린것을 안고 들여다볼수록 신기맹통스러웠다. 따라서 차츰차츰 차디차던 그의 가슴은 따스한 모성애로부터 녹아갔다. 어린 봉준이는 매일 달라 갔다. 몇 달이 지나자 젖살이 포동포동 오르고 꽃송이 같은 입을 벌려,

"엄마, 엄마."

하였다. 빼빼 말라붙었던 그의 눈에서 감격에 넘치는 눈물이 그의 볼을 적시게 되었던 것이다.

봉준이가 자라날수록 그의 희망은 커졌다. 하여 살림살이를 어쩌는 수가 없이 일감을 만들어 가며 잠시도 놀지 않았다. 일꾼을 데리고 밭 몇 마지기를 손수 부쳤다. 그리하여 여름에는 농사 뒤치기에 눈코 짬이 없이 바쁘게 지냈다. 그러나,

"엄마!"

하는 소리만 들으면 어려운 줄을 모르고 악하고 일을 하였다.

그러므로 동네에서도 이 부인을 흠모치 않는 사람이 없었다. 비록 농사하는 집일망정 깨끗하여 먼지 있는 것을 볼 수 없으며 심지어 뜰 앞 구석에 박혀 있는 돌 한 개라도 사람의 발부리에 채이지 않도록 자기를 잡아 놓는 일이며, 항상 손부리에서 노는 호미, 괭이, 걸레, 비, 화로, 성냥갑, 바느질 그릇, 암질러 잃어버리지 않도록 급한 때 얼른 찾도록 교묘히 정돈해 두는 것이었다. 그러므로 성냥 한 개비를 무단히 없애지 않고 실 한 바람을 유효하게 썼다. 하여 점점 늘어가는 그의 가세는 매해 달라갔다.

그러는 사이에 봉준의 나이 일곱 살이 되었다. 그는 분주히 그곳 예수교 학교에 아들을 입학시켰다. 그 후부터는 아침이 되면 봉준이가 책보를 들고 학교로 달아나는 것이었다.

그는 말없이 아들의 가는 뒤꼴을 물끄러미 바라보며 '저것을 사람을 맨들어 놔야 할 텐데…' 이렇게 생각할 때 어머니란 책임이 무겁고도 막연함을 깨달았다.

동네 새 술장수 집이 생긴 후로 잠잠하던 촌동네가 뒤숭숭하게

되었다. 그러므로 어떤 사람은 내어쫓자는 사람으로, 덮어 놓고 욕질하는 사람으로, 한 동안은 그에게로 부산히 문안 겸 노친네 젊은 부인네들이 저녁이 되면 모여 들었다.

그는 언제나 말 없는 웃음으로 그들을 대해 주면서 밤낮으로 우는 예쁜이의 정형이 불쌍하였다. 따라서 그의 앞으로 매일같이 지나다니는 그의 어린 딸은 연중에 탐스러웠다. 무엇보다도 꼭 다문 입술, 사려 깊은 듯한 그의 눈은 장래가 있다는 것을 그로 하여금 상상케 하였다.

이렇게 생각이 들수록 예쁜이에게서 이 아이를 자기에게로 뺏아 올 마음이 들었다. 자기가 예쁜이보다 어머니로서의 모든 책임 이행이 낫다 해서 그렇다는 것보다도 영업이 영업인 것만큼 그 어린 천진한 것에게 벌써부터 술 냄새와 사내놈들의 꼴을 보이는 것이 자기 경험을 미루어 가엾은 생각이 들었던 것이다.

이리하여 그가 마당에 나왔다가도 아기만 뵈면 손짓을 하여 손목을 꼭 잡고 자기 집으로 데리고 가서 밥이든지 무엇이든지 먹여 보내곤 하였다.

아기는 눈만 뜨면 봉준 어머니가 보고 싶었다. 언제나 고요히 웃는 눈, 항상 쓰다듬어 주는 그의 흰 손, 그리고 가늘고도 부드러운 그의 음성이었다. 더구나 봉준의 고운 옷감을 끊어다 손수 만드는 것이 무엇보다도 아기의 눈에 띄었던 것이다.

아기는 가만히 자기 어머니를 생각해 보았다. 구석구석이 때 묻은 옷을 내 버려두는 것, 그리고 술이나 마시고 마시고, 해종일 마시고는 사내놈들의 무릎과 무릎 사이로 옮아 다니는 꼴이었다. 그는 울고 싶었다. 아니 남몰래 우는 적이 많았다. 그는 쓰라린 현실로부터 그의 이지(理知)는 엉뚱하게 발달되었던 것이다.

아기는 틈만 있으면 봉준네 집으로 달려갔다.

"아가, 밥 먹었니?"

"네."

"더 먹지?"

"싫어요."

봉준이는 공부한다고 책을 벌려 놓고 읽기도 하고 쓰기도 한다. 그는 옆구리로 다가앉아 물끄러미 들여다보았다. 봉준이 어머니는,

"아기도 공부하고 싶으니?"

그는 머리를 폭 숙였다.

"학교 가고 싶어?"

손으로 그의 머리를 쓰다듬었다. 그는 애기의 대답이 없음에 '아마도 아직 공부가 무엇인지 모르니까 그러나 보다.' 하고 생각하였다.

아기의 눈물이 봉준 어머니 손에 떨어졌다. 그는 놀라 아기를 들여다보았다.

"어째 우니?"

그는 아무 대답이 없었다.

"어머니한테 꾸지람 들었니?"

봉준 어머니는 너무 안타까움에 그의 목을 얼싸안고 들여다보았다. 봉준이도 멀거니 바라보았다.

"아기, 말해라. 응?"

"학교 가고 싶어…"

울음 섞어 말하였다. 순간에 봉준 어머니의 가슴은 쾅하고 내려

앉음을 느꼈다.

"오냐, 너도 물론 배우고 싶었을 테다. 내가 어리석게 네 마음을 몰랐구나!"

그의 눈에도 눈물이 괴었다. '그렇게 알뜰한 것을 공부를 못 시켜 주나, 배우지 못함에 그 어린 가슴이 얼마나 안타까웠으랴.' 이렇게 생각하였다.

"아가, 내일부터 학교 가라. 어머니보고 물어보고 학비는 내가 물어 주마. 응?"

그는 금시로 눈물 괸 눈에 웃음이 돌았다.

"어머니가 못 가게 하면…"

애처롭게 그를 쳐다보았다.

"오냐, 내 말하마."

그 후부터 아기는 봉준의 집으로 아주 옮아오고 예쁜이는 사내놈을 달고 멀리 뛰어 버렸다. 봉준 어머니는 아기의 이름을 옥이라고 지었다. 십여 살이나 먹도록 이름 없는 한낱 생명이었던 것이다.

봉준 어머니가 옥이를 데려다 놓고 가지각색 옷을 맵시 있게 꽃다대[28]처럼 해서는 입히곤 하였다. 따라서 옥이도 나간 어머님 생각은 아주 잊어버리고 말았다. 그러나 이따금 봉준이가 툭 부러지게,

"가아, 너의 엄마한테로 가야."

이런 소리를 듣고 나면 어린 가슴이 찌르르 울리는 것이었다. 봉준 어머니는,

"봉준아, 나는 너의 엄마는 아니고 옥이 엄마다! 네가 나가라."

28　꽃받침.

웃지도 않고 가만히 쳐다보면,

"아니야, 엄마."

그에게로 와서 안기려면 물리치며, 봉준이는 눈물이 글썽글썽해 지면 잠잠하였다.

"안 그러지, 봉준아. 옥이도 이리 온."

두 아이를 무릎 위에 올려놓고 옛날 영웅 이야기 같은 것으로 짤막한 동화 같은 것을 하여 들이곤 하였다.

옥이 열네 살 잡히고 봉준이는 열한 살 나던 해 가을, 그의 어머니는 감기에 걸려 십여 일 꽃꽂이 앓은 결과로 아주 세상을 떠나게 되었다. 그는 마지막까지 봉준과 옥이 손을 붙잡고 차마 눈을 감지 못한 채 가고 말았던 것이다.

바로 임종 시에 애들의 선생인 김영철이를 데려다 놓고 불쌍한 두 어린것들의 장래를 부탁하였던 것이다. 피가 흐르는 듯한 어머니의 간절한 부탁으로 무거운 짐을 한 어깨에 짊어진 영철 선생은 그 둘이 아플세라, 혹은 공부를 잘 못할세라 안팎으로 마음을 졸여 가며 무럭무럭 자라나는 그들을 보고 기뻐하였다.

유언을 따라 옥이 스무 살 잡히던 해에 그곳 예배당 내에서 그들의 혼례식은 끝이 났다. 시어머님 본을 따라 옥이는 세간 살림을 나무랄 여지가 없이 잘하였다. 남편인 봉준이는 곧 평양으로 공부 보내고 혼자서 농사 뒤를 쳐가며 남편의 학비를 보냈다. 이리하여 동네에서는 입 든 이마다

"나 어린것이 용해."

이렇게 일컬음을 듣곤 하였다.

봉준이가 평양서 공부를 마치고 일본으로 건너가자 영철 선생

의 권으로 옥이는 읍으로 이사를 하게 되었다. 무엇보다도 송화읍 내에 예수교 안으로 경영하는 청년학원에 그를 입학시키고자 함이었다.

그가 학교에 다니면서부터 공부에 재미를 붙여 밤잠을 못 자고서라도 남에게 떨어지려고는 하지 않았다. 그럼으로 인해서 학교 선생들까지 옥이를 사랑하고 학생들한테까지 질투심을 받게 되었다.

남편

남편이 동경으로 간 후부터는 행동이 수상쩍은 일이 한둘이 아니었으나 이러한 편지를 하기 전까지는 차마 그에게 대하여 의심을 하지 못하였다. 그러나 역시 편지가 온 후에라도 '제가 셈이 없어 그러거니, 철만 들면 어머니를 생각하기로서니 설마 그렇게까지 하랴.' 이러한 위로로 스스로 마음을 가라앉혔다.

하나 며칠에 한 번씩 온다는 편지는 돈 보내라는 것 외에는 어서 이혼하고 당신도 다른 남편 얻어가라는 충고 비슷한 형식을 취하여 협박을 하는 것이었다.

여기에서 좋게만 해석하던 옥이도 마음이 흔들리기 시작하였다. 하여 그 잘하던 공부도 차츰차츰 뒤로 물러가며 따라 밤이면 꼬박 일어 앉아 새우는 밤이 점증하였다. 자기를 생각하여서 그러는 것보다도 나 어린 남편의 장래를 위하여 어쩌면 그로 하여금 편하게 마음대로 해 주는 동시에 일생을 행복스럽게 만들어줄까, 자기의 신세를 마쳐 버리게 된다더라도 남편에게 행복함이 된다면 어떠한 일이라도 감행할 것 같았다.

옥이는 바느질그릇을 앞으로 당겨 놓고 일감을 들었다. 그러나 바늘은 거의 무의식적으로 움직일 뿐이고 벌써 왔어야 할 남편이 아직 아무런 기별 없이 잠잠하니 기막힐 노릇이었다. 하여, 혹은 중로에서 무슨 남다른 일이나 만나지 않았나, 또는 동무 집에 중참[29]을 하지 않았나, 이런 생각으로 머리 가 뒤숭숭하여졌다.

바라보니 조그만 거미 한 마리가 옥이 앞으로 조루루 내려와서 바느질 그릇 위에 떨어지더니 또다시 줄을 거두어 가지고 천장으로 올라간다. 그는 물끄러미 쳐다보며, '거미가 내려오면 반가운 손님이 온다는데…' 이런 생각을 하며 일어났다.

뜰 앞 포플러나무 가지 위에서는 매미소리가 요란스럽게 난다. 옥이는 가만히 가만히 밖으로 나가서 나뭇가지를 살펴보았다. 매미는 푸르룽 하고 날아갔다. 숨이 답답하도록 햇빛이 내리눌렀다.

옥이는 골방 문 앞으로 왔다.

"나무 또 하러 가겠나?"

"가지요."

기성이는 일어났다.

"그만두게. 그리고 차부에 나가보게."

"오늘은 꼭 오시나요?"

매일같이 냄새나는 차부에 우두커니 나가 섰기가 열쩍었던[30] 것

이다.

"글쎄 나가 보게나 늘 나가다가 오늘 따라 없이 안 나가는 날 마침 오늘 오신다면 여지 나가던 보람이 없어지지 않나?"

그는 마지못하여 옷을 툭툭 털고 어정어정 걸어 나갔다. 그리 댐치 않은 꼴 이었다.

"어서 빨리 가보게!"

소리치고 나서 안방으로 들어왔다. 밖으로부터 기성이가 가방은 들고 뛰어 들어온다. 순간에 그의 가슴은 쿵, 하는 소리가 자기 귀에도 확실히 들렸다.

"주인님 오십니다."

기성이는 아까와는 딴판으로 엉덩춤을 추며 지게를 얻어 지고 밖으로 나간다. 그는 몸 둘 곳을 알지 못하여 두루두루 보다가 부엌으로 나왔다. 어쩐지 가슴이 둘렁둘렁하기 시작하였다. '행여나 오늘 온다면 어쩔까, 어쩌기는 무엇을 어째?' 이렇게 생각하며 픽 웃었다. 그러나 여전히 뒤숭숭하였다. 그의 앞에는 아무것도 보이지 않았다. 똑딱똑딱 시계를 따라 점점 가슴이 답답해질 뿐이었다. 그는 땅이 꺼지도록 한숨을 내쉰 후 가만히 일어났다.

구두 소리가 나자 남편이 들어왔다. 성큼 올라서서 방 안을 들여다보며,

"옥씨, 어디 가셨소?"

부엌 뒷문에 비껴선 옥이는 두 눈이 캄캄해지면 땅 속으로도 풍당 들어가면 좋은 것 같았다. 이때처럼 자신이 무겁고 귀찮을 때는 처음이었다.

기성이는 지고 온 고리짝을 내려놓고 땀을 씻으며 부엌으로 들

어왔다.

"덤심 어떻게 하나요."

옥이는 머리를 돌렸다.

"한 그릇 시켜 오게."

말소리가 들리자 봉준은 부엌 샛문을 열고 들여다보았다.

"옥씨, 안녕하시댔소?"

그의 얼굴빛은 아주 담홍빛으로 되었다. 기성이는 옥이를 한 번 더 쳐다보고는 빙긋이 웃고 밖으로 나갔다.

"어서 이리 들어와요. 왜 그러고만 있소? 반갑지 않아요?"

묻는 말에는 그리 탐탁히 굴지 않던 사람이 이번에는 아주 딴판이었다. 그럴수록 옥의 가슴은 점점 더 의문으로 꽉 채워졌다.

국수 그릇이 들어오자 상을 차려 기성이를 주었다. 그는 받아 가지고 안으로 들어갔다. 뒤이어 남편은 나왔다.

"여보 옥씨, 들어와요."

옥의 등을 밀었다. 그는 안타깝게 얼굴이 확확 달았다.

"어서 들어가세요."

그는 벙글벙글 웃으며,

"같이 들어가야 합니다."

하는 수 없이 방으로 들어갔다.

남편은 상을 들어 옥의 앞에 갖다 놓고,

"기성이, 공기 들여오게. 빈 그릇이라야 잘 알아듣겠군. 여보게, 빈 그릇 들여다 주게."

빈 그릇을 받아 놓고 국수를 덜어 자기 앞에 놓았다.

"같이 먹읍세다, 우리."

저를 들어주었다.

"금방금방 먹었어요."

"먹기는 나도 먹었소. 하, 권할 때 못 이기는 것처럼 하고 들구려."

옥이는 그의 하는 대로 내버려 두었다. 입은 꽤꽤 썼다. 남편은 얼른 먹고 저를 놓았다.

"잘 먹었습니다, 옥씨."

그도 따라 저를 놓았다.

"요새 방학했지요. 당신네 학교에서도!"

"네."

"공부 자미나요?"

"그렇지요, 뭐."

"김선생님 늘 오셨소?"

"네."

남편은 벌컥 일어나서 양복을 홀홀 벗고,

"기성이, 고리 끌르게!"

그는 분주히 달려가서 고리짝을 벗기고 가로세로 줄진 하오리[31]를 내어 입었다. 멍하니 바라보던 옥이는 '저것은 또 무엔고.' 어쨌든 남편이 하는 것은 다 좋아 보였다.

남편은 껙두기[32]를 신고 마당으로 나갔다.

"여보게 기성이, 자네 다락 지을 줄 아나?"

그는 이상하다는 듯이 주인을 자세히 훑어보았다.

---

31 방한·방진을 목적으로 나가기 위해 덧입는 기장이 짧은 옷.
32 1. 당혜(唐鞋) 모양으로 만들어 기름에 겯은 재래식 가죽신. 주로 아이나 여자들이 신었다. ≒ 껙두. 2. '나막신'을 속되게 이르는 말.

"글쎄요, 지으면 짓겠지요."

"그렇지, 자네쯤 해서 다락 못 짓겠나?"

그는 벙글벙글 웃으며 포플러나무 아래로 왔다.

"여기다 짓게. 빨리 지어야 하네. 정, 울짱 있나?"

"좀 있지요."

"잘 되었네. 어디 있나?"

복술이는 밖으로부터 들어오자 컹컹 짖었다. 그는 복술이를 어루만졌다.

"강아지가 이렇게 컸나?"

마루에서 고리를 뒤지고 있는 옥이를 쳐다보았다. 밤낮으로 쓰다듬어 기른 복술이를 어루만질 때 옥의 가슴은 오싹해짐을 느꼈다.

기성이는 울짱을 한아름 안고 뜰 안목캐로 나왔다. 그리하여 구렁을 파고 기둥 네 개를 세웠다. 기성이가 땀을 씻는 동안 봉준은 괭이를 둘러메고 헛괭이질을 하였다.

"것도 못하겠네그려. 자네 용허이."

기성이는 허허 웃었다. 이리하여 봉준은 잔심부름 뻔뜩케 하여 해질녘에 겨우 다락을 지어놓았다.

"수고 단단히 했네. 고맙네."

부엌으로 뛰어들자 개숫물에 손을 씻으며,

"저봐요, 옥 씨!"

옥이도 따라 웃었다.

"좋지요, 기세는 밥 많이 주."

기성이를 쳐다보고 빙긋이 웃었다.

그들은 어리둥절해졌다. 따라 어림상은 없어지고 떨리던 옥의 가슴도 적이 가라앉았다. 저녁을 물린 그들은 봉준의 권으로 다락 위에 올라앉았다. 그는 자기 손끝에 노는 기구를 전부 다락으로 옮겼다. 그들은 멍하니 바라볼 뿐이었다.

남편은 바이올린을 내어 뜯었다. 무슨 곡조인지는 몰라도 어쩐지 처량하게 들렸다. 그도 시원치 않은지 이번에는 하모니카를 내어 불었다. 어깨까지 들썩들썩 하였다.

모든 것에 능통한 남편을 쳐다보는 옥이는 속으로 '어머님이 계셨더라면 얼마 기뻐하시랴.' 남모르게 눈물이 흐르는 것이었다.

기성이는 두 분을 똑바로 뜨고 봉준이의 몸짓 놀리는 대로 따라 움직였다. 하모니카도 싫증이 난 봉준은,

"자리 올려다 주우."

이제야 기성이는 제정신이 들었던지 후닥닥 일어나 내려왔다. 뒤를 이어 옥이도 내려와서 자리를 올려주었다.

"옥 씨, 편안히 주무시오. 나 위해 오늘 수고 많이 하였소."

늦게 일어난 남편은 다락문을 열고 부시시 나왔다. 미리 떠다 놓은 세숫물에 세수를 하고 다락으로 올라가서 한참 후에 나오는 그의 얼굴은 한층 더 환해졌다. 그는 밥상을 마주 앉으며,

"옥 씨도 잡수어야지요?"

"먹었습니다."

몇 술을 뜨는 듯하더니 상을 물리었다.

"오늘 주일날이지요?"

"네."

남편은 양복을 바꾸어 입고 연해 면경 속으로 자기를 비춰보았다.

"기성이, 다락에서 솔 들여다 주게."

가져오는 솔을 받아 위에서부터 내려 쓸었다. 햇빛에 일어나는 먼지는 오색으로 빛났다.

"예배당에 갑시다. 당신 예수 잘 믿지요 그래서 나 위해 기도 많이 하신댔지요."

옥의 얼굴은 빨개졌다. 오밤중에 일어나 눈물 먹어 쓴 편지 일면이 그의 앞에 빤히 나타나는 것이었다.

"그래서 나도 예수를 진실히 믿게 되었지요 그려."

빙긋 웃으며 밖으로 나갔다. 남편이 나가는 뒤꼴을 물끄러미 바라본 그는 '빠른 것은 세월이다!' 하고 생각하였다.

재종 소리에 놀란 그는 분주히 옷을 갈아입고 밖으로 나와서 부엌 대문을 걸고 사랑문을 들여다보며 기성이에게,

"집 잘 보게."

하고 사립문을 지치고 골목 새로 빠졌다. 복술이는 뒤를 따랐다.

예배당 가까이 오자 우렁차게 울려 나오는 찬미 소리가 들렸다. 문 안을 들어서며 '참으로 남편이 왔을까?' 하는 호기심으로 남자 방을 힐끔 쳐다보았다.

"왜 언니 늦게 오시우?"

옥의 손을 꼭 잡아 제 곁에 끌어 앉히는 학생을 바라보니 상애였다. 따라 학생들은 눈으로 옥에게 인사를 건네었다.

그가 자리에 앉자마자 상애는,

"숙희라는 여자 왔어."

가만히 말하였다.

"어디?"

그의 가슴은 호기심에 들떴다.

"언니 뒤, 네 사람 건너서."

이번엔 입을 막고 말하였다.

그는 조심히 돌아보았다. 트레머리[33] 한 얌전한 처녀들이 가지런히 앉았다. 순간에 그는 일종의 질투 비슷한 감정이 떠올랐다.

"어때?"

"곱구나."

"곱기는 무어 고와? 그렇게 치장해서 안 고울 년이 어디 있담정, 신랑도 왔겠시다리?"

"응."

"반가와?"

"그렇지."

그는 의미 있는 웃음을 웃고 나서 찬송을 불렀다.

예배 다 마치기까지 옥은 불편함을 느꼈다. 그리고 남편과 숙희가 번갈아 떠올랐다. 따라 점점 자신은 아무것으로도 생각되지 않았다. '그들은 많이 알고 쓰기도 잘 할 터이지. 나도 배우면 되겠지.' 이리하여 겨우 가라앉히는 사이에 벌써 예배는 끝났다.

욱욱 밀려나가는 사람들 틈에 섞여 두 여자의 가는 뒷맵시를 바라보았다. 날씬한 허리, 알맞은 키와 샛노란 구두, 하얀 팔뚝 속으로 비치는 손 시계.

등을 툭 치매 돌아보니 기순이었다.

"언니 남편도 왔구려."

저켠을 바라보았다. 남편은 두 여자의 가는 뒷맵시만을 눈이 뚫

---

33 가르마를 타지 아니하고 뒤통수의 한복판에다 틀어 붙인 여자의 머리.

어지도록 바라보는 것이었다. 순간에 그의 얼굴은 화끈 달았다. '그렇겠지!' 이렇게 속으로 부르짖었다. 남편이 어째서 이곳까지 오게 된 것을 잘 알게 되었다. 따라 그의 전신의 맥은 탁 풀리고 앞이 캄캄하였다.

"언니, 오후에 또 오지."

"글쎄."

이렇게 맥없이 대답하고 집으로 돌아왔다. 벌써 복술이는 앞장섰다. '나 에게는 복술이밖에 없다.' 하고 눈물이 쑥 비어졌다.

"얼마나 기쁘냐?"

남편과 영철 선생이 마주 앉았다.

"방학하고 곧 내려오지 무엇하기 여직껏 있었담. 옥이는 얼마나 기다렸는지 모른다네."

빙긋이 웃어 보였다.

"글쎄올시다. 동무 집에서 붙잡아서…"

옥이는 윗방으로 가서 옷을 갈아입은 후 부엌으로 나갔다.

"자네 이번 학비는 전보담 많이 썼지. 될 수 있는 데까지는 절약해 쓰게."

돈 이야기를 꺼내면 언제나 그는 듣기 싫었다.

"조선과 달라서…"

"음, 그런 줄은 잘 아네마는…. 내장골 논을 또 팔아야겠네."

"팔지요."

선생을 쳐다보았다.

"지금 곧 팔게 하지요."

철없이 덤벙대는 봉준이를 물끄러미 바라본 선생은 난처하게 생각되었다.

"아무 때나 팔겠나, 내일 모레 벼를 비게 되었는데…. 늦은 가을 쯤 가서 내어놓겠네. 아껴 쓰도록 하게."

그는 벌컥 일어나 왔다 갔다 하며 마루로 나왔다. 그의 발밑은 산뜻한 쾌감을 느끼며,

"무얼 하시우?"

옥의 이마 끝에는 땀이 방울방울 맺히고 불빛에 두 볼이 빨개졌다. 첫눈에 '과연 미인이다.' 하고 봉준은 속으로 중얼대었다.

옥은 땀을 씻으며,

"점심 하지요."

"여보 그만두. 더운데 시원하게 국수나 사다 먹고 말지. 어서 들어오우."

점심을 먹은 봉준은 방에 앉았기가 어째서 불쾌하였다. 그는 모자를 들고 일어났다.

"참, 지독히 덥군."

이렇게 혼잣말로 중얼거린 후,

"저는 놀러 나갑니다."

하고 나가 버렸다.

"이번은 좀 나아진 것 같으네. 자네께 구는 것이."

옥이는 잠잠히 머리를 숙였다.

"그렇지 않나, 말하는 것이나?"

숙인 그의 얼굴을 쳐다보았다. 그의 두 볼은 붉어짐으로 대할 뿐이었다.

"논은 팔기로 되었네. 봉준이까지 팔라니까."

"네? 팔라고 합데까?"

감추었던 설움이 왈 쓸어 나왔다. 선생은 한숨을 쉬며,

"돈을 들이면 돈이 나오겠지. 그렇지 않나? 어쨌든 하던 공부는 마쳐야겠으니까…."

언지를 못 얻어 잔뜩 들이켰던 눈물은 좍 쏟아졌다. 선생도 마음이 언짢아졌다. 한창이나 묵묵하니 앉았던 그는,

"우는 것으로 일 치우겠나. 그런데 봉준의 말을 들으니 오는 봄에는 자네도 서울로 다리고 가겠다대."

그의 귀는 번쩍 띄었다.

"내 생각에는 그것만은 잘 생각했다고 하였네. 이곳에 박혀 앉아 있다가는 결국은 자네만 속을 일일세."

옥이도 그렇다고 생각되었다. 따라서 그가 어떻게 자기까지 공부시킬 마음을 먹었을까? 여기에서 실낱같은 희망이 붙었다. 그러나 점점 패하여 들어갈 자기네 가세 형편이 무엇보다도 감감하여졌다.

"하나 공부하기도 어려운 판에 저까지 올라가면 아주 못살게 되게요."

"하여간 가는 데까지 가보세구만. 몇 해 후에 제가 졸업을 할 터이니 그때에는 무슨 수가 나겠지."

선생도 이렇게 쓸어치고 말았으나 역시 걱정 아닌 것은 아니었다. 그렇다고 옥이를 이곳에서 살림살이나 맡아 가지고 엄벙덤벙 지나가다 공부 없다고 차던지든지 하면 그 역시 난처한 일이었다. 그러므로 우선두를 다 내세워 가지고 공부를 시킨 후 나중 문제는 자기네들끼리 해결하더라도 우선은 옥이로 하여금 여한이나

없게 하자는 것이었다.

선생은 일어섰다.

"자네의 한 번 생각에 달린 것일세. 몇 달 동안 꾸준히 생각해 두게."

그도 따라 문밖까지 나왔다. 높았다 낮아지는 잠자리 지처귀 소리가 은은히 들렸다.

밤이 되면 옥이는 한잠도 못 잤다. 전에는 남편이 오면 낫겠거니하고 기다렸더니, 남편이 막상 오고 보니 말 못할 새 설움이 한가락 더해졌다.

남편 역시 번민을 하는 모양이었다. 낮이나 밤이나 오래오래 쏘다니다가는 얼근히 취하여 벼락치듯 다락으로 기어올라가서는 목을 놓고 종종 우는 때가 있었다. 그리하여 옥이는 까닭도 모르고 다락 주위로 빙빙 다니다가는,

"어째 우시우?"

떨리는 손으로 다락문을 열었다.

그는 문을 쿡 닫으며,

"당신 참견할 일 아니오!"

그는 부끄러움과 노여움이 일시에 폭발이 되어 가슴을 짓모으는 것 같았다.

그는 몇 번이나 발길을 돌렸다가도,

"에라! 아직 철없어 그리는 것이겠지. 돌아가신 어머님을 생각하고 참자!"

이렇게 중얼거리고 방안으로 뛰어 들어갔다.

뒷문 사이로 흐르는 차디찬 달빛은 옥의 얼굴을 한층 더 새하

얇게 만들어 주었다. 그는 애꿎은 뒷문을 발길로 차 던지고 발을 늘였다.

울바자 울짱과 울짱 사이로 걸린 거미줄은 달빛에 빛났다. 길같이 들어선 감탕나무, 칡넝쿨같이 엉킨 호박 줄기, 별같이 빛나는 박꽃, 이 모든 것이 고요히 잠든 듯하였다.

그는 벌떡 일어나 밖으로 튀어나왔다. 그리하여 마루 위에 털썩 주저 앉았다. 방보다 훨씬 시원한 맛이 있었다.

몇 시간 후에 다락문이 열리자 남편이 셔츠 바람으로 기어 나왔다. 그는 전신에 냉수를 끼얹은 듯한 쾌감을 느끼며 부끄러움이 앞을 콱 막아쳤다.

나막신 끄는 소리가 들렸다. 이리로 향하여 오는 것만 같았다. 한참 후에 또 신발소리는 났다. 뒤이어 다락문 여는 소리가 들렸다. 그는 최후 용기를 다하여 바라보는 순간 남편의 흰 발목이 천천히 다락 속으로 들어갔다. 그는 얼결에 우뚝 일어섰다. 미친 듯이 마루 기둥을 얼싸안고 돌아갔다.

한참이나 정신없이 돌아가던 그는 나중에는 기운이 진하여 마룻바닥에 쿵하고 엎어졌다. 갈갈이 흩어진 삼단 같은 그의 머리카락 속으로 빛나는 그의 흰 볼이 아담스러웠다.

잠꼬대에 낑낑하던 복술이는 쿵 소리에 놀라 툭툭 털고 일어났다.

한참 후에 선뜩선뜩함을 느끼자 가만히 정신을 차려 보니 복술이가 자기 얼굴을 내려핥고 치핥으며 낑낑하였다. 순간에 흰 발이 문득 떠올랐다. 그는 이를 부드득 갈고 일어났다. 그래 복술이를 껴안고 멍하니 하늘을 쳐다보았다. 달이 포플러나무 가지에 비스듬히 걸려 샐쭉샐쭉 웃는 듯하였다.

그는 머리를 푹 숙이고 복술이를 놓아주었다. 산뜻한 바람이 그의 볼을 스치자 전신이 산뜻함을 느꼈다. 그는 일어서 방으로 들어서자 매시하니 잠이 푹 들었다.

옥이가 며칠 전에 빨래질한 남편의 셔츠, 칼라, 넥타이, 양말들을 차곡차곡 얌전히 꿰맬 것을 꿰매고 하여 고리에 개어 넣었다.

"언니, 무얼 하시우?"

발을 들치는 소리가 들렸다. 그는 바라보니 기순이었다.

"올라오너라. 용히 우리 집에를 오는구나. 어서 올라와."

"아무도 없지?"

"그래, 누가 우리 집에 있겠니?"

"그런데 다락은 언제 지었소?"

"요즘 지었다. 좋지?"

빙긋이 웃었다. 기순이는 마루로 올라앉았다.

"언니, 숙제 다 했소?"

방으로 들어가자 책상 밑으로 갔다.

"야, 숙제가 다 무어냐, 넌 다 했겠구나."

"언니두… 나 같은 것이 벌써 숙제를 다 했으면…. 정말 공부 잘한다고 하게? 언니 신랑도 쉬이 가겠구려?"

"글쎄 가겠지."

옥이는 밖으로 나가더니 바구니를 들고 들어온다.

"어제 십 전어치 산 것인데 퍽 달더라."

"이제 점심 먹고 왔어요."

노란 참외를 들고 껍질을 벗긴다. 기순이는 혼자서 상긋상긋 웃더니,

"언니, 이번 숙희라는 여자 자세히 보았지?"

옥이 주는 참외 쪽을 받아든다.

"보았지."

말만 들어도 가슴이 선뜻하였다.

"왜?"

그를 쳐다보았다.

"무슨 말 들은 것 있는데, 말할까 말까."

남편에 관한 것임을 직감하자 호기심에 간질간질하였다.

"말하렴."

"언니, 골 안 낼 테야?"

"왜, 무슨 말이기 그러니?"

"그만두겠소."

그리고 참외를 깨물었다. 옥이는 바짝 대어들었다.

"어서 하려무나. 조롱만 하고 마니? 내 언제 골내는 것 보았니?"

"그래두…."

그를 똑똑히 쏘아보았다. 그리고 자주자주 밖을 내어다보았다.

"이따 저녁에나 온다. 마음 놓고 놀라우."

"언니야 뭐, 미리 알겠지."

"무슨 말인지 하려무나."

그는 음성을 낮추었다.

"숙희라는 여자의 뒤를 늘 따라다니며 매일 편지하다시피 한대. 그래서 이번도 동경서 오기는 벌써인데 서울서 따라다니느라고 그렇게 늦게 왔다두만."

말끄러미 옥이를 쳐다보았다. 그의 예측한 바와 비슷이 들어맞

왔다.

"누가 그러던?"

"언니두, 누가 그러던 것까지 내가 말할 것 같애?"

"말하면 어떠냐?"

"그래, 숙희가 이리로 왔더니 분주히 따라왔다지."

이 말에는 그는 불쾌함을 느꼈다. 그는 약간 미소를 띠어 언짢은 빛을 가리려 하였다.

"알 수 없지. 아내인 내가 눈치를 모르는데, 다른 사람이 어찌 알꼬."

"그래, 어느 날 몰래 떠나겠다는 소리를 들었어. 너무 따라다니는 게 귀치 않아서."

싸고도는 옥이가 미웠다.

"숙희란 여자가 얼마나 잘났는지는 몰라도 우리 그가 그렇게까지는 아니할 게다. 그건 다 너희들 수작이지."

남편을 깎아 누르는 것이 곧 싫어졌다. 기순이는 웃으며,

"보아, 저렇게 성을 내니까 내가 얼른 말할 수가 있나."

그도 따라 웃으며,

"성이 아니라 글쎄, 들을세 짐작이 아니냐."

"무얼 언니두, 너무 싸고돌지 말아요."

그는 참외꼭지를 바구니에 던지고 나서 수건으로 입을 씻는다.

"에, 배불러."

책상을 뒤적거려 과제장을 내어놓고 벌컥벌컥 뒤져본 후 일어섰다.

"어째서 일어나니?"

"내일 과제장 가지고 와. 어디 가던 길이야."

기순이를 보낸 그는 기운 없이 앉아 있었다. 모든 것이 사실일 것이라고 생각되었다. 그리고 생각하니 남편이 그지없이 불쌍하여졌다.

저녁을 먹고 나간 남편은 아홉시쯤 하여 뛰어 들어오자 휘휘 둘러보더니,

"기성이!"

찾으나 대답이 없었다. 그는 부엌으로 나가더니 새끼를 한 아름 안고 들어 와서 구석구석에 놓인 고리를 끌어당겨 꽁꽁 매었다.

물끄러미 바라본 옥이는 '내일이나 가려나 부다.' 하고 생각될 때 울음이 칵 쓸어나왔다.

다 동인 고리를 가지고 밖으로 나가자 자전거 위에다 실어 놓았다. 그리고 다락으로 들어가 한참이나 버석버석하더니 얼른 양복으로 갈아입고 나왔다.

"옥 씨, 난 갑니다."

뒤이어 자전거 소리가 들렸다.

옥이는 전신이 메스근해지며 정신이 까뭇해지는 것 같았다. 그는 용기를 다하여 따랐다.

"어디, 어디 가서요?"

"동경 가지요."

여름내 참았던 분이 바짝 치밀었다. 하여 남편에게 매달렸다.

"여보소, 당신 몸에 해롭습니다. 당신은 어머님의 외아들이 아닙니까."

봉준이는 사정없이 옥이를 밀쳐버리고 자전거에 올라 바퀴를

스르르 굴렀다. 옥이는 미친 듯이 그의 뒤를 따르다 기진하여 풀 숲에 푹 고꾸라졌다.

세 친구

　재일은 늦게 일어났다. 하여 세수도 하기 전에 원선의 하숙을 찾았다. 그는 새로 깐 다다미 위에 비스듬히 책상 켠을 의지하여 책을 보고 있었다. 아침 산뜻한 햇빛에 그의 얼굴은 한층 더 윤택해 보였다.

　"여보게, 벌써 책인가?"

　그는 빙긋이 웃으며 아까보다도 줄을 빨리 타내려갔다.

　"그만두게, 밤낮 책만 들고…."

　책을 뺏으려 하였다. 그는 책 든 손을 물리며,

　"마자 보아야겠네. 잠깐만 기다리게."

　재일은 후다닥 일어났다.

　"가겠네."

　그제야 책을 놓고 눈을 부비치고 바라보았다.

　"놀다 가게나."

　"아니, 나 밥 안 먹었어. 봉준 군과 놀러오게나. 재미있는 일이 있어."

　어차피 잘되었다 하고 책을 들었다. 예정한 페이지까지 보고 난 그는 책을 덮고 기지개를 하였다. 그리고 어젯밤 봉준에게서 들은 말을 다시금 되풀이하여 보았다. 따라 자기의 막연한 장래가 새삼스럽게 걱정이 되었다.

"난처한 노릇이지!"

그는 천장을 쳐다보며 이렇게 외쳤다. 봉준의 처지에 있어서는 딱히 이혼하라고도 못하겠고 하지 말라지도 못할 형편이었다. 이것이야말로 자신이 스스로 해결 짓기 전에는 제 삼자로서는 어림도 해 보지 못할 것 같았다.

신발 소리가 들렸다. 그는 누구인지 뻔히 알고 이때껏 하던 생각은 치워버렸다.

"칩지 않은가?"

벌떡 일어나 앉으며 문을 닫았다.

"앉게."

그는 맥없이 주저앉았다.

"편지가 또 왔네그려."

팡팡한 누런 편지를 원선에게로 내쳤다. 그는 받아들었다.

"보았나?"

묻고 나서 편지를 꺼내어 읽기 시작하였다. 다 보고 난 그는 한숨을 푹 쉬었다.

"불쌍하지?"

원선을 쳐다보았다. 그는 한참이나 묵묵히 있었다.

"난처하지, 세상 일이 왜 그런가?"

봉준이는 머리를 숙이며 눈물을 글썽글썽해졌다. 이런 편지를 받아 줄 때마다 동정하지 않을 수가 없었던 것이다.

차라리 옥이가 먼발치로 친족관계가 된다든지 하면 얼마나 다정할 사이일는지 몰랐다. 그러나 자기의 사랑하는 사람으로서는 도저히 못할 일이었다.

"내 누님이라면 얼마나 좋겠나?"

외로운 것만큼 누님이라는 명사에 눈물이 날 만큼 감격되었다.

원선이는 봉준의 안타까워하는 모양을 바라보면서도 무엇이라고 위로할 말이 생각나지 않았다.

"숙희, 오, 숙희 씨! 나는 숙희 씨가 없이는 못살 것만 같애!"

봉준의 눈은 불이 붙었다.

"너무 감상적으로 나가지 말고 이왕이면 좀 더 자네 마음을 기다려보게. 행여 나중에 사이좋은 부부가 되는지 누가 아나?"

그는 머리를 흔들어 보았다.

"그리 된다면 나는 좋겠네마는… 어림도 없는 소리."

봉준이는 문켠을 향하여 무슨 생각을 하는 듯하더니,

"자네 숙희 씨와 친한 사이라지?"

"친하다는 것보담두 그저 아는 사이지."

원선은 편지를 도로 돌렸다.

"불쌍하네, 옥 씨가."

'그저 아는 사이지.' 이렇게 쓸어치는 원선이가 능글능글해 보였다. 차라리 솔직히 말하여 주었으면 어떨는지 몰랐다.

"그렇게 진심으로 불쌍히 생각하나? 다만 한마디를 하더라도 참으로 하여 주게, 참으로!"

원선이는 어이가 없어 아무 말도 나가지 않았다.

"여러 소리 말고 재일 군한테나 가보세."

"흥! 혼자 가게나!"

그는 벌떡 일어났다. 원선이도 따라 일어났다.

"왜 또 그러나?"

봉준의 손을 잡았다. 따뜻하였다.

"자네 요새 바짝 더해졌네그려. 병원에라도 가 보아야 하겠네."

근심스러운 듯이 들여다보았다.

"자네 가고 싶은 곳으로 가세구만. 그리 역정 낼 것이 무언가?"

봉준이도 실은 재일이를 찾고 싶지 않은 것은 아니나, 치밀리는 감정으로 인하여 이렇게 말하였던 것이다. 하나 그의 따뜻한 손맛으로부터 절반 너머 골이 풀렸던 데다가 이렇게 다정스러이 말하는 것을 듣고 획 풀리고 말았다.

"가세, 재일 군한테."

눈물 고인 눈에 웃음이 돌았다. 원선이도 따라 웃고 밖으로 나섰다.

골목을 돌아서는 봉준은,

"여보게! 저기 오는 것이 숙희 아닌가?"

손짓을 통하여 바라보았다. 조선 여학생 둘이서 가지런히 걸어 갔다.

"아닐세, 원…."

숙희면서도 자기에게는 숨기는 것 같았다. 그는 분주히 앞서가서 알아보고야 안심이 되어 돌아왔다.

"아니데."

번번이 그를 의심하다가도 곧 돌리어 난처한 자기를 도리어 불쌍하게 보았다.

그들이 재일의 하숙 문을 열었을 때 첫눈에 책상 위에 놓인 파란 꽃봉투가 보였다.

그들이 앉자마자,

"편지 보게. 우리 숙희한테서 자네한테 한 것일세."

원선에게로 편지를 던졌다. 번연히 봉준이를 놀리려고 하는 줄 알면서도 다소 가슴이 울렁거렸다.

"쓸데없는 소리 말아!"

정색을 하여 보였다. 재일은 슬쩍 웃으며 봉투 속으로부터 사진을 꺼냈다.

"편지 보기 싫으면 사진이나 보게."

원선에게로 내어 주었다. 그는 사진을 받아 들고 한참이나 보더니,

"올해는 더 부해졌네그려."

봉준에게로 돌렸다. 그는 사진을 받아들자 얼굴이 빨개졌다.

"아내 있는 사람은 처녀의 사진이 필요치 않을 걸?"

봉준은 못 들은 체하고 언제까지나 사진을 들여다보았다.

숙희를 사모한 지 근 몇 해 동안에 사진이나마 이렇게 보게 되기도 처음이었던 것이다.

숙희에게 보내는 편지마다 '사진이라도 한 장 보내주시오.' 하고 애걸하다시피 한 구절이 눈물이 핑 돌았다.

"허, 남의 처녀 사진을 보고 울면 쓰나, 이리 내게!"

봉준의 손에서 사진을 빼앗았다. 원선이는 재일에게로 달려들었다,

"그까짓 사진이 무엇하는 건가, 자네도 그만해 두게!"

그는 사진을 빼앗아서 봉준에게로 던졌다.

"옛네! 실물은 마음대로 못 보나 그래 사진이나 못 가져 보겠나."

성이 날 줄 알았던 재일은 허허 웃었다.

"매우들 잘 논다. 상당한 극일세그려. 응, 자네들도 배우 노릇 상당히 하겠네."

눈을 슴벅슴벅하였다. 그들도 따라 웃었다.

재일은 눈을 실쭉하니 뜨고,

"자네, 그 사진 가지고 가만히 있어서는 안 되어. 중매를 해달라는 말이야. 중매하겠나, 못 하겠나? 말하게."

"나 같은 것이 중매자의 자격이 있는가?"

"어 없다면 사진 도루, 내게. 소용이 무어람. 자네가 총각이니 연애할 생각을 감히 먹어 보겠나, 어떤 이유하에서 가지느냐 말이야? 단단히 대답하게. 그렇지 않으면 사진 내놔!"

그는 눈을 딱 부릅뜨고 대들었다. 봉준이도 처음에는 웃는 소리거니 하고 사진 있는 것만 기뻐하였으나 그가 이유를 붙여 가며 대어드는 것을 보니 가슴이 멍청해졌다.

이 꼴을 본 원선이는,

"자네 누이가 그렇게 시집가고 싶어 등이 달았다면 내 중매하지."

그의 말문을 막으려고 이런 말을 하였다.

"응, 자네가 중매하겠어?"

봉준에게서 사진을 빼앗았다.

"옛네. 자네가 중매하겠다지? 이 사진 가지겠다는 말이야? 응, 옳지. 자네는 총각이니 만치 아조 가지고 말게나. 총각이 처녀의 사진 가지는 것만큼 떳떳한 일이지. 거리에 나가서 지나오고 가는 사람들에게 물어보게. 내 말을 믿지 않으면 말이야. 봉준 군도 잘 생각해 보게. 원선 군한테 온 사진을 왜 자네가 어림없이 가지겠다는 말이야? 그렇지 않아? 응?"

그는 돌아앉았다.

"살아가면 별꼴들 다 보겠네. 언제는 사진 청해 달라고 매일 조르다시피 하더니 막상 부쳐오니 시치미를 떼어! 이거 뭐 누구를 놀리는 셈인가, 어쩐 일이야!"

원선이를 노려보았다. 그는 웃으며,

"쓸데없는 소리 말아, 자네는 너무 허튼소리 해서 재미없데."

봉준이는 더 참을 수 없었다.

"가겠네."

벌컥 일어났다. 그의 가슴은 무섭게 떨렸다. 그리하여 벼락같이 문을 열었다.

"제 이막! 어때?"

원선이를 바라보았다. 그는 너무 어이가 없었다.

"그 왜 그 모양이야. 가뜩이나 요새는 신경병으로 고민하는 판에 위로는 못하나 그렇게 지나치게 놀린담. 아주 재미없어! 후일에는 그런 일 말게, 여보게!"

"아침에 내가 무어라든가? 재미나는 일이 있다고 했지? 그 좀 재미있나? 그래 심심한데 더러 농삼아 그리면 어떻다는 말인가?"

"아 글쎄. 성한 사람 같으면야 무슨 일 있겠나마는 봉준 군은 병자니만큼 삼가 달라는 말일세."

원선은 일어났다 재일도 그의 뒤를 따라 일어섰다. 한참이나 말없이 섰던 원선이는 돌아보았다.

"봉준 군이 아모래도 이혼은 해 놓을 것이니까 숙희 씨에게 권

고하여 보게. 자네도 보는 바라 어디 되겠나? 점점 더하여 가니."

"글쎄 딱하기는 하지만 그 애가 말을 들어주어야지."

"물어는 보았나?"

가만히 생각해보니 말도 해볼 것 같이 않았다. 그러나 이미 낸 것이라,

"응, 한번 붙여보았네."

재일은 어느덧 앞섰다. 그의 다리 마디는 길쭉길쭉하여 언제나 경중경중거려서 남보다 훨씬 앞서 걸었다.

"장래성 있는 청년일세, 봉준 군이. 두고 보면 자연 알 것이니까 어쨌든 힘써 보게."

"참말인가?"

"여보게, 자네처럼 극이나 꾸밀 줄은 모르네."

"응, 좋은 친구야, 봉준 군이."

아까 문 차고 나가던 꼴을 생각하고 빙글빙글 웃었다.

앞으로 지나가는 여학생을 보고,

"스타일 좋다!"

하고 웃었다.

짝사랑

모 여학교 이년급 시험을 치르고 난 옥이는 낙제냐 급제냐의 두

의문으로 가슴을 졸이고 있었다.

주인집 학생이 나왔다.

"어제 같이 오셨던 이가 누구야요?"

옥의 곁으로 앉았다. 입 속으로,

"남편이야요."

"네."

"그 학교서 낙제가 된다면 다른 학교에 가서 시험 쳐 볼 수도 있겠지요?"

근심스러운 듯이 물었다.

"붙으시겠지요. 염려 마세요."

"저 같은 것이 어찌 붙기를 바라겠습니까?"

문편을 향하여 바라보았다.

"왜, 일학년 시험을 치루어 보시지요, 아무래도 좀….."

이 말을 듣자 더욱 안타까왔다. 차라리 이 학생의 말과 같이 일년급 시험을 보았더면 하는 후회가 났다.

"글쎄요."

만일 낙제가 되면 무엇보다도 남편 보기가 난처하였다. '어쩔까? 낙제만 되었다면 두말없이 고향으로 내려가서 한 해 더 배워 가지고 오지!' 겨우 이렇게 가라앉혔다. 그러나 가슴이 울울하였다.

"일본 가서 공부하신다지요?"

"네."

"무슨 학교야요?"

그는 한참 생각하였다.

"와세다라든지요?"

옥의 얼굴은 빨개졌다. 얼마나 똑똑하면 남편 다니는 학교 이름
도 자세히 모르나 할 것 같았다.

"네."

대답하는 소리를 듣자 안심되었다. 어쩐지 자기 입으로 학교명
을 부르고 나니 별로 서투르게 생각되었던 것이다.

"그의 친구들도 많두먼요."

"글쎄요."

"이 방에 들어왔을 때 세 분인가 네 분인가 욱욱 밀려왔더군요."

빙그레 웃어 보였다.

"그 중에 내 동무 숙희 오빠도 오구요."

그는 가슴이 찌끈하였다. 벌써 우리 그가 숙희를 따라다니는 줄
이곳서도 아는가? 그리하여 내 속을 떠보느라고 저렇게 말하지
않는가? 그는 다소 물어보고 싶은 것이 많지마는 이 말 끝에 쑥
들어가 버리고 말았다.

"숙희 아서요?"

"몰라요."

"연희는 아시겠지요? 같은 고향이라지요?"

"네. 말은 못해 봤어도 낯만은 여러 번 보았지요."

"숙희도 늘 놀러가던데요, 방학 때면."

"글쎄요, 자세히 모르겠습니다."

요리조리 묻는 것이 귀찮았다.

구둣소리가 나자 방문이 열렸다. 영실은 얼른 일어났다. 그리하
여 안방으로 들어갔다.

봉준이는 마루 구석에 피하여 섰다가 방으로 들어섰다. 옥이는

잠잠히 일어섰다.

"평안히 주무셨소?"

이렇게 묻고 나서 신문지 속에 들어 있는 노랑 구두를 꺼냈다.

"신어 보시오."

그는 가슴이 두근두근하였다. 그리고 발 내놓을 것이 무엇보다도 난처하였다. 그는 포켓에서 살색 양말을 꺼냈다.

"이것 신고 신어 보시오."

그의 얼굴은 빨개졌다.

"어서 신어 봐요."

"후일 신지요."

"공연한 소리만 하는구려."

봉준은 얼굴을 찡그렸다. 그리고 속으로 '시골 여자는 할 수 없어.' 하였다.

그는 남편의 좋지 못한 기색을 보고는 그만 아무 말 없이 돌아앉아서 양말을 신었다. 봉준은 양말 대님을 내어 주었다.

"다 신었소? 자."

구두를 들어 옥의 발에다 신겨 주었다.

"일어나 보시오."

그는 아찔해지며 방안이 휭 돌아 겨우 바람벽을 의지하여 일어났다. 한참이나 들여다본 그는 웃음을 띠우고,

"됐소이다. 제법 여학생이구려."

"그리고 학교에 갈 때에나 안 갈 때에나 저 분(粉) 발라요. 크림도 베니도 네, 그래야 합니다."

책상 위에 벌여 놓아 준 분병들을 가리켰다.

처음으로 남편의 다정한 말을 듣는 그는 너무 지나쳐서 어쩔 줄을 몰랐다.

"그리고 저녁에 우리 친구 몇몇을 데리고 올 테야요. 우물쭈물하지 말고 묻는 대답도 얼른얼른 해요, 네? 오늘 분 안 발랐구려. 저녁 먹고 세수하고 분 바르시오, 네."

얼굴을 말끄러미 들여다보았다. 옥은 확확 다는 그의 얼굴을 푹 숙이고 말았다.

"내 말대로 하시오."

이렇게 재삼 다지고 나서 일어섰다. 그는 따라 일어서서 그의 뒷맵시를 바라보며 '나도 남편이 있구나!' 이렇게 부르짖었다.

뒤이어 영실이가 웃음을 띠우고 들어왔다.

"무얼 다 사오셨어요?"

책상 아래 놓인 구두를 들고 들여다보았다.

"구두 사오셨소, 벌써부터…."

요리조리 굽어보더니,

"꼭 맞아요?"

"네."

옥의 기뻐하는 것을 한 번 더 쳐다보았다. 영실 어머니도 웃으며 들어왔다.

"아이구머니, 곱구면요."

딸이 주는 구두를 받아들고 보았다.

"얼마 주었대요?"

"글쎄요, 자세히 묻지 못했어요."

그들의 부러워하는 모양을 바라보며 앞에 놓인 구두를 볼 때 눈물이 날 만큼 감격되었다. 그는 속으로 '어머니도 기뻐해 주세요!' 이렇게 중얼거렸다.

남편의 말을 외우고 있던 그는 저녁 먹기 전에 새로 사온 향내 나는 비누로 말끔히 얼굴을 씻은 후 곱게곱게 단장을 하고 저녁상을 받았다.

밥상을 들고 나온 영실이는 피어오르는 듯한 그의 맑고 웃는 듯한 얼굴에 도취되어 몇 번이나 그를 쳐다보고 마음속 깊이 부러워하였다. 과연 남편의 사랑을 받을 만하다 하는 것을 당장 깨달았다. 그리하여 이 부부의 짝은 기울지 않다는 것을 무엇보다도 부럽게 생각하였다.

"같이 잡숩시다."

밥깨를 여는 그는 영실이를 쳐다보았다.

"어서 먼저 자셔요."

밥상으로부터 가는 김이 곡선을 그리며 올라갔다. 밥상을 물린 그는 어떤 불안에 잠긴 사람 모양으로 긴장되어 있었다.

불이 반짝 커졌다. 그는 가슴이 울렁울렁하였다. 그리하여 그는 가만히 일어나서 마루로 나왔다. 변소간으로 나오는 영실은,

"우리 방으로 들어가십시다."

옥이는 방문턱에서 기웃기웃하여 아무 거리낌 없을 것을 알고 들어섰다. 향하여 바른편 쪽으로 책상이 놓이고 왼편으로 고리짝 두 개가 겹놓였을 뿐 별다른 가구를 발견치 못하였다.

"앉으세요."

주인 마누라는 웃음으로 대하여 주었다.

대문소리가 나자 구둣소리가 거푸 들렸다. 옥이는 숨을 죽이고

두 귀밑이 화끈 달았다. 무엇보다도 그들과 서로 인사할 것이 난처하였다.

가만히 듣던 영실은,

"여러 사람이 오나 봐요."

방문 여는 소리가 나자 이쪽으로 향하여 오는 발소리가 들렸다.

"여기 안 들어왔나요?"

영실 어머니는 문을 열었다.

"여기 있습니다. 들어오세요."

"아니요, 좋습니다. 여보, 어서 나오시오."

옥이는 난처하였다. 봉준은 전등불 아래 부끄러움을 먹고 앉았는 그를 바라볼 때 알지 못하는 사이에 기쁨이 흘렀다. 무엇보다도 어서 빨리 그들 앞에 보이어 자랑하고 싶었다. 언제나 아내인 옥이를 대할 때에는 친구나 같은 그런 느낌으로 대하게 되는 것이었다.

"어서 나와요!"

그는 마지못하여 일어는 섰지만 건넌방까지 갈 것이 여간 난처한 것이 아니었다. 가슴에서 맞방망이를 치고 다리가 사시나무 떨리듯 하였다.

"학생도 같이 가면…"

영실을 내려다보았다. 영실 어머니는,

"그럼, 너도 동무해서 잠깐 갔다오너라."

말이 끝나자 영실은,

"그럼 먼저 나가세요."

옥이를 쳐다보았다. 그는 도로 앉았다.

"같이 가요."

이 꼴을 본 봉준이는,

"그럼, 같이 나오시면 대단히 고맙겠습니다."

건넌방으로 갔다. 영실은 책상을 마주 앉고 화장을 시작하였다.

"부끄럽지요?"

옥이를 바라보며 영실 어머니는 웃었다.

"처음이니까요."

머리를 숙였다.

화장을 마친 영실은 새 옷을 갈아입고 앞장섰다. 옥이는 죽으러 가는 소 모양으로 안타깝게 떨렸다. 영실은 조심성스럽게 문을 열었다. 봉준은 벌컥 일어났다.

"들어오십시오."

"오셨습니까."

재일을 향하여 머리 숙여 보였다. 그들의 눈은 일시에 옥에게로 쏠렸다.

옥이는 가만히 영실 옆에 앉았다. 봉준이는 차례로 소개하였다. 옥이는 머리 숙여 그들에게 보였다.

"자네들, 왜 이리 점잖은가?"

이 방안의 인기가 옥에게로 쏠림을 알자 그는 견딜 수 없이 기뻤다. 그는 빙글빙글 웃었다.

"집 주인부터 점잖으니…"

재일은 봉준이를 보았다. 원선이는 벽에 기대어 앉아 재일의 어깨로 한쪽 눈을 가리고 옥이를 뜯어보았다. 눈, 코, 입술, 살빛, 몸집 어느 것 하나 흠잡을 것이 없었다. 그러나 양미간을 약간 찡긴 것을 보아 그의 쓰라린 과거를 알리웠다.

몇 해를 두고 의문의 주인공인 옥이는 이름과 같은 옥(玉) 같은 여자였다. 그는 스르르 눈을 감고 옥이 쓴 편지 일절을 생각해 보았다. 따라서 봉준이가 곧장 부러워졌다.

"숙희도 데리고 오시지요, 왜?"

봉준이와 옥이는 일시에 가슴이 찌르르하였다.

"왜 모시고 오지?"

봉준이는 동을 달았다.

"잊었습니다. 후일에는 같이 오지요. 옥 씨도 사랑해 주십시오."

어느 좌석에서나 빈정대는 그가 갑자기 여기서만은 점잖을 뺐었다.

"당신, 집에 온 손님들을 대접할 줄도 모르시오?"

봉준은 웃는 눈으로 옥이를 보았다.

"그런 소리 말게. 우리가 경성 사는 것만큼 주인은 우리들이 아닌가, 여 보게."

원선이를 돌아보았다.

"이 사람은 벌써 조으네. 그럼 어디로든지 가십시다."

휘 둘러보았다. 봉준은 속으로 '이놈이 벌써 미쳤나.' 하면서 일종의 승리의 쾌감을 느꼈다.

"나가십시다. 처음이니만큼 구경도 하시구요."

재일은 옥이를 보았다.

재일의 꼴을 본 영실은 더 앉았기가 퍽 괴로웠다. 그리하여 살짝 일어났다. 옥이는 그의 치맛귀를 맘껏 잡았다.

"놓으세요."

그들은 영실을 보았다.

"앉으셔요."

뒤를 이어 이런 말이 거푸 떨어졌다. 그러나 그는 기어코 뿌리치고 나갔다. 혼자 된 옥이는 아까보다 더 안타깝고 머리를 들 수가 없었다. 원선은 재일을 꾹 찔렀다.

"가세."

옥의 모양을 보고 더 앉았을 수가 없었던 것이다. 재일은 밑이 떨어지지를 않았다. 옥의 수줍어하는 것을 볼수록 더한층 아리따웠다.

"어디로 갈까."

재일은 일어나는 원선이를 쳐다보았다.

"일어나게나, 어디로 가든지."

그는 문밖으로 나섰다. 재일과 봉준이도 하는 수 없이 따라 일어났다.

"어디 가든지 밑자리는 제일 무거웠는데, 오늘은 웬일이야?"

봉준이는 문밖을 나서자 원선이를 쳐다보며 이렇게 말했다.

"글쎄."

재일이는 방문을 배웅히 열고,

"안녕히 지무십시오."

옥이는 머리를 숙인 채 일어섰다.

대문 밖을 나서자 재일은 봉준의 어깨를 가볍게 쳤다.

"과연 드문 미인인걸!"

"그럴까? 하지만 숙희 씨만은 못하지 않어."

"허, 미친 말이야. 못한 게 무언가? 그렇게 미치더람 한 번 말해

볼까, 숙희에게?"

봉준은 앞이 캄캄하도록 가슴이 두근거렸다. 그리고 이때가 그의 다만 한때인 기회같이 생각되었다.

"참말인가?"

"이 사람, 또 귀가 바짝 당기는 모양이지?"

웃음으로 쓸어쳤다. 자기로서도 오늘에 한하여만 갑자기 전과 달리 말하기가 좀 점직³⁴했던 것이다. 봉준도 이 눈치를 알고 더 채치고 싶지만 원선이가 꺼리어서 잠잠하고 말았다.

"어째서 이야기가 중단이 되나? 마자 마치지?"

봉준이는 슬쩍 화제를 돌렸다.

"자네 전부터 영실이를 알았던가?"

"응, 숙희와 동무라네. 그래서 몇 번 우리 집에 놀러 왔어. 그 통에 나도 알게 되었지."

"누이 있는 사람들은 수 나겠네."

"그럴지도 몰라."

둘이는 웃었다. 원선이는 멍하니 앞길만 바라보고 수굿수굿 그들의 뒤를 따랐다.

"여보게, 옥 씨가 과연 미인이지! 자네는 어떻게 보았나?"

재일이는 뒤를 돌아보며 멈칫 섰다. 봉준이도 돌아보았다.

"글쎄."

"똑똑한 대답을 해 버릇하게. 밤낮 글쎄가 무어야!"

봉준이는 안타까움에 이런 말을 하였다. 쌀쌀한 바람이 그들의

---

34 점직하다: 부끄럽고 미안하다.

몸으로 스며들었다.

"어디로들 또 가겠나?"

둘이는 씩 돌아보았다.

"무어 좀 먹고 헤지세. 어디로 갈까?"

언제나 먹는 말은 재일이가 먼저 꺼내었다.

"그만두지, 가랴면 자네들끼리나 가보게."

"얼른 같이 갔다 가세나."

"곤해서 못 견디겠네."

봉준이를 보았다.

"늙으니까 다르다니까."

전차가 앞으로 지나간다. 그들은 한참 동안이나 잠잠하였다.

"자, 난 가겠네."

원선이는 청진동 골목으로 빠졌다. 전신이 오싹해지며 따뜻한 방이 그리워졌던 것이다.

"잘 가게."

둘이는 말없이 걸었다. 어쩐지 적적함을 느꼈다.

재일은 옥의 얼굴을 머리에 그려보았다. 따라서 이때까지의 그의 눈으로 본 많은 여자들을 되풀이하여 보았다. 숙희 때문에 여학생들도 퍽이나 알았고 화류계 여자들은 그 수를 헤일 수 없으리 만큼이었다. 그러나 자기로서 흡족히 생각한 여자는 없었다. 그저 그렇고그렇고 하였다.

하나, 오늘 저녁 옥이를 보자 세상에 저런 여자도 있는가 하고 놀랄 만큼이었다. 그럴수록 숙희를 미끼삼아 반드시 옥이는 자기 것으로 만들리라는 결심을 하게 되었다. 처녀, 부인을 가릴 사이

없이 얼굴만 고우면 그만으로 생각되었다.

"이혼은 집어치우게."

그의 심중을 떠보려 하였다. 봉준이 역시 옥이를 미끼삼아 숙희를 놓치지 않으려 하였다.

"숙희 씨 같은 여자는 없으니까 어쩌겠나. 내 스스로도 이상히 아는 적이 많았네마는…. 물론 옥에게 대하여 동정하지 않는 배는 아니야. 그러나 사랑이 안 가는 데야 어쩌란 말인가?"

"음, 그렇지. 사랑이 없는 데야 동정한들 어쩌겠나? 나도 전부터 자네 마음을 모르는 배 아니고 따라 숙희를 연모하는 것까지도 대강은 짐작하였네. 그래서 그 애를 만나면 자네 말을 늘 하다시피 하였네. 어찌했든 이혼만 하게나."

"고맙네."

봉준이는 눈물이 쑥 비어졌다. 그리고 가슴이 두근거리기 시작하였다. 한참 후에 그는,

"자네만 믿네!"

재일은 담배를 피워 물었다.

"옥 씨가 불쌍하지 않아? 그렇게 된다면…"

봉준이를 보았다.

옥이는 아침을 먹고 머리를 풀어놓았다. 얼빗[35]으로 슬슬 가리며 면경 속으로 비치는 가지 얼굴을 들여다보고 쫑긋 웃었다. 어젯밤 남편의 좋아하던 꼴이 눈에 보이는 듯하였다. '어떻게 붙었을까?' 그 많은 사람이 시험 쳤는데 아무래도 선생들이 내 이름을

35　『방언』'얼레빗'의 방언(황해). 얼레빗: 빗살이 굵고 성긴 큰 빗.

잘못 불렀지!' 이런 생각을 할 때 가슴이 선뜻하였다.

영실이가 들어왔다.

"머리도 숱하기는 해요."

그는 얼빗을 빼앗아 가지고 몇 번 가리운 후에 두 갈래로 꽁꽁 땋아가지고 곱슬하게 틀어 놨다.

"고운데요, 어쩌면 그리 고울까."

앞으로 와서 말뚱히 들여다본다. 그는 가쁨함을 느끼며 두 귀밑이 빨개졌다.

"그런 소리 말아요."

얼굴을 돌리며 웃었다.

"웃으니까 더 곱네. 여자로 태어날 바에는 저렇게 고와야지, 무얼!"

며칠 전날 밤 재일의 꼴이 나타났다.

"학생도 그만큼 고왔으면 됐지요, 나 같은 것이 무엇이기."

그는 머리칼을 일삼아 주워 뭉쳐 가지고 밖으로 나갔다. 영실 어머니도 부엌에서 고개를 갸웃하고 내다본다.

"꽃송이 같애요."

옥이는 이런 말은 귓등으로도 안 들리고 '내가 참으로 붙었는지?' 이런 의문으로 가슴이 꽉 채웠다, 그는 손을 씻고 방으로 들어왔다.

"참으로 붙었을까요?"

영실은 면경 속으로 자기 얼굴을 비춰보다가 살짝 비켜 앉았다.

"그럼 학교서 거짓말할까요?"

너무 좋아하는 꼴이 밉살스러웠다.

"거짓말보담도 혹시 이름이 나와 비슷한 사람이 또 있는가 해서 하는 말이지요."

"글쎄요, 그것까지는 모르지요."

영실은 일어났다.

"어서 학교나 가십시다. 잔걱정 말고요."

옥이는 검정 치마, 흰 저고리로 갈아입었다. 그리고 책상 아래 놓인 구두를 꺼내어 놓고 한참이나 망설이다가 신었다.

안방 문소리가 나자 영실은 나왔다.

"어서 나와요."

이러고 나가기가 퍽이나 부끄러웠다. 어쩐지 옛날 자기와는 딴판이 된 듯한 느낌이 생겼다. 그때에 떠오르는 것은 숙희와 연희였다.

그는 남빛 책보를 들고 영실의 뒤를 따랐다. 다리가 휘청휘청하는 것이 좀 폐로웠다.[36]

"재미나요, 이렇게 언니와 내가 함께 다니면 오작이나 좋아요."

쫑긋 웃어 보였다. 그는 숨이 차도록 답답함을 느꼈다. 지나는 사람들은 자기만 보는 듯싶었다.

"오늘 저녁, 원선인가 그이는 떠나신댔지요?"

"네."

가까워 오는 학교는 빨간 벽돌집으로 점점 높아가고 있었다.

개학식을 마치고 돌아오는 그들은 집으로 오자 옷을 벗고 낡은 옷으로 갈아입었다. 옥이는 이때껏 지리쳐 두었던 한숨을 푹 내쉬

---

36   폐롭다: 1. 성가시고 귀찮다. 2. 폐가 되는 듯하다. 3. 성질이 까다롭다.

었다. 그리고 교장선생의 말이 다시금 그의 귀를 울려 주었다. 그리고 뒤를 따라 나타나는 얼굴 흰 여선생들은 하늘같이 높아 보였다.

점심 상을 들고 영실은 들어왔다. 그는 얼른 일어나 받아놓았다.

"어서 먹읍시다."

영실은 저를 들고 마주 앉았다. 권하는 바람에, 더구나 다정스러이 마주 앉는 김에 숟갈을 들었으나 밥은 먹고 싶지 않았다. 그저 가슴이 울울하여서 좋은 것도 언짢은 것도 판단할 여지없이 어림터분하였다.

상을 물린 옥이는 책상 곁으로 다가앉아 '나도 이제부터는 여학생인가? 숙희와 연희와 같은…' 맘에 떠오르는 것은 영철 선생이었다. '그가 이 소식을 알면 얼마나 기뻐하실까.' 이런 생각을 하고 나니 물 먹고 싶듯이 그리워졌다. 같이 있을 때는 그만그만하여 무던한 줄만 알았더니 이렇게 뚝 떠나고 보니 돌아가신 어머님이나 못지않게 보고 싶었다. 보다도 자기의 달라진 옷맵시, 시험 쳐서 입격된 것을 그에게 자랑 겸 친히 눈에 보이고 싶었다. 그는 붓을 들었다. 영철 선생에게 장문의 편지를 쓰기 시작하였다.

저녁이 되자 옥이는 화장을 하고 새 옷을 갈아입은 후 책상 앞에 마주 앉아 갓 사 온 책들을 들여다보고 있었다. 어느 사이에 모든 잡생각은 잊고 책 속으로 정신이 폭 잦아 들어갔다.

"여보, 옥 씨!"

깜짝 놀라 휘휘 돌아보며 뒤미처 일어났다.

"나와요."

뒤 창문 곁에서 남편의 소리가 났다. 그는 몸 돌아볼 여지없이 밖으로 나갔다.

큰 대문을 나선 옥이는 창문 곁으로 돌아갔다. 희미한 달빛에 그의 시커먼 윤곽만이 보였다.

"저 새 옷 갈아입고 구두 신고 나오시우, 벌써 자우?"

"아니오."

"그럼 얼른 들어가서 펄쩍 갈아입고 나와요."

"왜요?"

황황히 날치는 남편이 이상해 보였다.

"글쎄 여러 말 말고 바삐 그리해요."

남편의 말이니 할 수 없이 돌아서서 들어오면서도 마음으로는 불쾌하였다. 무엇보다도 남자들과 마주 앉기가 거북스럽고 싫었던 것이었다.

방으로 들어온 옥이는 또다시 나갈 것이 거북하였다. 남편과 가지런히 서서 다니는 것은 기쁘게 생각이 되나 그러나 남편의 친구들과 섭슬리기³⁷는 안타깝게 싫었던 것이다.

"안방 학생 데리고 갑시다."

"잔소리 말고 어서 나와요!"

소리치는 바람에 두말도 못하고 그는 밖으로 나갔다.

"어디 가요?"

안방 밀장문 사이로 영실의 외짝 눈이 보였다.

"저기."

옥이가 큰 대문 밖으로 나서자 봉준이는 허방지방 뛰었다. 남편

---

37 섭슬리다: 함께 섞여 휩쓸리다.

의 황급히 날치는 꼴을 보는 옥이는 무슨 일인가 하여 어리둥절하였다.

골목쟁이를 돌아서자 눈이 시큼해지도록 빛나는 가스불 앞에 남편은 우뚝 섰다.

"어서 오르십시오."

몇 사람의 입에서 떨어지는 말소리와 함께 휘발유 냄새가 옥의 코를 벗튀었다.

"이렇게 만나 보니 반갑습니다."

옥이는 얼결에 머리를 돌려 바라보니 연희와 숙희였다. 순간에 그의 가슴은 선뜻하였다.

택시는 달음질쳤다. 문득 자기와 남편이 그리운 고향 떠나던 때가 눈앞이 보이는 듯하였다. 옥의 바른편 무릎 사이로 옮아오는 연희의 따뜻한 체온은 같은 고향 사람임을 더욱 느끼게 하였다.

숙희는 연희와 무슨 귀엣말을 건네고 있었다.

"얼마나 기쁘십니까, 옥 씨."

원선이는 자기 앞에 똑바로 앉은 옥의 목덜미를 보았다. 옥이는 머리를 숙이는 외에 잠잠할 뿐이었다.

"축하 올립니다, 옥 씨."

이번에는 재일의 목소리였다. 이마 위에 땀이 나도록 옥이는 부끄러웠다. 암만 대답을 하려고 하였다가도 목소리가 밖에까지 나가 주지를 않았다. '어쩐 일일까 내가 벙어리 되려나?' 하기까지 의문이 들어갔다.

"선생님, 이제 가시면 언제쯤 나오시게 되나요?"

원선이는 무슨 생각을 하다가 얼른 숙희를 보았다.

"글쎄요, 여름방학 때나 오게 되겠지요."

곁에서 듣는 옥이는 한층 떠 부끄러웠다. 자기는 묻는 말도 대답 못하는데 숙희는 말을 건넨다. '언제나 나도 저만큼 되어 보려나!' 하고 생각할 때 이 세상에서는 자기와 같이 못난 사람은 없을 것 같았다. 따라서 남편이 배척하는 것도 당연한 것이라 하였다.

경성역에서 내린 그들은 대합실로 밀려들어갔다. 옥이는 어쩌다 넘어질세라 겁이 나서 미처 그들의 뒤를 따르지 못하였다. 그는 한편 구석에 가만히 서서 머리를 숙였다. 낮같이 밝은 불빛 아래 흔들리는 그 사람의 동작을 따라 까만 눈만이 반들 거렸다.

그들은 의자에 척척 걸어앉아 돌아보니 옥이가 없었다.

"여보게, 옥 씨 어디 가셨나?"

휘휘 둘러본 재일은 이편으로 뛰어왔다.

"저리로 가십시다."

불빛에 빛나는 그의 눈을 바라보았다.

"아뇨."

옆에 의자에 가만히 걸어앉았다. 자칫하면 푹 고꾸라질 것 같았다. 옥의 이마 끝에 땀이 방울방울 맺혔다. 재일은 차마 발이 떨어지지 않았다. 그리하여 옥의 옆에 앉았다.

이 꼴을 본 옥이는 시재 걷다가 엎으러져서 망신을 톡톡히 할지언정 같이 앉고 있기는 싫었다. 그는 살짝 일어나서 앞으로 걷기 시작하였다. 걸어나니 심상하였다.[38]

눈결에 남편을 보니 그는 자기편으로 외면을 하여 돌아앉고는

---

38   심상하다: 마음이 상하다.

얼빠진 놈처럼 머리를 숙이고 있는 것이었다. 순간에 그의 눈에서는 있는 불이란 다 기어나오는 것 같았다.

원선이는 차표를 타 가지고 옥이 섰는 편으로 왔다.

"이 사람 때문에 고생 많이 하십니다."

머리를 숙여 보였다. 그는 발부리를 굽어보았다.

"천만의 말씀을 하십니다."

며칠 동안에 처음으로 듣는 음성이었다. 약간 들리는 듯한 가는 말씨가 원선의 귀에다 귀엣말을 하는 듯이 장그럽게 들렸다.

"공부 잘하십시오. 그저 배워야 합니다."

요란한 소리를 따라 차는 들어왔다. 역부의 고함소리에 놀란 옥이는 입 속으로 '게이죠.' 하고 되뇌어 보았다.

원선이는 숙희 앉은 편으로 뛰어갔다. 서로 손을 잡고 이편으로 뛰어오자,

"어서들 들어가세요."

꾸리 묶어선 듯한 사이로 들어섰다.

"이번에는 나 혼자 지낼 생각이 난처하네. 이 학기 다 지나기 전에 곧 들어들 오게. 공연히 놀면 뭣하겠나?"

연희가 옥의 곁으로 왔다.

"고향서 편지 왔어요?"

"아직 아니 왔어요?"

연희를 쳐다보았다. 맞은편에 선 숙희는 새침히 머리를 숙이는 것이었다.

"안녕히들 계셔요."

바라보니 원선이는 사람들 틈에 섞여 잘 보이지 않았다. 플랫폼

에서 차에 올라선 원선이는 이편을 향하여 모자를 높이 들어 보이고 차안으로 들어가자, 창문을 열고 머리를 내어밀었다.

이편에서도 모자로 손수건으로 내어 흔들기 시작하였다. 원선이는 그들 틈으로 언제까지나 고요히 섰는 옥이를 보았다.

학교로부터 돌아온 옥이는 옷을 벗고 잠옷 비슷이 만든 통옷을 입은 후 밖으로 나와서 세수하고 방으로 들어갔다. 창문까지 열어젖히고 방을 쓸어내었다. 그리고 책보를 책상 위에 풀어헤쳐서 책 보는 문밖에 활활 떨어다 네모 반듯이 개어 한편 옆으로 착 놓았다. 그리고 우선 공부할 책만 따로 놓고는 모두 착착 겹놓았다.

그는 책상 위를 이렇게 정돈해 놓고는 오늘 온 신문을 들었다. 제 일면으로부터 시작하여 차례차례 보기 시작하였다.

영실 어머니는 건넌방으로 건너왔다. 자다 나온 모양인지 얼굴이 푸석푸석 하고 눈이 빨갛다.

"영실이는 아직 시간이 남았나?"

이렇게 혼자 하는 말처럼 하고 나서 되뚝한[39] 파란 곽과 편지를 내어밀었다.

"옛네. 아까 웬 심부름꾼 애가 가져왔기에 누가 보내더냐고 물어도 대지 않고 가데."

그는 달갑지 않게 받아들고 이리저리 살펴보다가 우선 편지부터 보리라 하고 겉 피봉을 보았다. 주소도 성명도 아무것도 써 있지 않았다. 그는 문득 일어나서 의심과 함께 봉투를 뜯고 보았다.

영실 어머니는 말뚱말뚱 눈치만 따기 졸음도 어디로 달아난 모

---

39 되뚝하다: 『북한어』 날카롭고 우뚝하다.

양이었다.

"무어랬나?"

다 보고 난 옥은 억지로 웃음을 띠었다.

"장난감 보낸다는 말입니다."

"응."

옥이는 곽과 편지를 책상 아래로 밀고 여전히 신문을 들었다.

영실 어머니는 펴보았으면 하고 바라보다가 보지 못하게 되매 허수하였다.

"에, 덥다."

얼굴에 붙는 파리를 쫓고 나서 밖으로 나갔다. 발자취 소리가 멀어지자 그는 신문지에서 눈을 떼어 문밖을 내다보았다. 신문지도 맥없이 날아 떨어지고 말았다. 장독에 붙었던 왕파리는 윙, 하고 쨍쨍히 들여 쪼이는 볕을 따라 문턱까지 날아왔다.

자기는 이곳에 오직 남편 하나를 믿고 따라온 것이다. 하지만 남편은 차츰차츰 자기를 찾아오기도 싫어하는 듯하였다. 어쩌다 오게 된다면 반드시 재일과 함께 왔다가 가곤 하였다. 다소 의논하고 싶은 일이 생겨도 가슴에 뭉치고 또 뭉쳐 두었다가 시간이 지나면 저 혼자 삭아지고 말았다.

이런 것을 생각하고 나니 바람벽을 마주 앉은 것처럼 답답함을 느꼈다. 그는 다시 편지를 끌어내어 자세히 몇 번이든지 읽어보았다. 글자 한 자 어그러지지 않고 분명히 쓴 글씨였다. 이것이 참일까? 남편이 일부러 시험해 보누라고 이런 일을 않았나? 그렇다면 반면에 남편이 자기에게 대한 애정이 확실히 있는 것이다. 얼마나 기쁜 일이랴! 고마운 일이랴! 하지만 어디까지든지 참인 듯싶은

편이 세었다.

남편의 둘도 없는 친구가 이런 일을 내게 감히 할 수 있을까? 이것은 필연 남편과 재일이가 함께 공모해 가지고 어떠한 계책을 내어서라도 자기와 이혼될 조건을 만들어 가지고자 하는 수단같이 보였다.

여기까지 생각한 그는 무어라고 말할 수 없는 설움이 가슴을 올올이 찢는 듯하였다. 그는 책상 위에 폭 엎드려서 흑흑 느껴 울었다.

문 앞으로 지나치던 영실이는 우뚝 섰다.

"언니 왜 울어?"

된 햇빛이 내리쬐어 영실의 머리는 시재 타지는 듯하였다. 그는 마루로 올라앉자 책보를 방으로 던지고 달려왔다.

"왜 울어?"

옥의 어깨를 흔들었다.

"공연히 울지 뭐."

"언니 공부 준비하지 않우?"

"해야지."

그는 눈물을 이리저리 씻고 나서 책을 펼쳐 들었다. 하나 샘솟듯 나오던 눈물은 뒤를 이어 떨어졌다.

"에 덥다, 지독히 덥네."

영실은 후닥닥 뛰어나갔다.

옥이는 도로 책을 놓고 '어머니! 나는 어찌라우!' 이렇게 부르짖을 때 '믿지 마라! 남자를 믿지 말아라!' 번개같이 옥의 가슴을 두드려 주었다. 그의 시어머니께서 임종 시에 턱을 가불가불 채면서 마지막으로 남긴 부르짖음이었다.

어린 옥이는 무슨 말인고 하고도, 너무도 또랑또랑한 힘있는 말이매 그의 머리에 꽉 찔려졌던 것이다. 그리하여 항상 그는 입 속으로 외우고 있었다.

'믿지 마라! 남자를 믿지 말아라!' 다시 한번 불러보았다. '얼마나 잘 아시고 하신 말씀이랴!' 그는 한숨을 푹 내쉬었다. 든든한 의지가 생긴 듯싶었다. 따라서 북받쳤던 설움이 가라앉고 거뜬해짐을 느꼈다.

이 말 한마디가 오늘날 옥에 있어서는 얼마나 귀한 보배였는지 몰랐다. '오, 어머니! 당신께서 남기고 가신 그 귀한 말씀은 내 가슴에, 내 가슴에 품었나이다.' 그는 눈을 스르르 감았다.

한참 후에 그는 다시 눈을 떠서 앞에 놓인 곽과 편지를 노려보았다. '흥! 몰랐다! 너희들이 짐작한 그런 어리석은 여자는 아닌 것이다! 시계와 반지로 인하여 일생을 버릴 그런 못난 계집은 아니다. 오! 아니다!' 그는 벌컥 일어났다.

봉준이는 저녁을 먹고 문밖으로 뛰어나왔다. 시원한 바람은 그의 머리를 다소 거뜬히 해 주는 듯싶었다. 한참이나 우두커니 서 있던 그는 물먹고 싶듯이 숙희가 그리워졌다. 어젯밤 오래도록 숙희 방에서 놀았건마는 불과 몇 시간이 지나지 못한 지금에 생각해 본다면 몇 삼년이나 된 듯이 멀어 보이고 다시는 숙희와 마주 앉아 볼 것 같지 않았다.

그는 슬금슬금 걷기 시작하여 어느덧 숙희 집 문 앞에 발길을 멈추었다. 마침 안으로부터 숙희가 길을 굽어보며 나왔다.

"재일 군, 집에 있나요?"

숙희는 머리를 들고 봉준이를 바라보았다.

"오빠는 금방 나갔는데요…. 아마 봉준 씨한테 가셨을 것 같애요."

숙희는 앞으로 걸었다. 봉준이도 따라섰다. '이 여자가 어디를 갈까?' 이런 생각을 하며 가슴이 두근거리고 얼굴이 남몰래 달았다.

"숙희씨!"

그는 발길을 멈추고 섰다.

"조용히 저를 만나줄 수가 없습니까?"

"무슨 볼일이 있세요?"

"네, 있습니다."

봉준은 앞장을 섰다.

"저를 따라오십시오."

"오늘은 제가 바쁜데요."

봉준은 모처럼 얻은 기회를 놓쳐 버릴까 하여 쩔쩔매었다.

"숙희씨! 잠깐만 와 주십시오, 잠깐만!"

그의 음성은 떨렸다. 숙희는 웃음이 나오는 것을 겨우 참고 잠잠히 그의 뒤를 따랐다. 무엇보다도 그의 하는 꼴을 보자는 호기심이었다.

봉준이는 숙희가 따르는 것을 알자 발길이 허공에 뜬 듯이 날아가는지 걸어가는지 분간할 수 없었다. 따라서 '이것이 꿈인가?' 하는 의심도 몇 번이든지 들었다.

그들은 남산 솔밭 사이로 들었다. 노송나무를 사이로 둘이는 마주섰다.

"앉으서요."

봉준이는 자기 양복 겉저고리를 벗어 깔아놓았다.

"앉으셔요, 네?"

거의 애걸하다시피 하였다.

"좋습니다."

숙희는 여전히 소나무를 기대어 섰다. 아까 거리에서보다는 훨씬 울울함을 느꼈다. 그러나 숙희는 속으로 '제가 어떻게 할 테냐! 제까짓 것이!' 이렇게 스스로 위로 받으니 한결 마음이 놓였다.

셀 수 없이 들어선 소나무들은 마치 비밀회의로 모인 듯이 무거운 침묵 속에서 머리와 머리를 맞대고 긴장되어 있었다. 그리고 군데군데 떨어진 파란 달빛은 봄바람에 떨어진 꽃송이, 꽃송이 같았다.

"숙희 씨! 제가 올린 편지는 받아보셨겠지요?"

"네."

"어째서 회답을 주시지 않았나요?"

자리가 자리인 만큼 숙희로서도 주저치 않을 수가 없었다. 그는 한참이나 무엇을 깊이 생각하다가

"회답을 기다리셨습니까?"

모처럼 고대한 대답은 반문으로 되돌아왔다. 이렇게 반문하는 뜻도 봉준이로서도 대강 짐작하였다. 그렇지만 이리저리 따져 묻자면 공연한 시간을 허비할 뿐더러 새삼스럽게 과거 일을 탄해 가지고 말썽 부리잘 필요가 없는 것 같았다.

"네, 기다렸습니다. 여러 말씀 할 필요 없구요. 이미 숙희 씨가 편지를 통하여 저의 마음을 다 아셨을 테니까요⋯."

여기까지 말한 그는 숨이 꼭 막혔다. 한참이나 머리를 숙이고

잠잠하던 봉준이는 머리를 번쩍 들었다.

"한마디에 달린 것이올시다. 저의 사랑을 받으시겠습니까?"

봉준의 씨근거리는 숨소리가 빤히 들렸다.

숙희의 전신은 오싹하였다. 따라서 이 솔밭이 무시무시한 생각이 들자 그는 소나무를 맘껏 껴안고,

"봉준 씨는 부인이 있지 않습니까."

"네, 형식상으로는 있다고 볼는지 모르오나 실은 저는 총각입니다!"

이 말에 그는 악이 치받쳤다.

"총각이라구요? 차라리 솔직히 말씀해 주십시오."

"숙희 씨! 당신 앞에 거짓말이 손톱만치나 있다면 당장 벼락이라도 맞겠습니다. 차라리 하느님을 속일지언정!"

그는 눈물이 쑥 비어졌다.

"숙희 씨! 나는 생전 처음으로 내 가슴속에 여자의 흔적이 있다면 당신의 환영(幻影)이겠지요. 밤낮으로 당신을 그리워 애쓴 죄밖에는 없습니다."

숙희는 속으로 걱정이 되었다. 언제까지나 끝날 줄 모르는 이야기만을 듣고 우두커니 서 있을 수 없는 터, 그렇다고 발길을 돌리려 하니 애걸애걸하는 꼴이 불쌍하다 못해 곧 난처하였다.

"봉준씨, 이 부족한 사람을 그렇게까지 생각해 주신다는 것은 제 몸에 지나치는 영광으로 압니다만, 아직 철없는 저라서 사랑에 대하여서는 아무것도 모릅니다. 내려가십다."

그는 발길을 옮겼다.

봉준이는 아찔하여 얼핏 소나무를 쓸어안고 정신을 가다듬은

후 비실비실 따랐다. 멀리 사라지려는 숙희의 치마폭 사이로 은은한 달빛이 품겨 있었다.

정신없이 하숙으로 돌아온 봉준이는 방바닥에 콱 쓰러져 앓는 소리를 꿍꿍 하였다. 주인 마누라는 어쩐 일인지 몰라 궁금하였다. 금방까지도 저녁 잘 먹고 이야기를 시끄럽게 하던 사람이 무섭게 앓는 소리를 하니 아마도 체했나 보다 하고 건너갔다.

"어쩐 일이세요? 어디 편치 않으세요?"

"네, 물 좀 주시구려."

봉준이는 시뻘건 눈으로 쳐다보았다.

"효주야! 물 떠오나라!"

뒤이어 얼굴 나부죽한[40] 어린 처녀가 두 손으로 시첩을 받들고 나온다.

"선생님 아프시다."

효주는 어머니 뒤에 붙어 앉아 이따금씩 그를 엿보았다.

"옥이도 오랄까요?"

"그만두셔요."

보기 좋게 꿀꺽꿀꺽 물을 들여 마신 봉준이는 바람벽을 향하여 돌아누웠다. 바람벽에 진 자기 그림자를 보고 외로운 설움이 가슴을 메어지게 하였다. 하여 모르는 사이에 베개 밑이 척척해졌다.

멍하니 바라보던 주인 마누라는,

"물수건 해서 대 드릴까요?"

---

40 작은 것이 좀 넓고 평평한 듯하다.

"수고시럽게… 요."

그는 안으로 들어가자 대야에 물을 떠 가지고 나왔다. 그리고 벽에 걸린 수건을 적시어 머리에 번갈아 대 주었다. 훨씬 시원한 맛이 있었다.

신발 소리가 나자 재일이가 성큼 들어섰다.

"어쩐 일인가?"

"갑자기 아프시답니다."

"어디?"

봉준의 곁으로 다가앉았다. 그는 감았던 눈을 슬그머니 떠서 재일을 보자 그의 손을 꽉 잡고 흑흑 느껴 울었다.

"어디 아픈가? 응? 울기는… 왜."

재일은 그의 머리를 짚었다.

"과다하는데, 옥 씨 오셨댔나?"

"웬걸요, 아프신지 알지도 못할 터인데요."

"오라지, 밤에 적적하지 않어?"

친구를 생각함보다도 자기가 그리웠던 것이다. 매번같이 이 집을 찾게 되면 '행여나 옥이를 만날까?' 하는 생각이었다.

"그만두시라니까요."

"오라게, 원."

봉준이는 잠잠히 눈을 감아버렸다.

요 며칠 동안 재일은 옥이로부터 무슨 회보가 있을까 하여 지나다니는 체 부만 조사하고 있었다. 그러나 해가 가물해져도 따라 감감해지고 자기의 예측한 바와는 지나치게 어긋났다.

처음 짐작은 며칠 동안이면 옥의 마음을 움직여 놓겠다는 것이었다. 그러나 반대 방향으로 몇 개월이 된 오늘까지도 꿀 먹은 벙어리 모양이었다.

"어쩐 일일까? 내 수단 방법이 틀린 것인가?"

이렇게 혼자 중얼거렸다.

그는 난생 처음으로 답답함을 느꼈다. 황금이면 만사에 거칠 것이 없다고 굳게 믿었던 그의 신념도 다소 흔들리기 시작하였다.

최후의 실낱같은 그의 희망은 옥의 뒤를 따르다 직접 행동을 취하는 외에 별도리가 없다고 생각되었다. 그러므로 밤이 되면 으레 옥의 하숙집을 몇 번이든지 돌았다. 그러나 웬일인지 한 번도 기회가 마땅히 없었다. 방금 옥의 집을 들러 오는 길이었다.

"곤하신데 나가십시오."

눈이 거적해진 주인 마누라를 쳐다보았다.

"에그 참 졸립니다. 미안하나마 저는 먼저 나갑니다. 앉았다 가십시오."

무릎에서 잠든 효주를 깨워 가지고 안방으로 들어갔다.

"여보게, 오늘 숙희 씨를 만나지 않았나."

"응, 그래, 말 좀 해 보았나?"

봉준은 한숨을 푹 쉬었다.

"말하면 소용이 무언가?"

"그래, 거절 받았다는 말이지?"

"그럼."

"직접 행동을 하여야하지 말만을 누가 무서워하나. 그래 손 한 번 걸쳐 보지 못한 모양이네 그려."

그는 씩 웃었다.

"그런 일은 난 못하겠데. 바루 성공을 못하면 말았지."

"흥! 아직 멀었네. 그렇게 약해 가지고야 일이 되나."

"여보게, 자네 힘써 주게나!"

"물론 힘써 주지. 한데 여자 암팡진 것은 실은 여간 지독한 것이 아닌 모양이데."

옥이를 두고 이런 말함임을 봉준이도 짐작해 보았다.

"아무렴 자네 전에는 나더러 비웃댔지. 그리 단단히 지내보게."

"자네 옥 씨랑 꼭 이혼할 생각이지?"

"새삼스럽게 그건 왜 묻나?"

어지간히 몸이 단 것을 알았다.

"글쎄⋯."

빙긋이 웃었다.

"아무렴 숙희 씨를 생각하는 나인 것을 잘 알지, 자네도?"

"오래."

"그러면 묻는 자네가 그른 것 아닌가?"

재일은 멍하니 전등불을 바라보았다. 그는 무엇을 깊이 생각하는 듯하였다.

봉준은 재일을 사귄 후로 이러한 태도를 처음 보았다. 언제나 쾌활하던 재일이가 이렇게 되기까지 얼마나 고통을 당하였으랴 하고 생각하니 그가 불쌍히 보였다.

"자네도 사랑의 쓴맛을 이제야 보네 그려."

재일은 자리 속에서 눈을 뜨자 엊저녁에 날치던 봉준의 꼴이 마치 활동 사진으로 보는 듯하였다.

자기 경험으로 미루어 며칠이나 몇 달이나 갈 줄 알았던 봉준의 상사병은, 자기에게 알려진 후부터도 준 이태가 지나서 올해는 공부까지 전폐하고 봄부터 가을철까지 온전히 전문으로 종사를 하다가도 결국은 무서운 신경쇠약 병까지 얻어 가지고 자리에서 일어나지 못하게 되었던 것이다.

그 사이에 지나간 이태는 몰라도 올 봄부터는 재일이도 봉준을 동정하여 숙희를 대할 때만은 다만 한마디씩이라도 봉준의 이야기를 건네고 따라 숙희를 권면하였다. 그러나 언제든지 숙희는 그만그만하였다.

엊저녁에는 재일도 겁이 났다. 자기의 친구로서 누이동생을 위하여 생사를 분간치 못하기 쯤 된 형편이니 어쨌든 난처하였던 것이다. 더구나 옥의 안타까워하는 것이란 사람으로선 못 볼 것이었다.

그는 자리에서 벌컥 일어났다. 그는 옷을 입은 후 숙희 방으로 건너갔다. 숙희는 산뜻이 화장을 하고 앞문 앞에 앉아 수를 놓았다. 방문 소리가 나자 숙희는 힐끔 쳐다보았다.

"숙희야."

그는 바늘을 든 채 재일을 보았다. 아직 이마에는 베갯자리가 있었다.

재일은 얼결에 이렇게 부르고 나서도 갑자기 어느 말부터 꺼내야 좋을지 몰랐다.

"왜요?"

왔다 갔다 하는 재일은,

"너 어째서 그렇게 사모하는 김 군을 싫어하니? 무엇 때문이냐?"

숙희는 눈꼬리가 샐쭉해졌다. 아무 말 없이 바늘 꽂았다 빼는 소리만 잦아질 뿐이다. 숙희의 꼴을 보니 오늘도 틀릴 모양이었다. 재일은 음성을 낮추었다.

"숙희야! 너의 오빠도 생각지 않니? 오늘만 부대 가자. 가서 잠깐만 앉았다 오자꾸나. 그것이야 무엇이 힘들 것이 있니? 응, 대답해라."

재일은 애걸하다시피 하였다.

숙희는 언제까지나 말이 없었다. 재일은 마음대로 하면 달려들어 실컷 쥐어박아 반쯤 용신을 못하게 만들어 주면 좋을 상으로 생각되었다.

싯재 펄펄 뛰는 생떼 같은 청년이 자기 하나 때문에 죽겠다 살겠다 하는 판에도 말똥말똥히 무엇을 생각만 하고 앉았는 것이 재일로 하여금 눈에 불 나도록 안타까웠던 것이다.

그러나 꾹 참고,

"어찌겠니?"

숙희는 바늘을 저고리 섶에 꽂고 재일을 뚫어지도록 바라보았다.

"오빠! 제발 그런 말씀 말아 주세요. 세상에는 봉준 씨 한 분만이 그런 고통을 당하는 것 뿐 아니겠어요? 그런 것을 어떻게 일일이 동정합니까? 심하게 말하면 죽는 대도 할 수 없는 일이지요! 네? 오빠, 그렇지 않습니까?"

숙희의 얼굴은 슬픈 빛이 돌았다.

"숙희야! 그러면 너는 봉준 군을 죽이려느냐! 응?"

그의 눈에는 봉준이가 보였다. 따라 어여쁜 옥이가 보였다.

"죽는 사람은 약자지요. 못난이지요. 어찌해서 귀한 일생을 일개 미미한 계집 때문에 희생을 버리겠습니까…."

재일은 분이 왈카닥 치밀었다.

"야! 사설만 지껄이지 마라. 너도 무슨 사람값에 가니! 에잇, 저런 매몰스런 계집애하고 말하다가는 아주 기막혀 죽겠어! 어데 얼마나 버티나 보자."

그는 휙 나가버렸다.

숙희는 얼굴이 새파랗게 질려 가지고 돌부처 모양으로 앉아서 꼼짝하지 않았다. 눈물 흘린다는 것은 몇 분 후에 한 방울씩 떨어질 뿐이었다.

연희가 밖으로부터 황당히 들어왔다.

"어째 그러니? 또 그 일 때문이냐?"

연희의 까만 눈에서는 벌써 눈물이 핑 돌았다. 그리하여 마치 낙숫물 지듯이 흐르는 것이었다.

숙희는 말뚱히 연희의 들먹이는 어깨 위를 바라보며 '저렇게 속 시원히 울어 봤으면.' 하고 오히려 눈물 많은 것이 부럽게 생각되었다.

따라 봉준의 일이 난처하였다. 그러나 어여쁜 아내를 가진 봉준이가 또 자기를 생각하여 죽네 사네 한다는 것은 어쩐지 자기로서는 색마와 같이 생각되었다. 어쨌든 순결치 못한 것이 미웠던 것이다. 돌이켜 한 번도 장가 가 보지 못한, 이름만이라도 총각이 그 지경이 되었다면 장래는 어찌 되었든 우선 그의 순정에 자기의 마음도 어찌 움직여 나갈는지 모를 것이었다.

무엇보다도 옥에 티가 있을지언정 이십여 년 꼭 봉해 두었던 자기의 흠도 티도 없는 정조를 아내 있는 사람에게 바치기는 암만 눈 감고 생각하여도 못할 일이었다.

하지만 눈앞에서 봉준의 꼴을 본다면 자기도 사람인지라 어떻게 될는지 몰라서 아예 가기가 싫다는 것보다는 두려운 마음이 앞섰던 것이다. 그러므로 몇 달 째 눈 딱 감고 모른 체하여 왔다.

한참이 지나도 연희는 울었다. 숙희는 이상한 생각으로,

"언니, 일어나라우."

그의 어깨를 흔들 때 그의 무릎 아래로 샛노란 들국화 꽃 한 송이가 보였다.

요새 며칠 동안 옥이는 학교도 결석하고 밤낮으로 봉준의 병간호하기 눈코 뜰 짬이 없었다. 그러나 애쓴 보람이 없이 병세는 점점 더 깊이 들어갔다. 아침도 먹는지 마는지 한 옥이는 영실을 데리고 숨차게 달음질쳤다.

방 안으로 들어서자 봉준의 곁으로 갔다. 두 눈이 푹 꺼진 그는 눈을 들어 옥이를 보다가 영실을 보자 갑자기 눈을 둥그렇게 떴다.

"숙희 씨!"

벌컥 일어났다. 하여 뚫어질 듯이 그를 바라보는 것이었다.

"아냐요, 우리 주인집 학생 영실이야요."

영실은 겁이 나서 방구석으로 쫓겨 가 앉는다.

봉준은 도루 자리에 푹 꺼꾸러졌다. 그는 눈물이 쑥 비어졌다.

"숙희 씨! 나는 총각이야요. 당신에게 무슨 거짓말이 있겠습니까?"

정신없이 이런 소리를 연거푸 하며 돌아누웠다.

주인 마누라는 미음 그릇을 가지고 들어온다. 옥이는 일어나 받아 가지고 남편 곁으로 갔다.

"여보셔요. 미음 좀 잡숴 봅시다. 네? 이리 돌리세요."

봉준의 머리를 이편으로 돌리려 하였다. 그는 옥의 손을 탁 갈

기며,

"너희들은 다 가라! 보기 싫다!"

미음 그릇은 쏟아졌다.

"에크!"

주인 마누라는 안방에서 걸레를 갖다 옥이에게 주었다. 그는 거룩한 미음을 다 훔쳐서 가지고 밖으로 나가자 주인 마누라가 받아 가지고 자기가 나갔다.

곁에서 보는 영실은 어리둥절하였다. 따라 숙희가 한편으로 부러운 생각이 들었다. 동시에 감정 가진 사람 같지 않아 보였다.

옥이는 끝없이 남편의 살 빠진 돌아누운 편 볼을 바라보고 있었다.

"여보 옥이, 숙희 좀 오라소 그려. 한 번만 봐도…. 네. 숙희 좀 제발 데려다주."

옥이는 성큼 일어났다.

"영실아, 너 숙희네 집 알지?"

"응."

"그럼, 대문까지만 데려다 주렴."

"갑시다."

둘은 밖으로 나왔다.

고래잔등 같은 세마루 기와집 앞에서 영실은 발길을 멈추었다.

"이 집이냐?"

어쩐지 옥의 가슴은 선뜻하였다.

"어찌겠니? 여기 서서 기다리겠니, 가겠니?"

한참이나 생각하던 영실이는,

"어떡합니까? 같이 들어갑시다그려."

옥이는 다행히 생각되었다.

"안되었다, 영실아."

"언니도 별 말씀 다 하십니다."

영실은 대문 안으로 들어서자 뚱뚱한 살빛 좋은 부인에게 향하여 가볍게 머리를 숙여보였다.

"오, 영실이 오니?"

부인의 눈매를 보아 즉석에서 옥이는 숙희 어머니로 알았다. 부인은 뒤에 섰는 옥이를 유심히 보고 나서 머리를 돌렸다.

"숙희야, 너의 동무들 왔다."

건넌방 문이 열리면서 숙희의 반신이 나타났다.

옥이는 못 볼 것을 보는 것처럼 끔찍하였다.

"영실이, 옥 씨! 어서 들어오세요."

숙희는 일어섰다. 연희도 내다보았다.

그들은 방안으로 들어앉았다. 갑자기 맴돌려다 놓은 것처럼 옥이는 어리둥절하였다. 앞에도 번쩍 뒤에도 번쩍, 모두가 어른어른하였다. 그는 가만히 정신을 가다듬어 차례차례로 둘러보았다. 첫눈에 띈 것은 책상 위에 치쌓인 책들이었다. 그리고 대문짝 같은 체경이 죽 둘러 놓은 것이 농궤였다.

"용하십니다, 옥 씨."

"이렇게 와야 다 반가이 보지요."

숙희를 바라보며 웃어 보였다. 숙희는 그를 마주 바라보며 전날 옥이와는 딴판으로 생각되었다. 수양이란 사람을 다시 만들어 놓는 것이다 하였다.

숙희는 살짝 눈을 돌려,

"어째서 영실이가 우리 집에 놀러 안 왔니? 아마 공부만 열심으로 하지?"

"공부가 다 무어냐."

숙희는 밖으로 나갔다.

연희는 옥이를 쇠쇠 들여다보며,

"어떠신가요, 요새는?"

"글쎄요, 말이 안 나옵니다."

한숨을 푸 쉬었다.

"에그 딱해라! 오작이나 안타까우시겠어요."

"무섭던데요."

영실은 동달았다.

숙희는 과일 그릇을 가지고 들어왔다. 오목오목한 손으로 배 한 알을 들어 벗겼다.

"이제 곧 밥 먹고 왔는데요."

옥이는 숙희의 손을 보았다.

"이것이 배부를 것이야요? 일부러 밥 먹은 후에는 배 한쪽씩 먹는 것이 좋대요."

상긋 웃었다. 하얀 이가 보였다. 이렇게 천연스레 이야기는 하면서도 가슴은 조급하였다.

숙희는 주는 배 쪽을 받아 입에 넣은즉 꽤 시었다. 옥이는 억지로 깨무는 척하면서 어떻게 말하여 숙희를 데려갈까, 이번 자기 말에 따라 자기 남편의 운명은 결정되는 듯이 생각되자 온몸에 소름이 쪽 끼치는 것이었다.

한참이나 이렇게 생각한 그는 얼굴을 번쩍 들고 숙희를 똑똑히 보았다.

"숙희 씨! 이런 말하는 저를 용서하여 주십시오."

옥의 입술은 푸르르 떨렸다. 그리고 두 볼이 화끈 달기 시작하였다.

그들은 미리 예측한 것인 만큼 새삼스럽게 더 놀라지는 않았다.

"네, 무슨 말씀이든지 하십시오."

숙희는 심상스레 말하였다.

"숙희 씨, 잠깐만 우리 집에 놀러 가십시다. 긴급히 볼일이 있는데요."

"네. 무슨 볼일인지 대강 이야기하십시오. 그래서…."

말이 채 마치지 못하여

"숙희 씨 당신은 참으로 모르십니까? 한때를 돌아봐 주시지오. 그러면, 그러면 얼마나 고마울는지요…."

숙희는 잠잠히 있었다. 연희는 왈칵 일어나 숙희의 손목을 잡아끌었다.

"숙희야, 옥 씨가 오신 생각을 해서라도 이번만은 가야 한다. 응? 숙희야!"

연희의 눈에는 눈물이 괴었다.

"언니는 미쳤나 봐요. 왜 이러서요."

연희를 흘겨보고 나서,

"옥 씨, 나는 당신이 불쌍해서 못 가겠습니다. 만일 당신이 없었다면 벌써 가 보았을는지도 모릅니다. 당신이 남편을 사랑하여 저한테 오신 것만큼 저 역시 당신을 생각하여 죽기로써 못 가겠습니다!"

숙희의 얼굴은 새파랗게 질렀다. 이 말 한마디에 옥이는 절망하였다. 따라 머리끝까지 치밀리는 분함을 따라 그의 앞은 점점 암흑으로 변해지는 것이었다.

"숙희야! 너 나를 사랑하지. 내가 만일 죽게 된다더래도 네 힘으로 구원 할 수 있는데도 불구하고 내버려 둘 터이냐?"

숙희는 연해 덤비는 꼴을 바라보았다.

"언니! 왜 그런 말까지 하여요?"

"숙희야! 제발 가다오. 가다오. 오작이나 불쌍한 사람이냐."

숙희를 잡아 일으켰다.

"흥! 가기는 어데를 가요."

영실은 옥의 손을 잡아끌었다.

"언니, 가자오."

"그래, 못 가시겠다는 말이요?"

"무엇하러 가요!"

딱 떼어 버렸다. 어물어물하다가는 이때껏 고집해 온 것이 무효로 돌아가고 말 것 같았다.

방문이 열리자 숙희 어머니가 들어왔다.

"무슨 일들이냐?"

영실은 손을 슬며시 놓고 앉았다.

"어머니, 아무것도 아니야요."

숙희는 이렇게 말하고 배 쪽을 들었다.

그는 한참이나 우두커니 서서 여러 사람을 휘뚜루 살펴보다가 밖으로 나갔다. 뒤이어 담뱃대 떠는 소리가 요란스럽게 들려왔다.

옥이는 더 앉았을 수 없었다. 하여 일어났다.

"숙희 씨, 실례 많이 했습니다. 다 용서해 주시구려."

주인은 잠잠히 따라 일어났다. 그들은 정신없이 걸었다.

"언니, 속 태우지 말라우. 곧 낫겠지, 무얼 그래."

옥의 애쓰는 꼴이란 그의 눈으로 볼 수 없었던 것이다. 한참이나 뛰어오던 옥이는 거리바닥에서 공중 넘어졌다. 지나가던 사람들은 한 번씩 돌아보고 씩 웃었다. 아이들이 이리로 달려왔다.

영실의 두 귀밑이 화끈화끈 달았다.

"언니 천천히 가요."

그를 잡아 일으켰다. 옥이는 앞이 아득해지며 재차 넘어갔다. 영실이는 너무 안타까워서 슬그머니 골이 났다. 아이들은 바짝 대들어 숨 답답하리만큼 쳐다보았다.

그는 겨우 옥이를 일으켜 가지고 그의 손을 꼭 붙들었다.

"언니! 정신 차려요."

옥이를 쳐다보았다. 그의 이맛가에서는 땀이 방울방울 맺혀 귀밑으로 흐르는 것이었다.

바라보니 붉은 옷 입은 죄수들이 간수들에게 호위되어 지나갔다. 영실은 발길을 멈추고 섰다.

"오빠!"

얼굴 긴 사나이가 이편으로 힐끗 돌아보고 말없이 지나치는 것이었다.

영실의 무섭게 뛰는 가슴은 옥이를 깜짝 놀라게 하였다.

"웬일이냐? 누구냐?"

"저기 가는 셋째로 선 사람이 우리 오빠야요."

그는 눈을 둥그렇게 떴다.

"오빠? 어머니가 말씀하시던 오빠… 그 오빠냐?"

영실의 눈에서 눈물이 핑 돌아 떨어졌다.

옥이는 그들의 가는 뒷맵시를 바라보았다. 따라서 영실 어머니의 눈물 섞어 이야기하던 마디마디가 그의 가슴을 울리게 하였다. 몇 백 명의 노동자를 위하여 자기 몸을 희생해 바친 영실 오빠. 이렇게 생각하고 나니 정신이 바짝 들었다.

"오빠! 내 오빠도 되는 것이다!"

영실의 손을 뿌리쳤다. 그리고 그들이 밟고 간 넓은 길을 끝없이 바라보았다.

영실이는 눈을 부비치며,

"언니, 가자우."

옥이의 손을 잡았다.

"봐라!"

옥이는 우뚝 서서 무엇을 깊이 생각하더니,

"오빠가 밟고 간 이 길로 우리도 가야 한다! 영실아!"

그의 음성은 떨려나왔다. 영실이는 멀거니 바라보며,

"언니 미쳤나 봐, 어서 가자우요!"

옥이

중로에서 영실을 보낸 옥이는 자기의 과거를 곰곰이 생각하며 걸었다.

'나는 어떠한 길을 걸었나? 아니, 나도 사람인가? 밥을 먹고 옷을 입을 줄 아니 사람이랄까, 울고 웃을 줄 아니 사람이랄까? 응! 아니다! 울었다면 나를 위하여 울었더냐? 웃었다면 진정한 나의 웃음이었더냐? 모두가 봉준을 위하였음이었다. 두루뭉수리 삶이었다! 이러한 삶을 계속시키려고 안타깝게 울었던 것이었다. 불쌍한 인간!' 그는 이렇게 부르짖고 대문으로 들어섰다.

방으로 들어온 그는 묵묵히 봉준을 보았다. 봉준이는 벌컥 일어나려다 도로 팍 고꾸라졌다. 다시 머리를 돌려 눈이 찢어지도록 바라다본 그는

"또 못 데려왔구려! 숙희! 숙희야! 네가 나를 죽이려느냐. 한 번만 뵈어 다오, 한 번만…."

눈물이 주르르 흘렀다.

시름없이 바라본 옥이는 속으로 '불쌍한 인간! 차라리 울 바에는 너를 위하여 울어라. 좀 더 나아가 여러 사람을 위하여 울어라! 한낱 계집애를 생각하여 운다는 것은 너무나 값없는 울음이 아니냐!' 이렇게 부르짖을 때 아까 본 영실이의 오빠가 머리에 똑똑히 나타나는 것이었다. 하여 자기 가슴속에 깊이깊이 들어앉았던 남편인 봉준이는 차츰차츰 희미하게 사라지기 시작하였다. 봉준을 물끄러미 보았다. 핏기 없는 그의 아웅한 얼굴, 진그락지같은 그의 흰 손은 마치 죽은 송장을 보는 듯한 것이었다. 그리고 이때처럼 아무 미련 없이 봉준을 불쌍하게 본 적은 없었다.

옥이는 골치가 지끈해지며 두 귀가 울었다. 따라 메슥메슥해지며 맑은 침이 획 도는 것이었다. 방안으로 빽빽이 들어찬 무거운

공기가 그로 하여금 그렇게 만들어 주었던 것이다.

벽을 향하여 누웠던 봉준이는 이켠으로 돌아누웠다.

"여보, 이혼해 주겠소, 못해 주겠소? 당신 말 한마디에 달린 것이니까."

숙희가 이때까지 자기를 냉대하는 것은 오직 옥이 때문이라 생각되었던 것이다. 옥이는 눈을 똑바로 떴다.

"네, 해드리지요. 이때까지 온 것도 그만큼 제가 어리석었던 것입니다. 아니 못난 탓이었습니다!"

봉준이는 너무나 뜻밖의 대답에 오히려 서먹하게 되었다. 하여 이상한 눈치로 그를 한참이나 바라보았다.

"참말입니까?"

"네, 참말이지요."

이렇게 대답하는 순간에 답답한 토굴 속에서 벗어나는 듯하였다.

그들은 한참이나 말없이 있었다. 옥이는 더 앉을 수 없이 코밑이 달아왔다. 더구나 바라보기부터 뜨거워 보이는 전등불은 안타깝게도 고요하였다. 그는 벌컥 일어났다.

"가겠습니다."

말 한마디를 남기고 미련 없이 시원스럽게 뛰어나왔다.

대문을 나서자 선들선들 부는 바람이 그의 전신을 날듯이 가볍게 하여 주었다. 따라서 그의 앞에 나타나는 모든 것은 새것과 새것으로 그의 눈을 둥그렇게 하였다. '왜 이럴까?' 자신을 향하여 물어보았으나 일정한 대답이 없이 머리에 떠오른 것은 아까 그들이 밟고 간 아득해 보이는 훤한 길이었다.

깜짝 놀랐다. 어둠 속으로 따뜻한 손길이 자기 손을 꼭 잡았다.

그는 탁 뿌리쳤다.

"옥 씨!"

목소리가 가늘게 떨려나오는 것을 보아 여자임을 알았다.

"누구세요?"

"저예요."

순간에 그는 누구일까! 숙희가 얼핏 생각키웠다.

"숙희 씨세요?"

"아뇨, 연희입니다."

"네, 들어가 보시지요. 저는 너무 곤한 끝에 머리가 아파서 돌아가는 길입니다."

전 같으면 이렇게 돌아가지도 않겠지마는, 더구나 이런 말은 못하였으련마는 심상히 내쳐 버렸다.

"옥 씨! 잠깐만 같이 들어가 주세요."

옥이는 난처하였다. 모처럼 생각하고 온 손님의 말을 거절할 수 없는 터, 더구나 전 같으면 으레 자기로서는 안내하여야 될 처지인 줄을 번연히 아는 그만큼, 그렇다 하여 다시 그 방으로 들어가기는 죽기보다도 싫은 생각이 났다.

"연희씨, 용서하십시오. 제가 극도로 몸이 괴롭습니다."

안타깝게 거절하는 옥의 말에 그는 이상히 생각되었다. 그러나 요리조리 따져 생각하기는 뒤범벅이 된 그의 머리가 허락치를 않았다.

"네! 곤하시겠지요."

이렇게 대답을 하면서, 안타깝게 오라는 숙희가 아니 오고 기다리지 않는 자기가 온 만큼 당연한 일이다 생각될 때 이 자리에서 금방 죽는다더라도 봉준의 방까지는 들어가고 싶지 않았다.

"그럼 실례합니다."

옥이는 앞으로 달음질쳤다.

숨이 차서 달려온 옥이는 안방으로 들어갔다.

"어머니, 밥 주어요."

며칠 동안에 처음으로 듣는 생기 있는 말이었다.

"응, 주지. 어찌 되었나?"

옥의 손을 잡고 근심스러운 듯이 영실 어머니는 들여다보았다.

"그저 그렇지요. 어서 밥 주어요, 밥!"

옥이는 빙그레 웃었다.

연희는 매일 밤 가서 봉준의 병간호를 하였다. 그의 열성으로 간호한 보람인지는 몰라도 차츰차츰 회복되기 시작하면서부터 그의 가슴속에 깊이깊이 들어앉았던 숙희도 저절로 흔적을 감춰 버렸다.

반면에 봉준이는 연희에게 마음을 붙이고 다시 하늘을 보게 되었다. 그만큼 연희의 순정에 눈물 날 만큼 감복되었던 것이다.

그는 자기 병이 완전히 회복되자 옥이가 원망스러웠다. 누구나 자기가 한 것을 생각 못하는 것처럼, 봉준이도 역시 마찬가지였다.

그날 밤 뛰쳐나간 후로 그는 발길을 끊었던 것이었다. 따라 새록새록히 옥의 신변을 조사하는 반면에 이상하게도 자기의 마음이 옥에게로 돌아가는 것이었다. 학교 안에서는 우등생으로 선생이나 학생들 간에 온갖 사랑을 혼자 받는다는 것, 더구나 재일이가 미쳐서 덤비는 꼴을 보고는 야릇한 복수심으로부터 이렇게 되는 것이었다.

그리하여 성화치듯 재촉하는 이혼 일체도 그만해 두고 도리어 옥의 눈치만 슬금슬금 보는 것이었다. 어떤 날 밤 그는 하도 궁금증에 못 견디어 종로 네거리로 휘뚜루 쏘다니다가 그만 새로 한 시나 되어 옥의 하숙집을 찾았다.

대문은 걸렸다. 그는 뒤창문 쪽으로 갔다. 하여 가만히 동정을 살피니 자는 모양이었다. 그래서 깨울까, 그만 갈까 한참이나 망설이던 끝에,

"옥 씨!"

하고 불렀다. 잠잠하였다. 이미 찾은 김이다. 내쳐 불렀다.

"여보 자우? 옥 씨, 여보!"

창문을 지긋지긋 잡아당겼다. 첫잠[41] 들었던 옥이는 문 잡아당기는 결에 놀라 가만히 귀를 기울였다.

"여보, 옥 씨!"

익히 듣던 목소린데도 얼핏 생각나지 않았다. 그래서 그는 가만히 일어나서 창문 곁으로 갔다. 순간에 '봉준이다.' 하였다. '무엇하러 그가 이 밤에 우리 집을 찾아왔을까? 무슨 볼일이 있나? 무슨 일일까?' 이렇게 의심을 하고,

"누구세요?"

"봉준입니다."

"네! 무슨 볼일이 있어요?"

이 말에 봉준이는 부쩍 의심이 났다. '누가 방에 있지나 않나? 그렇지 않으면 저로써…'

---

41 막 곤하게 든 잠.

"네, 볼일 있습니다. 문 좀 열어주시오."

옥이는 옷을 더듬더듬 주워 입고 밖으로 나가서 대문을 열었다.

봉준은 대문 켠으로 왔다.

"그새 평안하셨소?"

첫잠에 무르익은 그의 토실토실한 두 볼은 달빛에 한층 아담스럽게 보였다.

봉준이는 손목이라도 켜 붙잡고 싶게 그리 반가웠다.

"어떻게 이 밤에 오셔요."

"당신 오지 않으니까 보고 싶어 왔지요."

그의 귀에 능청맞게 들렸다.

방으로 들어온 그들은 깊은 침묵에 잡혔다.

"무슨 볼일이세요?"

봉준을 바라보았다.

"볼일은 무슨 볼일이야, 당신 보고 싶어서 왔다니까."

"갑자기 그렇게 보고 싶더이까?"

"그럴 수도 있지요?"

"왜? 요새 신부인 생겼다는데, 나 같은 것이 보고 싶어요?"

옥이는 입을 꼭 다물고 책상 위를 보았다. 봉준이는 옥을 뚫어져라 하고 보더니,

"여보, 당신 마음이 요즈음 달라진 것 같구려."

"네? 달라졌다고요? 어떤 점으로 보아 하는 말씀이니까?"

"어떤 점으로 보다니?"

그의 눈은 분함과 노여움으로 뒤집혔다.

"물론 당신의 자유를 누가 말릴 수는 없지만 너무합니다."

이것이 무엇을 의미함인지 옥이는 번연히 알았다. 하여 그는 그의 뒤집힌 눈을 피하려고도 하지 않고 맞쏘아보았다.

"네, 나도 이제부터는 나로서의 삶을 계속하여 보렵니다. 그러니까 과거와는 달라진 삶이겠지요!"

봉준이는 그의 어딘가 모르게 굳세게 나가는 말에 다소 놀라지 않을 수 없었다. 따라서 그에 대한 애착심은 점점 더하여지는 것이었다.

"여보, 당신도 좀 배웠다는 텃세구려. 이를테면… 흥."

봉준은 아니꼽다는 듯이 머리를 외어 꼬았다. 한참 후에 봉준은,

"여보 그러지 마우. 어머니 생각을 한들 당신으로서야 차마 버티겠소. 나는 아직 셈이 없어 그러든지, 천성이 그래 그러든지, 막치워 놓구라두 당신만은 꾸준히 우리 집을 위하여 살아야 하지 않겠소. 당신은 어머님의 유언을 잊었구려."

자기의 말에 감격이 되어 눈물이 흘러내렸다.

"어찌하시는 말인지 나로서는 알 수가 없습니다. 밤낮으로 이혼해 달라고 졸랐지요? 한데 새삼스럽게 오늘 와서 이렇게 말씀하는 뜻은?"

"그래, 내가 그런다고 당신은 다른 데로 시집 가려는구려."
하고 옥을 껴안았다. 하여 번개같이 옥의 볼 위에 볼을 마주 대는 것이었다.

옥이는 있는 힘을 다하여 그를 뿌리치고 휙 일어났다.

"여보! 나는 당신의 아내가 아닙니다. 이런 무례한 짓을 어따가 합니까? 가요!"

그의 소리는 날카로웠다.

봉준이는 어젯밤, 지난 일을 생각하면 단박이라도 달려가서 옥이를 쳐 죽이고 자기마저 그 자리에서 세상을 꿈벅 잊고 싶었다.

어머님께서 코, 침, 졸졸 흐르는 옥이를 데려다가 자식 못지않게 사랑하여 옴상곰상히 키워서 자기의 세대를 전부 밀어 맡긴 것임에도 불구하고 어쩌니 어쩌니 하는 것이 죽도록 미웠던 것이다.

첫새벽에 그는 영철 선생에게 가는 편지를 써서 부쳤다. 몇 달지간에 처음으로 하는 것이었다. 편지한 지 이틀 만에 영철 선생은 단박 경성으로 올라왔다.

이렇게 속히 오리라고는 생각지 못했다가 뜻밖에 만나 놓으니 말문이 콱 막혔다.

"편지 보셨습니까?"

"보았네. 그래 무슨 소린지 몰라 왔네마는…."

봉준이를 자세히 보았다. 그리하여 그의 속까지 꿰뚫어 보려는 듯하였다. 전부터 그를 못마땅히 앎으로 인하여 그의 말로만은 신임할 수가 없었다.

"이제 옥이한테도 갔었네만은 학교 가고 없데그리."

"가셨댔나요…. 뭐, 아무래도 이혼은 되는가 싶습니다."

"지껄이지 말아. 하면 말인 줄 알고 자네는 떠드네마는…. 옥이가 그럴 리가 있나?"

봉준이는 웃었다.

"예, 물론 선생님까지도 저를 의심할 줄은 번연히 알았으니까요. 믿던 남 게 곰핀다든지…. 그렇게들 예수 믿듯 믿으시더니 아주 잘 되었습니다."

그는 천장을 쳐다보았다.

문이 열리자 재일이가 들어왔다. 그는 아랫목으로 가서 펄썩 주저앉아 비스듬히 바람벽을 기대앉았다.

"여보게, 옥 씨 오셨댔나?"

"밤낮 옥이, 그렇게 보고 싶으면 가서 보게나."

봉준이는 슬그머니 싫증이 나면서도 겉으로는 웃음으로 쓸어쳤다.

선생은 위질비뚝한 난봉 사나이 입에서 옥의 이름이 오르내리는 것이 싫었다. 그래서 머리를 외어 꼬고 괴로운 낯빛으로 잠잠하였다.

재일은 봉준을 향하여 눈을 껌뻑하며 선생의 아래위를 살펴보았다. 봉준은 씩 웃었다.

"여보게, 나도 장가가야 되지 않겠나?"

"중매할까?"

봉준의 눈치를 보아 이 사람이 누군지를 대강 짐작하였다. 전부터 영철 선생의 이야기는 봉준으로부터 몇 번 들었던 것이다.

"하게, 연희 씨로 하게."

이 말을 듣자 선생은 괘씸한 생각이 들어 그들이 몹시 아니꼽게 보였다. 그러나 모든 일은 옥이를 만나봐야 알겠으므로 어서 바삐 옥이 오기를 조마조마히 기다리었다.

안방 시계라 다섯 시를 쳤다. 신발소리가 점점 가까워지자 방문이 가만히 열렸다.

"선생님!"

옥이는 어린애처럼 뛰어 선생의 곁으로 바싹 다가앉았다. 따라 아득히 멀어 보이는 고향에서 온 것이 꿈을 꾸는 듯이 생각되었다.

"공부 잘했나?"

선생의 둥글둥글한 웃는 맵시를 보며 어머니나 아버지를 대한 듯하였다.

"에그, 선생님! 어떻게 오셨어요?"

생각할수록 신통하여 선생을 쇠쇠 들여다보았다.

"옥 씨, 그새 공부 잘하셨습니까?"

옥이는 재일을 바라보았다.

"인사가 늦었습니다. 우리 선생님 오신 것이 하도 반가워서요."

"자네 얼굴이 전보다 좋았네."

선생은 옥이를 쇠쇠 들여다보았다.

옥이는 잠깐 동안 봉준이의 기색을 보았다. 그는 잠잠히 딴 곳만 바라보고 가볍게 한숨만 쉴 뿐이었다.

그는 눈을 돌려 선생을 두루두루 살폈다. 그의 풍스러운 옷맵시, 땅 파다 온 갈라진 손, 그리고 꾸밈없는 질박한 말씨가 농촌의 진경을 연상시키게 하였다.

"선생님, 농사는 어찌 되었습니까? 조도 잘 되고 벼도 잘 되었나요?"

"되기는 다 쑬쑬히 되었네마는… 어찌된 모양인지 전보다 더 어려워 지내는 모양이니 난처하지. 그리고 자네네 앞집 쇠돌네는 작년 가을에 북만주로 가고 올 봄에도 십여 가구가 만주로 떠났네."

옥이는 눈이 둥그래졌다.

"쇠돌 할머니도 가셨겠지요?"

시어머님 돌아가신 후로는 집안에서 답답한 일이 나든지 혹은 아직 서툰 것이 있든지 하면 쇠돌 할머니가 찾아오든지 자기가 일감을 떠들고 갔었다. 하여 저고리부터 시작하여 속옷 암질러, 더구나 음식은 겨우 밥이나 끓일 줄 알던 그가 두부, 무, 떡막불이,

비지 같은 것에 이르기까지 그 할머니의 가르침을 받았던 것이다.

쪼글쪼글한 그의 얼굴, 꼬부라진 허리, 무슨 일 할 때에는 쇠눈 같은 안경 쓰던 것이 시재 보는 듯하였다.

"그들이 만주로는 무엇하러 갔나요?"

눈물이 핑 돌았다.

신문을 통하여 농촌 형편을 대강 짐작은 했지만 막상 낯익은 자기 고향 사람들이 못 살고 떠났다는 소리를 들으며 마치 자기 일이나 당한 듯하였다.

"만주에서는 누가 이마에 손 없고 기다린답더이까?"

봉준, 재일까지도 멍하니 그들의 하는 이야기를 듣고 있었다.

"그곳에는 땅이 흔하다대. 그래서 농사 지으러들 가지. 우리 근처서 몇몇 들어간 사람들은 아조 넉넉히 지낸다는데."

옥의 흘리는 눈물을 물끄러미 바라보며 당연할 것이다 하였다.

"땅이 흔하면 거저 준다나요! 내 땅을 떠나서 가면 무얼 해요. 이제도 떠나겠다는 어리석은 사람들이 있거들랑 선생님께서 제발 말려 주세요. 앞길을 막고 사정없이 때려 주세요. 아니 반쯤 죽여 주세요! 굶어 죽어도 내 땅에서 죽고 빌어먹어도 내 고향에서 먹어야지요!"

선생은 어리둥절하여 옥이를 보았다. '아마도 제 마음이 시끄러운 데 빙자하여 가지고 저러나 부다.' 하고 생각하니 더욱 가엾게 보였다. 하여 마음을 풀어줄 양으로

"말이지 걱정 말게. 세상은 다 그런 것 아닌가. 고생으로 된 세상이니까."

이 말에 옥이는 예수교 말이 나온다 하고 생각되었다.

봉준이는 옥이가 떠드는 것이 밉광스러웠다.

"옥이, 선생님 앞에서 똑똑히 말하오. 선생님께서는 내 말은 믿지 않으시니까. 당신은 내 아내가 아니라지요?"

선생은 옥이를 똑똑히 보았다.

"언제 우리가 부부 되었던 일은 있어요? 당신도 늘 하신 말씀과 같이…."

봉준이는 선생을 쳐다보았다.

"자, 어떠합니까? 이제도 제 말을 곧이듣지 않겠습니까?" 선생은 멍멍하니 아무 대답도 못하고 한참이나 옥이를 보다가,

"여보게, 자네가 아무래도 미친 모양이네. 사람의 정신을 가지지 못하였어, 자네가 참말로 옥인가?"

"네, 옥이는 옥입니다마는 옛날 같은 어리석은 옥이는 아니올시다."

"어리석은 옥이! 그것은 또 무슨 말인가? 흥! 서울이 사람을 못쓰게 만든다고 하데마는 겨우 일 년이 지나지 못해서 그렇게 된단 말인가? 자네만은 내가 믿었네마는…."

순간에 선생의 눈에 떠오른 것은 봉준 어머니의 새하얀 얼굴이었다. 그리고

"저 어린것들을 선생님에게 맡깁니다. 부대 잘 길러 주시오!" 하고 재삼 부탁하던 그의 말이 귀에 들리는 듯하였다.

근 십 년 동안을 그들의 선생 겸 엄하신 아버지 겸 자상스러운 어머니가 되어 키운 보람 없이 글쪼박이나 속에 들었다고 제멋대로 구는 것이 무엇보다도 난처했다.

선생은 한숨을 푸 쉬고 나서

"내려가! 배우라고 서울 보냈지, 그런 수작하라고 보낸 것은 아니야!"

소리를 냅다 질렀다. 봉준이는 가슴이 시원하도록 통쾌하였다. 옥이는 가슴이 송구해졌다. 선생의 꾸준한 애호심은 자나 깨나 잊지 못하였던 것이다. 그의 눈은 빨개졌다.

"어서 준비들 하게!"

봉준이를 쳐다보았다.

"내가 무슨 권리로 자네들을 관리하겠나마는… 알다시피 돌아가신 자네들의 어머님의 피나는 유언을 잊지 않음일세."

선생은 주먹으로 눈을 씻는 것이었다. 옥의 가슴은 찌르르 울리었다. 그러나 그는 속으로 이렇게 위로받았다. '어머님의 딸은 나다! 어머님께서 생전에 실행치 못한 것을 나는 실행할 것이다!' 그는 적이 안심되었다.

"어서 가세. 짐들 다 싸게."

"선생님, 저는 못 가겠습니다."

선생은 와락 성이 치받쳤다. 그리하여 눈을 벌컥 뒤집고,

"뭐라구! 한마디만 더 해 보게! 그래, 자네 입으로 나오는 말인가? 저 하늘이 무서워서 어찌 그런 말을 하나? 아무리 마음이 변했다 해두, 죽은 사람은 죽었다 하더래두 자네들을 위해서 애쓴 이놈만은 알아볼 터이지. 이놈만은!"

자기의 가슴 복판을 가리켰다. 옥이는 전신이 오싹해지며 그 널따란 가슴을 보았다. 확실히 자기네들의 둘도 없는 은인이었다. 하나, 둘, 셋, 넷을 그에게 배우고 이때까지 무사히 자란 것이 그의 애쓴 보람이었다.

그러나 한두 사람을 돌아보아 자기의 젊음을 무단히 썩어뜨리고 싶지는 않았다. 보다도 자기의 젊음을 무가치하게 희생당하고 싶지는 않았던 것이다.

옥이는 눈을 착 내려 감고,

"선생님! 잊지 못합니다. 결단코 잊지 못하겠습니다. 그럴수록 좀 더한 용기를 얻어 앞으로 나가게 되는 것입니다. 이것이 선생님을 잊지 못하는 증거입니다!"

"듣기 싫어! 자네 수작은 하나 들어볼 건더기가 없네. 소위 배웠다는 것들에게서 나오는 말이 그 뿐센가? 내려가!"

그는 옥의 손을 잡아끌었다.

"자네는 짐 다 싸 가지고 뒤로 오게!"

이 꼴을 본 봉준이는 선생의 두 손을 꼭 잡았다. 토라진 옥의 마음은 다시 돌리지 못할 것으로 알았던 것이다.

"내버려두시오."

"어서 가우! 축복합니다."

옥이는 새하얗게 질렸다.

"선생님! 저는 가겠습니다."

겨우 내치고 발길을 옮겼다.

선생은 봉준이를 밀치렸으나 힘이 달리었다.

"옥아! 옥아!"

눈물 섞어 나오는 인자한 목소리였다. 옥이는 어려부터 귀에 젖은 그 음성에 발길이 무거워졌다.

지하촌

해는 서산 위에서 이글이글 타고 있다.

칠성이는 오늘도 동냥자루를 비스듬히 어깨에 메고 비틀비틀이 동리 앞을 지났다. 밑 뚫어진 밀짚모자를 연방 내려 쓰나, 이마는 따갑고 땀방울이 흐르고 먼지가 연기같이 끼어, 그의 코 밑이 매워 견딜 수 없다.

"이애 또 온다."

"어아?"

동리서 놀던 애들은 소리를 지르며 달려온다. 칠성이는 조놈의 자식들을 또 만나는구나 하면서 속히 걸었으나, 벌써 애들은 그의 옷자락을 툭툭 잡아당겼다.

"이애 울어라, 울어."

한 놈이 칠성이 앞을 막아서고 그 큰 입을 헤벌리고 웃는다. 여러 애들은 죽 돌아섰다.

"이애 이애, 네 나이가 얼마?"

"거게 뭐 얻어오니? 보자꾸나."

한 놈이 동냥자루를 툭 잡아채니, 애들은 손뼉을 치며 좋아한다. 칠성이는 우뚝 서서 그중 큰 놈을 노려보고 가만히 서 있었다. 앞으로 가려든지 또 욕을 건네면, 애들은 더 흥미가 나서 달라붙는 것임을 잘 알기 때문이다.

"바루 바루 점잖은데?"

머리 뾰족 나온 놈이 나무 꼬챙이로 갓 눈 듯한 쇠똥을 찍어 들고 대들었다. 여러 놈은 깔깔거리면서 저 만큼 쇠똥을 찍어 들고 덤볐다. 칠성이도 여기는 참을 수 없어서 막 서두르며 내달아 갔다.

두 팔을 번쩍 들고 부르르 떨면서 머리를 비틀비틀 꼬다가 한 발 지척 내디디곤 했다. 애들은 이 흉내를 내며 따른다. 앞으로 막아서고 뒤로 따르면서 깡충깡충 뛰어 칠성이의 얼굴까지 동칠을 해 놓는다. 그는 눈을 부릅뜨고,

"이 이놈들!"

입을 실룩실룩하다가 겨우 내 놓는 말이다. 애들은,

"이놈들!"

하고 또한 흉내를 내고 대굴대굴 굴면서 웃는다. 쇠똥이 그의 입술에 올라가자 '앱 투' 하고 침을 뱉으면서 무섭게 눈을 떴다.

"무섭다. 바루바루."

애들은 참말 무섭게 보았는지 슬금슬금 꽁무니를 빼기 시작하였다. 칠성이는 팔로 입술을 비비치고 떠들며 돌아가는 애들을 물끄러미 바라보았다. 웬일인지 자신은 세상에서 버림받은 듯 그렇게 고적하고 분하였다.

그들이 물러간 후에, 신작로는 적적하고 죽 뻗어 나가다가 조밭을 끼고 조금 굽어진 저 앞이 뚜렷했다. 그 위에 수수밭 그림자 서늘하고… 그는 걸었다. 옷에 묻은 쇠똥을 털었으나, 떨어지지 않을 뿐만 아니라, 퍼렇게 물이 든다. 그는 어디라 없이 멍하니 바라보다가 산 밑으로 와서 주저앉았다.

긴 풀에 잔바람이 훌훌히 감기고 이따금 들리는 벌레소리, 어디 샘물이 있는 가 싶었다. 그는 보기 싫게 도운 머리를 벅벅 긁어당기며 무심히 앞을 보았다. 수림 속에 햇발이 길게 드리웠고, 짹짹 하는 새소리 처량하게 들리었다. '난 왜 병신이 되어 그놈의 새끼들한테까지 놀림을 받나.' 하고 불쑥 생각하면서 곁의 풀대를 북 뽑았다. 손목은 찌르르 울렸다.

'큰년이가 살까! 그는 눈이 멀고도 사는데, 난 그보다야 훨씬 낫지.' 강아지의 털같이 보드라운 털을 가진 풀 열매를 바라보며 이렇게 생각하였다. 큰년이가 천천히 떠오른다. 곱게 감은 눈, 그것 참! 그는 진저리를 쳤다. 그리고 곁에 놓인 동냥자루를 보면서, '오늘 얻어온 것 중에 가장 맛있고 좋은 것으로 큰년이게 보내야지.' 하였다. 어떻게 보낼까?

'밤에 바자[42] 위로 넘겨줄까. 큰년이가 나와 바자 곁에 서 있어야 되지. 그럼 누가 나오라고 해 둬야지. 누군가 그래 안 되어, 그럼 칠운이를 들여 보내야지. 아니 아니, 큰년이의 어머니가 알게 되고 또 우리 어머니가 알지. 안 되어. 낮에 김들 매러간 담에 몰래 바자로 넘겨주지.' 그는 가슴이 설레어 부시시 일어나고 말았다.

가죽을 벗겨낼 듯이 내리쬐던 해도 어느덧 산속으로 숨어버리고, 어디선가 불어오는 바람이 풀잎을 살랑살랑 흔들고 그의 몸에 스며든다. 그는 동냥자루를 매만지다가 어깨에 메고지적하고 발길을 내디디었다.

하늘은 망망한 바다와 같이 탁 터지고, 저 멀리 붉은 놀이 유유

---

42 대, 갈대, 수수깡, 싸리 따위로 발처럼 엮거나 결어서 만든 물건. 울타리를 만드는 데 쓰인다.

히 떠돌고 있다. 그는 밀짚모자를 젖혀 쓰고 산 밑을 떠났다. 걸음에 다라 쇠동내가 물씬하고 났다.

그가 산모퉁이를 돌아 동리 앞까지 왔을 때, 그의 동생인 칠운이가 아기를 업고 쪼루루 달려온다.

"성 이제 오네. 히, 자꾸자꾸 봐도 안 오더니."

큰 눈에 웃음을 북실북실 띠고 형의 곁으로 다가서는 칠운이는 시커먼 동냥자루를 덥석 쥐어 무엇을 얻어온 것을 어서 알려고 하였다.

"오늘도 과자 얻어왔어?"

"아 아니."

칠성이는 얼른 동냥자루를 옮기고 주춤 물러섰다. 칠운이는 따라섰다.

"나 하나만 응야, 성아."

침을 꿀떡 넘기고 새카만 손을 내민다. 그 바람에 아기까지 두 손을 쭉 펴들고 칠성이를 말끔히 쳐다본다.

"이, 이 새끼는…"

칠성이는 홱 돌아섰다. 칠운이는 넘어질 듯이 쫓아갔다.

"응야, 성아. 나 하나만."

"없, 없어."

형은 눈을 치떴다. 칠운이는 금시로 눈물이 글썽글썽해서 형을 보았다.

"난 어마이 오면 이르겠네. 씨, 도무지 안 준다고. 아까 아까 어마이가 밭에 나가면서 아기보라면서 저 성이 사탕 얻어다 준다고 했는데. 씨, 난 안 준다고 다 일러. 씨, 흥."

칠운이는 입을 비쭉 하더니, 주먹으로 눈물을 씻는다. 아기는 영문도 모르고 '으아.' 하고 울음을 내쳤다.

주위는 감실감실 어두워 오는데, 칠운이는 흑흑 느껴 울면서 그들의 어머니가 올라가 있을 저 산을 바라고 뛰어간다.

"어머이, 어머이."

하고 칠운이가 목메어 부르면, 번번이 아기도,

"엄마, 엄마."

하고 또랑또랑히 불렀다.

"응응."

하는 앞산의 반응은 어찌 들으면 어머니의 '왜.' 하는 대답 같기도 했다. 칠성이는 칠운이와 영애가 보이지 않는 것만 다행으로 돌아서 걸었다.

동네는 어둠에 푹 싸여 아무것도 보이지 않으나, 동네 앞으로 우뚝 서 있는 늙은 홰나무만이 별을 따려는 듯 높아 보였다. 그는 이제 어떻게 해서라도 큰년이를 만날 것과, 또 얻어온 이 과자를 큰년이의 손에 쥐어 줄 것을 생각하며 걸었다.

"칠성이냐?"

어머니의 음성이 들린다. 그는 돌아다보았다. 나무를 한 임[43] 이고 이리로 오는 어머니의 얼굴은 보이지 않으나, 웬일인지 그의 머리가 숙어지는 듯해서 번쩍 머리를 들었다.

"왜 오늘 늦었느냐?"

아까 밭에서 산으로 올라갈 때 몇 번이나 아들이 나오는가 하여

---

43   머리 위에 인 물건. 또는 머리에 일 만한 정도의 짐.

눈이 가물가물해지도록 읍 길을 바라보아도 안 보이므로 어디 가 넘어져 애를 쓰는가? 또 애새끼들한테서 돌팔매질을 당하는가 하여 읍에까지 가볼까 하였던 것이다.

칠성이는 어머니의 이 같은 물음에 애들에게 쇠똥칠을 당하던 것이 불시에 떠오르고, 코허리가 살살 간지럽기 시작하였다.

어머니는 갈잎내를 확 풍기면서 그의 곁으로 다가선다. 그 큰 임을 이고서 아기까지 둘러업었다.

"어마이, 나 사탕 성은 안 준다야, 씨."

칠운이는 어머니의 치맛귀를 잡고 늘어진다. 그 바람에 어머니는 앞으로 쓰러질 듯 했다가 도로 서서 한손으로 칠운이를 어루만졌다.

"저놈의 새 새끼, 주 죽이고 말라."

칠성이는 발길로 칠운이를 차려 하였다. 어머니는 또 쓰러질 듯 막아섰다.

"글지 말어라. 원 그것이 해종일 아기 보느라 혼났다. 허리엔 땀띠가 좁쌀알같이 쭉 돋았구나. 여북 아프겠니 원."

어머니는 말끝에 한숨을 푹 쉰다. 칠성이는 문득 쇠똥내를 물큰 맡으면서 화를 버럭 올리었다.

"누 누구는 가만히 앉아 있었나?"

"아니 그렇게 하는 말이 아니어, 칠성아."

어머니는 목이 메어 다시 말을 계속하지 못한다. 그들은 잠잠히 걸었다.

집에 온 그들은 나뭇단 위에 되는 대로 주저앉았다. 어머니는 칠성의 마음을 위로하느라고 이말 저말 끄집어냈다.

"올해는 웬 쌀쐬기 그리 많으냐. 손이 얼벌벌[44]하구나."

어머니는 그 손을 한 번쯤 들여다보고 싶은 것을 참고 아이를 어루만지다가 젖을 꺼냈다.

칠운이는 나뭇단을 퉁퉁 차면서 흥흥 거린다. 칠성이는 동생들이 미워서 더 앉아 있을 수가 없어 일어났다. 그는 어둠 속으로 휘 살피고 큰년이가 저 속에 어디 섰지 않은가 했다.

방으로 들어온 칠성이는 이제 툇돌에 움찔린 발가락을 엉덩이로 꼭 눌러 앉고 가만히 쏟았다. 흩어지는 성냥과 쌀알 흐르는 소리, 솜털이 오싹 일어, 그는 몸을 움찔하면서 얼른 손을 내밀어 하나하나 만져보았다. 역시 그 안에 있는 돈 생각이 나서, 돈마저 꺼내 가지고 우두커니 들여다보았다. 비록 방안이 어두워서 그 모든 것이 보이지 않으나 눈곱같이 눈구석에 박혀 있는 듯했다.

성냥갑 따로, 쌀과 과자 부스러기 따로 골라 놓고 문득 큰년이를 생각하였다. 어느 것을 주나, 얼른 과자를 쥐며, '이것을 주지.' 하고 하나 집어 입에 넣었다. 바작 소리가 이 사이에 돌고 달콤한 물이 사르르 흐른다. 그는 입맛을 다시고 나서 칠운이가 엿듣는가 다시 한 번 조심했다.

그는 온 손에 땀이 나도록 쥐고 있는 돈을 펴서 보고 한 푼 한 푼 세어보다가, 이것으로 큰년의 옷감을 끊어다주면 얼마나 큰년이가 좋아할까. 그의 가슴은 씩씩 뛰었다. '고것 왜 우리 집엘 안올까. 오면 내가 돈도 주고 이 과자도 주고 큰년이가 달라는 것이면 내 다 주지. 응, 그래.' 이리 생각되자 그는 어쩐지 마음이 송구

---

44   얼벌벌하다: 『북한어』 맛이나 느낌이 얼얼하고 뻐근하다.

해졌다. 해서 성냥갑과 과자 부스러기를 한데 싸서 저편 삿자리[45] 밑에 일어 놓고, 돈은 거기에 넣은 담에 쌀만 아랫방에 내려놓았다. 그리고 뒷문 곁으로 바짝 다가앉아서 큰년네 바자를 바라다보았다.

바자에 호박넝쿨이 엉키었고 그 위에 벌들이 팔팔 날았다. 어떻게 만날까, 그는 무심히 발가락을 쥐고 아픔을 느꼈다. 서늘한 바람이 그의 볼 위에 흘러 내렸다. 그는 안타까웠다. 지금 이 발끝이 아픈 것보다도 어딘가 모르게 또 아픈 것을 느낀다.

"이애 밥 먹어."

칠성이는 놀라 돌아다보았다. 어머니가 샛문 밖에 서 있다는 것을 알자 웬일인지 가슴 한구석에 공허를 아득하게 느꼈다.

"왜 문을 걸었나?"

어머니는 문을 잡아챈다. 과자를 달라거나 돈을 달라려고 저리도 문을 잡아 흔드는 것 같다. 그는 와락 미운 생각이 치올랐다.

"난, 난 안 먹어!"

꽥 소리쳤다. 전신이 후루루 떨린다.

"장에서 뭐 먹고 왔니?"

어머니의 음성이 가늘어진다. 언제나 칠성이가 화를 낼 때 어머니는 저리도 기운이 없어진다. 한참 후에,

"좀 더 먹으렴."

"시 싫어."

역시 소리를 질렀다. 그러나 어머니는 뭐라고 웅얼웅얼하더니

---

45   갈대를 엮어서 만든 자리.

잠잠해 버린다. 칠성이는 우두커니 앉았노라니 자꾸만 삿자리 속에 넣어둔 과자가 먹고 싶어 가만히 삿자리를 들썩 하였다. 먼지내 싸하게 올라오고 빈대 냄새 역하다. 그는 돌아앉고도 부지중에 손은 삿자리를 어루 쓸고 있다. '큰년이 줘야지.' 냉큼 손을 떼고 문턱을 꽉 붙들었다.

마침 바람이 산들산들 밀려들어 이마에 흐른 땀을 선뜻하게 한다. 그는 얼른 적삼을 벗어던지고, 그 바람을 안았다. 온몸이 가려운 듯하여 벽에다 몸을 비비치니 어떤 쾌미가 일어, 부지중에 그는 몸을 사정없이 비비치고 나니 숨이 차고 등가죽이 벗겨져 아팠다. 그래서 벽을 붙들고 일어나 나왔다.

몸을 움직이니 아픈 곳이 없다. 손끝에 가시가 박혔는지 따끔거리고 팔뚝이 쓰라리고 아까 다친 발가락이 새삼스러이 더 쏘고, 그는 꾹 참고 걸었다.

울바자 밑에 나란히 서 있는 부초종 끝에 별빛인가도 의심나게 흰 꽃이 다문다문 빛나고, 간혹 맡을 수 있는 부초 냄새는 계집이 곁에 와 섰는가 싶게 야릇했다. 그는 바자 곁으로 다가섰다.

큰년이네 집에선 모깃불을 피우는지 향긋한 쑥내가 솔솔 넘어오고, 이따금 모깃불이 껌벅껌벅하는데 두런두런하는 소리에 귀를 세우니, 바자가 바삭바삭 소리를 내고, 호박잎의 솜털이 그의 볼에 따끔거린다. 문득 그는 바자 저편에 큰년이가 숨어서 나를 엿보지나 않나하자 얼굴이 확확 달았다.

어느 때인가 되어 가만히 둘러보니, 옷에 이슬이 촉촉하였고, 부초꽃이 물속에 잠긴 차돌처럼 그 빛을 환히 던지고 있다. 모깃불도 보이지 않고 캄캄하며, 어디선가 벌레소리가 쓰르릉 하고 났다. 그는 방으로 들어서자 가슴이 답답하였다.

이튿날 아침에 눈을 뜨니, 벌써 뒤뜰은 햇빛으로 가득하였다. 칠성이는 일어나는 참 어머니와 칠운이가 아직도 집에 있는가 살핀 담에 아무도 없음을 보고, 뒷 문턱에 걸터앉아서 큰년네 바자를 물끄러미 바라보았다. '큰년이 아버지 어머니도 김매러 갔을 테고, 고것 혼자 있을 터인데…. 혹 마을군이나 오지 않았는지. 오늘은 꼭 만나야 할 터인데.' 이런 생각을 하다가 무심히 그의 팔을 들여다 보았다. 다 해진 적삼 소매로 맥없이 늘어진 팔목은 뼈도 없고 살도 없고, 오직 누렇다 못해서 푸른빛이 도는 가죽만이 있을 뿐이다. 갑자기 슬픈 마음이 들어 그는 머리를 들고 한숨을 푹 쉬었다. 큰년이가 눈을 감았기로 잘했지 만일 눈이 둥글하게 뜨였다면 이 손을 보고 싶으랴 달아날 것도 같다. 그러나 큰년이가 이 손을 만져보고 '왜 이리 맥이 없어요, 이 손으로 뭘 하겠오.' 할 때엔… 그는 가슴이 답답해서 견딜 수 없다. 그저 한숨만이 맥없이 내쉬고 들이쉬다가 문득 '약이 없을까?' 하였다. 약이 있기는 있을 터인데…. 큰년네 바자 위에 둥글하게 심어 붙인 거미줄에 수없이 이슬방울이 대롱대롱했다. 저런 것도 약이 될지 모르지, 그는 벌떡 일어나 밖으로 나왔다.

거미줄에서 빛나는 저 이슬방울들이 참으로 약이 되었으면 하면서, 그는 조심히 거미줄을 잡아당겼다. 팔은 맥을 잃고, 뿐만 아니라 자꾸만 떨리어 거미줄을 잡을 수도 없지만 바자만 흔들리고, 따라서 이슬방울이 후두두 떨어진다. 그는 손으로 떨어져 내려오는 이슬방울을 받으려고 했다. 그러나 한 방울도 그의 손에는 떨어지지 않았다.

"에이, 비 빌어먹을 것!"

그는 이런 경우를 당할 때마다 이렇게 소리치고 말없이 하늘을 노려보는 버릇이 있었다. 한참이나 이러하고 있을 때, 자박자박하는 신발 소리에 그는 가만히 머리를 돌려 바라보았다. 호박잎이 그의 눈썹 끝에 삭삭 비비치자 눈물이 핑그르르 돈다. 눈물 속에 비치는 저 큰년이! 그는 눈가가 가려운 것도 참고 눈을 점점 더 크게 떴다.

빨래 함지를 무겁게 든 큰년이는 이리로 와서 빨래 함지를 쿵 내려놓고 일어난다. 눈은 자는 듯 감았고 또 어찌 보면 감은 듯 뜬 것 같이도 보이었다. 이제 빨래를 했음인지 양 볼에 붉은 점이 한 점, 두 점 보이고 턱이 뾰족한 것이 어디 며칠 앓은 사람 같다. 큰년이는 빨래를 한 가지씩 들어 활활 펴가지고 더듬더듬 바자에 넌다.

칠성이는 숨이 턱턱 막혀서 견딜 수 없다. 소리 나지 않게 숨을 쉬려니 가슴이 터지는 것 같고, 뱃가죽이 다잡아 씌었다. 그는 잠깐 머리를 숙여 눈물을 씻어낸 후에 여전히 들여다보았다. 지금 그의 머린 아무런 생각도 할 수 없다. 그저 큰년이 동작으로 가득했을 뿐이다.

큰년이는 한 가지 남은 빨래를 마저 가지고 그 앞으로 다가온다. 그때 칠성이는 손이라도 쑥 내밀어 큰년의 손을 덥석 잡아보고 싶었으나, 몸은 움찔 뒤로 물러나지며 온 전신이 풀풀 떨리었다.

바삭바삭 빨래 널리는 소리가 칠성이의 귓바퀴에 돌아내릴 때, 가슴엔 웬 새 새끼 같은 것이 수없이 팔딱거리고 귀가 우석우석 울고 눈은 캄캄하였다. 큰년의 신발 소리가 멀리 들릴 때 그는 비로소 몸을 움직일 수 있었고, 또 호박잎을 젖히고 들여다보았다.

큰년이는 빈 함지를 들고 부엌문으로 향하여 들어가고 있다. 그는 급하게 소리라도 쳐서 큰년이를 멈추고 싶었으나 역시 마음뿐이었다. 큰년이의 해어진 치마폭 사이로 뻘건 다리가 두어 번 보이다가 없어진다. 또 나올까 해서 그는 컴컴한 부엌문을 뚫어지도록 보았으나, 끝끝내 큰년이는 나오지 않았다. 그는 후 하고 한숨을 내쉬고 물러섰다. 햇빛은 따갑게 내리쬔다.

'과자나 들려 줄 걸…. 돈이나 줄 것을, 아니 돈은 내가 모았다가 치마나 해 주지.' 하고 다시 들여다보았다. 바자만 바삭바삭 소리를 내고 고요하다. 이제 큰년의 손으로 널은 빨래는 희다 못해서 햇빛 같이 빛나고, 그는 눈을 떼고 돌아섰다.. 자기가 옷가지라도 해 주지 않으면 큰년이는 언제나 그 뻘건 다리를 감추지 못할 것 같다.

"성아, 나 사탕 좀."

돌아보니, 칠운이가 아기를 업고 부엌문으로 나온다. 그는 도둑질이나 하다가 들킨 것처럼 무안해서 얼른 바자 곁을 떠났다. 칠운이는 저를 다그쳐 형이 저리도 급히 오는 것으로 알고 부엌으로 달아나가 살짝 돌아보고 또 이리 온다.

"응야, 나 하나만…."

손을 내민다.

아기도 머리를 갸웃하여 오빠를 바라보고 손을 내민다. 아기의 조 머리엔 종기가 지질하게 났고, 거기에 언제나 진물이 마를 사이 없다. 그 위에 가늘고 노란 머리카락이 이기어 달라붙었고 또 파리가 안타깝게 달라붙어 떨어지지 않는다. 아기는 자꾸 그 가는 손가락으로 머리를 쥐어 당기고, 종기 딱지를 떼어 오물오물 먹고 있다.

아기는 그 손을 오빠 앞에 쳐들었다. 손가락을 모을 줄 모르고 짝 펴들고 조른다. 칠성이는 눈을 부릅떠 보이고 방으로 들어왔다. 칠운이는 문 앞에 딱 막아서서 홍홍거렸다.

"응야 성아, 한 알만 주면 안 그래."

시퍼런 코를 홀떡 들이마신다.

"보 보기 싫다!"

칠운이 역시 옷이 없어 잠방이만 입었고, 그래서 저 등은 햇빛에 타다 못해서 허옇게 까풀이 일고 있으며, 아기는 그나마도 없어서 늘 벗겨두었다. 동생들의 이러한 모양을 바라보는 그는 눈에서 불이 확확 일어난다. 눈을 돌리어 벽을 바라보자 문득 읍의 상점에서 첩첩이 쌓인 옷감이 생각났다. 그는 자기도 모르게 손을 번쩍 들어 칠운이를 치려 했으나, 그 손은 맥을 잃고 늘어진다.

"난 그럼, 아기 안보겠다야, 씨."

칠운이가 아기를 내려놓고 달아난다. 그러자 아기는 악을 쓰고 운다. 칠성이는 눈도 거들떠보지 않고 돌아 앉아 파리가 우굴우굴 끓는 곳을 바라보니 밥그릇이 눈에 띄었다. 언제나 어머니는 그가 늦게 일어나므로 저렇게 밥그릇에 보를 덮어놓고 김매러 가는 것이다.

그는 슬그머니 다가앉아 술을 들고 보를 들치었다. 국에는 파리가 빠져 둥둥 떠다니고, 밥그릇에 붙었던 수없는 파리떼는 기급을 해서 달아난다. 그는 파리를 건져내고 밥을 푹 떠서 입에 넣었다. 밥이란 도토리뿐으로 밥알은 어쩌다가 씹히곤 했다. 씹히는 그 밥알이야말로 극히 부드럽고 풀기가 있으며, 그 맛이 달큼해서 기침을 할 지경이었다. 그러나 그 맛은 잠깐이고 또 도토리가 미끈하게 씹혀 밥맛이 쓰디쓴 맛으로 변한다. 그래도 도토리만은 잘 씹지 않고, 우물우물해서 얼른 삼키려면 그만큼 더 넘어가지 않고 쓴물을 뿌리며 혀끝에 넘나들었다.

얼마 후에 바라보니, 아기가 언제 울음을 그쳤는지 눈이 보숭보숭해서 발발 기어오다가, 오빠를 보고 멀거니 쳐다보다 그 눈을 밥그릇에 돌리고 또 오빠의 눈치를 살핀다. 칠성이는 그 듣기 싫은 울음을 그친 것이 대견해서 얼른 밥알을 골라 내쳐 주었다. 그러니 아기는 그 조그만 손으로 밥알을 쥐어 먹다가, 성이 차지 않아서 납작 엎드리어서 밥알을 쭐쭐 핥아먹고는 당길성 없게 도토리를 쥐는 손으로 조모락 조모락 만지기만 하고 먹지는 않는다.

"아 안 먹게이?"

도토리를 분간해서 아는 아기가 어쩐지 미운 생각이 왈칵 들어 그는 이렇게 소리쳤다. 그러니 아기는 입을 비죽비죽하다가

"으아."

하고 울었다.

"우 울겠니?"

칠성이는 발길로 아기를 찼다. 아기는 눈을 꼭 감고 방바닥에 쓰러졌다. 그 바람에 아기 머리의 파리는 웅하고 조금 떴다가 곧 달라붙는다. 칠성이는 재차 차려고 달려드니 아기는 코만 풀진풀찐하면서 울음소리를 뚝 끊었다. 그러나 그 눈엔 눈물이 샘솟듯 흐른다. 칠성이는 모른 체하고 돌아앉아 밥만 퍼먹다가 캑 하는 소리에 머리를 돌렸다.

아기는 언제나 그 도토리를 먹었던지 캑캑 하고 게워 놓는다.

깨느르르한 침이 섞이어 나오는 도토리 쪽은 조금도 씹히지 않은 그대로 였고, 그 빛이 약간 붉은 기를 띤 것을 보아 피가 묻어나오는 것임을 알 수 있다. 아기의 얼굴은 빨갛게 상기되고 목에 힘줄이 불쑥 일어났다.

그 찰나에 칠성이는 입에 문 도토리가 모래알 같이 씹을 수 없고, 쓴내가 콧구멍 깊이 칵 올려 받혀 견딜 수 없었다. 그는 술을 텡궁 내치고 아기를 번쩍 들어 문밖에 내놓았다. 그리고는 뼈만 남은 아기의 볼을 짝 붙이니, 얼굴이 새카매지면서도 여전히 흐느껴 운다. 이번에는 밥그릇을 냅다 차서 요란스레 굴리고 윗방으로 올라오니, 게우는 소리에 몸이 오시러워서 가만히 있을 수 없었다. 문득 삿자리 속의 과자를 생각하고 그것을 남김없이 꺼내다가 아기 앞에 팽개치고 뒤뜰로 나와 버렸다. 그는 빙빙 돌다가 침을 탁 뱉었다.

한참 만에 칠성이가 방으로 들어오니 방안은 단 가마 속 같았다.

그는 앉았다 섰다 안달하다가, 머리를 기웃하여 보니, 아기는 손을 깔고 봉당에 엎드려 잠들었고, 게워 놓은 자리엔 쉬파리가 날개 없는 듯이 벌벌 기고 있으며, 아기와 빠끔히 벌린 입에는 잔파리, 왕파리가 바글바글 들싼다. '과자!' 그는 놀라 둘러보았다. 부스러기도 볼 수 없었다. 아기가 다 먹을 수 없고 필시 칠운이가 들어왔던 것이라 생각될 때 좀 남기고 줄 것을 하는 후회가 일며 칠운이를 보면 실컷 때리고 싶었다. 그는 달아나오면서 발길로 아기를 차고 나왔다. 손을 거북스레 깔고 모로 누운 꼴이 눈에 꺼리고 또 여윈 팔다리가 보기 싫어서 이러하고 나온 것이다.

아기의 울음소리를 들으면서 그는 칠운이를 찾았다. 저편 버드나무 아래에 애들이 모여 떠든다. '옳지 저기 있구나.' 하고 씩씩거리며 그리로 발길을 떼어 놓았다.

몰래몰래 오너라 했건만, 칠운이는 벌써 형을 보고서 달아난다. 애들은 수수깡을 시시하고 씹고 서서 칠성이를 힐끔힐끔 보다가는 히히 웃었다. 어떤 놈은 칠성의 걸음 흉내를 내기도 한다.

칠운이는 조밭으로 들어갔는지 보이지 않는다. 그는 잡풀에 얽히어 넘어지니, 뒤로 따르던 애들은 허 하고 웃고 떠든다. 칠성이는 겨우 일어나서 애들을 노려보았다. 이놈들도 달려들지나 않으려나 하는 불안이 약간 일어 이렇게 딱 버티어 보인 것이다. 애들은 무서웠던지 슬금슬금 달아난다. 애들 같지 않고 무슨 원숭이 무리가 먹을 것을 구하러 눈이 뒤집혀서 다니는 것 같았다. 이 동리 애들은 모두가 미운 애들만이라고 부지중에 생각되어 한참이나 바라보다가 걸었다. 이마가 따갑고 발가락이 따가운데 또 애들이 벗겨버린 수수깡 껍질이 발끝에 따끔거린다. 애들은 내를 바라고 달아난다. 그 무리에 칠운이도 섞이었을 것이라고 그는 버드나무 아래로 왔다.

여기는 수수깡 껍질이 더 많고 소를 갖다 매는 탓인지 쇠똥이 지저분했다. 버드나무에 기대서서 그는 바라보았다. 저절로 그의 눈이 큰년이네 집에 멈추고 또 큰년이를 만나볼 마음으로 가득하다. '지금 혼자 있을 텐데 가볼까. 그러나 누가 있으면…' 무엇이 따끔하기에 보니 왕개미 몇 마리가 다리로 올라온다. 그는 툭툭 털고 다시 보았다.

멀리 큰년이네 바자엔 빨래가 희게 널렸는데, 방금 날으려는 새와 같이 되룩되룩하여 쉬하면 푸르릉 날 듯하다. '있기는 누가 있어, 김매러 다 갔을 터인데…' 신발 소리에 그는 돌아보았다. 개동

어머니가 어떤 여인을 무겁게 업고 숨이 차서 온다. 전 같으면,

"요새 성냥 많이 벌었겠구먼, 한 갑 선사하게나."

하고 농담을 건넬 터인데 오늘은 울상을 하고 잠잠히 지나친다. 이마에 비지땀이 흐르고 다리가 비틀비틀 고이고 숨이 하늘에 닿고, 그는 머리를 들어보니 등에 업힌 여인인즉 죽은 시체 같았다. 흩어진 머리 주제며, 입에 끓는 거품 꼴, 피투성이 된 옷! 눈을 크게 뜨며 머리카락에 휩싸인 여인의 얼굴을 똑바로 보니 큰년의 어머니였다. 그는 놀랐다. 해서 뭐라고 묻고 싶은데 벌써 개똥 어머니는 버드나무를 지나 퍽으나 갔다. 웬일일까?

'어디 넘어졌나, 누구와 쌈을 했나.' 하고 두루 생각하다가 못 견디어 일어나 따랐다. 맘대로 하면 얼른 가서 개똥 어머니에게 어찌된 곡절을 묻겠는데, 다리가 말을 듣지 않고 점점 더 비틀거리기만 하고 앞으로 가지는 않는다. 그는 화를 더럭 내고 몸짓만 하다가 팍 거꾸러졌다. 한참이나 버둥거리다가 일어나서 천천히 걸었다.

큰년이네 굴뚝에 연기가 흐른다. 옳구나 큰년의 어머니가 어찌해서 그 모양이 되었을까. 또 다시 이러한 궁금증이 일어난다. 그가 큰년네 마당까지 오니, 큰년네 집으로 들어가고 싶어 발길이 자꾸만 돌려진다. 그런 것을 참고 무슨 소리나 들을까 하여 한참이나 왔다 갔다 하다가 집으로 왔다.

봉당에 들어서니 파리가 와그그 끓는데 그 속에서 아기가 똥을 누고 있다. 깽깽 힘을 쓰니 똥은 안 나오고 밑이 손길같이 빠지고 거기서 빨간 핏방울이 똑똑 떨어진다. 아기는 기를 쓰느라 두 눈을 동그랗게 비켜 뜨니, 얼굴의 힘줄이 칼날같이 일어난다. 그 조그만 이마에 땀이 비오듯 하고 그는 못 볼 것이나 본 것처럼 머리를 돌리

고 방으로 들어왔다. 마음대로 하면 아기를 콱 밟아 죽여 버리든지 어디 멀리로 들어다 버리든지 했으면 오히려 시원할 것 같다.

칠성이는 발길에 채여 구르는 도토리를 집어먹으며, 아기 기 쓰는 소리에 눈살을 잔뜩 찌푸리고 그만 뒤뜰로 나와 버렸다. 아기로 인하여 잠깐 잊었던 큰년 어머니 생각이 또 나서 그는 바짝 곁으로 다가섰다.

"으아 으아."

하는 울음소리에 머리를 돌렸다. 영애의 울음소리가 아니요, 아주 갓난 어린애의 울음인 것을 직각하자 큰년의 어머니가 아기를 낳았는가 했다. 그러자 불안하던 마음이 다소 덜리나, 아기하고 입에만 올려도 입에서 신물이 돌 지경이었다. 지금 봉당에서 피똥을 누느라 병든 고양이 꼴을 한 그런 아기를 낳을 바엔 차라리 진자리에서 눌러 죽여 버리는 것이 훨씬 나을 것 같았다.

큰년이 같은 그런 계집애를 낳았나, 또 눈먼 것을…. 그는 히 하고 웃음이 터졌다. 그 웃음이 입가에서 사라지기도 전에 왜 이 동네 여인들은 그런 병신만을 낳을까 하니, 어쩐지 이상하였다. '하기야 큰년이가 어디 나면서부터 눈멀었다디, 우선 나도 세살 때 홍역을 하고난 담에 경풍이라는 병에 걸리어 이런 병신이 되었다는데.' 하자 어머니가 항상 외던 말이 생각되었다.

그때 어머니는 앓는 자기를 업고, 눈이 길같이 쌓여 길도 찾을 수 없는 데를 눈 속에 푹푹 빠지면서 읍의 병원에 갔다는 것이다. 의사는 보지도 못한 채 어머니는 난로도 없는 복도에 한껏[46]이나

---

46 반나절.

서고 있다가 하도 갑갑해서 진찰실 문을 열었더니 의사는 눈을 거칠게 떠 보이고 어서 나가 있으라는 뜻을 보이므로 하는 수 없이 복도로 와서 해가 지도록 기다리는데, 나중에 심부름하는 애가 나와서 어머니 손가락만한 병을 주고 어서 가라고 하였다는 것이다.

어머니는 그 말만 하면 흥분이 되서 의사를 욕하고 또 세상을 원망하는 것이다. 그때마다 그는 어머니를 핀잔하고 그 말을 막아버리곤 하였다. 무엇보다도 불쾌하여 견딜 수 없었던 것이다.

'약만 먹으면 이제라도 내 병이 나을까, 큰년이의 병도 …. 아니야, 이미 병신이 된 담에야 약을 쓴다고 나을까, 그래도 알 수가 있나. 어쩌다 좋은 약만 쓰면 나도 남처럼 다리팔을 제대로 놀라고 해서 동냥도 하러 다니지 않고 내 손으로 김도 매고 또 산에 가서 나무도 쾅쾅 찍어오고, 애새끼들한테서 놀림도 받지 않고…' 그의 가슴은 우쩍하였다. 눈을 번쩍 떴다. '병원에나 가서 물어볼까…. 그까짓 놈들이 돈만 알지 뭘 알아.' 어머니의 하던 말 그대로 되풀이하고 맥없이 주저앉았다.

큰년네 집도 조용하고, 아기 울음소리도 그쳤는데 배가 쌀쌀 고팠다. 그는 해를 짐작해 보고, 어머니가 이제 들어오면 얼굴에 수심을 띠고 귀 밑에 머리카락을 담뿍 흘리고서

"너 왜 동냥하러 가지 않았니. 내일은 뭘 먹겠니."

할 것을 머리에 그리며 무심히 서 있는 댑싸리 나무를 바라보았다.

혹시 이 댑싸리 나무가 내 병에 약이 되지 않을까. 그는 댑싸리 나무 냄새를 코 밑에 서늘히 느끼자 이러한 생각이 불쑥 일어, 댑싸리 나무 곁으로 가서 한입 뜯어 물었다. 잘강잘강 씹으니 풀내

가 역하게 일며 욱하고 구역질이 나온다. 그래도 눈을 꾹 감고 숨도 쉬지 않고 대강 씹어서 삼켰다. 목이 찢어지는 듯이 아프고 맑은 침이 자꾸만 흘러내린다. 그는 이 침마저 삼켜야 약이 될 듯해서 눈을 꿈쩍거리면서 그는 침을 삼키고 나니 까닭 없이 두 줄기 눈물이 주루루 흘러내린다.

그는 하늘을 바라보고 제발 이 손을 조금만이라도 놀려서 어머니가 하는 나무를 내가 하도록 합시사 하였다. 평소에 이런 생각을 한 번도 해본 적이 없건만 어머니가 나무를 무겁게 이고 걸음도 잘 걷지 못하는 것을 보아도 무심했건만 웬일인지 이 순간에 이러한 생각이 일었다.

한참이나 꿈쩍 않고 있던 그는 손을 가만히 들어 보고 이번에나 하는 마음이 가슴에서 후다닥거렸다. 하나 손은 여전히 떨리어 움츠러든다. 갑자기 욱 하고 구역질을 하자 땅에 머리를 쾅! 들이쪼고 훌쩍훌쩍 울었다.

아주 캄캄해서야 어머니는 돌아왔다. 또 산으로 가서 나무를 해 이고 온 것이다.

"어디 아프냐?"

어둠 속에 약간 드러나는 어머니의 윤곽은 피로에 싸여 넘어질 듯하다. 그리고 짙은 풀내가 치마폭에 흠씬 배어 마늘내같이 강하게 풍겼다.

"이애야, 왜 대답이 없어?"

아들의 몸을 어루만지는 장작개비같은 그 손에도 온기만은 돌았다.

칠성이는 어머니의 손을 뿌리치고 돌아누웠다. 어머니는 물러

앉아 아들의 눈치를 살피다가 혼자 하는 말처럼,

"어디가 아픈 모양인데, 말을 해야지 잡놈 같으니라구."

이 말을 남기고 일어서 나갔다. 한참 후에 어머니는 푸성귀 국에다 밥을 말아가지고 들어와서 아들을 일으켰다. 칠성이는 언제나처럼 어머니 팔목에서 뚝 하는 소리를 들으면서 일어앉아 떨리는 손으로 술을 붙들었다.

"이애야, 어디 아프냐?"

아까와는 달리 어머니 옷가에 그을음내가 풍기고, 숨소리에 따라 밥내 구수한데 무겁던 몸이 가벼워진다.

"아 아니."

마음을 졸이던 끝에 비로소 안심하고 아들이 국 마시는 것을 들여다보았다.

"에그, 큰년네 어머니는 오늘 밭에서 아기를 낳았누나. 내남[47] 없이 가난한 것들에서 새끼가 무어겠니."

아까 버드나무 아래서 본 큰년의 어머니가 떠오르고, 으아으아 울던 아기 울음소리가 들리는 듯, 또 영애의 그 꼴이 선히 나타난다. 그는 눈살을 찌푸렸다.

"글쎄, 새끼가 왜 태워. 진절머리 나지."

한숨 섞어 어머니는 이렇게 탄식하고, 빈 그릇을 들고 나가버린다. 칠성이는 방 안이 덥기도 하지만 큰년의 일이 궁금해서 그만 일어나 나왔다.

뜰 한 모퉁이에 쌓여 있는 나뭇단에서 짙은 풀내가 산속인 듯싶

47　나와 남을 아울러 이르는 말.

게 흘러나오고, 검푸른 하늘의 별들은 아기 눈같이 예쁘다.

왱왱 거리는 모기를 쫓으면서 나무 말리어 모아 놓은 곳에 주저 앉았다. 마른 갈잎이 버석버석 소리를 내고 더운 김에 밑이 뜨뜻하였다. 어머니가 저리로부터 온다.

"칠성이냐? 왜 나왔니?"

버석 소리를 내고 곁에 앉는다. 땀내와 영애의 똥내가 훅 끼치므로, 그는 머리를 돌리었다.

어머니는 젖을 꺼내 아이에게 물리고 한숨을 푹 쉰다. 무슨 말을 하려나 하고 칠성이는 어머니의 눈치를 살피나, 안타깝게 병든 고양이 새끼 같은 영애를 어루만지기만 하고, 쉽사리 입을 열지 않았다.

해종일 김매기에 그 몸이 고달팠겠고, 더구나 산에 가서 나무를 해 오려기에 그 몸이 지칠 대로 지쳤으련만, 또 아기에게서라도 시달림을 받으니, 오늘날이라도 잠만 들면 깨지 못할 것 같다. 그렇게 피로한 몸을 돌보지 않는 어머니가 어딘지 모르게 미웠다.

"저 계집애는 자지도 않아?"

칠성이는 보다 못해서 꽥 소리쳤다. 영애는 젖꼭지를 문 채 울음을 내쳤다.

그 애가 어디 자게 되었니. 몸이 아픈 데다 해종일 굶었고 또 이리 젖이 안 나오니까, 하는 말이 혀끝에서 똑 떨어지려는 것을 꾹 참으니 눈물이 핑그르르 돌았다.

"오오, 널 보고 안 그런다, 어서 머."

겨우 말을 마치자 눈물이 줄줄 흘렀다. 문득 어머니의 이 눈물이 겉으로 흘러서 영애의 타는 목을 축여 줬으면 가슴은 이다지도 쓰리지 않으련만 하였다.

한참 후에 어머니는,

"글쎄 살지도 못할 것이 왜 태어나서 어미만 죽을 경을 치게 하겠니. 이제 가보니 큰년네 아기는 죽었더구나, 잘되기는 했더라만… 에그, 불쌍하지. 얼마나 밭고랑을 타고 헤매이었는지. 아기 머리는 고냥 흙투성이라더구나. 그게 살면 또 병신이나 되지 뭘 하겠니. 눈에 귀에 흙이 잔뜩 들었더라니. 아이구 죽기를 잘했지, 잘했지!"

어머니는 홍분이 되어 이렇게 중얼 거린다. 칠성이도 가슴이 답답해서 숨을 크게 쉬었다. 그리고 자신도 어려서 죽었더라면 이 모양은 되지 않았을 것을 하였다.

"사는 게 뭔지, 큰년네 어머니는 내일 또 김매러 가겠다더구나. 하루쯤 쉬어야 할 텐데, 이게이게 어느 때냐. 그럴 처지가 되어야지. 없는 놈에게 글쎄 자식이 뭐냐. 웬 자식이냐."

영애를 낳아놓고 그 다음날로 보리 마당질하던, 그 지긋지긋하던 때가 떠오른다. 하늘이 노랗고 핑핑 돌고 보리 이삭이 작았다 커 보이고, 도리깨를 들 때, 내릴 때 아래서는 무엇이 뭉클 뭉클 나오다가 나중엔 무엇이 묵직하게 매어달리는 듯해서 좀 만져보았더니, 사이도 없고 또 남들이 볼까 꺼리어 그냥 참고 있다가 소변보면서 보니 허벅다리에 피가 홍건했고, 도 주먹같은 살덩이가 축 늘어져 있었다. 겁이 더럭 났지만 누구보고 물어보기도 부끄럽고 해서 그냥 내버려두었더니 그 살덩이가 오늘까지 늘어져 들어갈 줄 모르고 또 무슨 물이 줄줄 흐르고 있다.

그것 때문에 여름에는 더 덥고도 고약스런 악취가 나고, 겨울엔

더하고 항상 몸살이 오는 듯 오삭오삭 추웠다. 먼 길이나 걸으면
그 살덩이가 불이 붙는 듯 쓰라리고, 또 염증을 일으켜 퉁퉁 부어
서 걸음 걸을 수가 없으며, 나중에 주위로 수없는 종기가 나서, 그
것이 곪아터지느라 기막히게 아팠다. 이리 아파도 누구에게 아프
다는 말도 할 수 없는 그런 종류의 병이었다.

어머니는 지금도 척척히 늘어져 있는 살덩이를 느끼면서 한숨
을 푹 쉬었다. 갈잎이 바삭바삭 소리를 낸다. 마침 영애는 젖꼭지
를 깍 물었다.

"아이그!"

소리까지 내치고도 얼른 칠성이가 이런 줄을 알면 욕할 것이 싫
어서 그 다음 말은 뚝 그치고 손으로 영애의 머리를 꼭 눌러 아프
다는 뜻을 영애에게만 알리었다. 그리고도 너무 눌렀는가 하여 누
른 자리를 금시로 어루만져주었다.

"정말 오늘 그 난시에 글쎄 큰년네 집에는 손님이 와서 방에 앉
아도 못보고 갔다누나."

칠성이는 머리를 들었다. 어디서 불려오는 모기쑥내는 향긋하
였다.

"전에부터 말 있는 그 집에서 왔다는데, 넌 정 모르기 쉽겠구나.
읍에서 무슨 장사를 한다나. 꽤 돈푼이나 있다더라. 한데, 손을
이때까지 못 보았다누나 해서, 첩을 여남은 두 넘어 얻었으나 이
때가지 못 낳았단다. 에그 그런 집에 나래지."

어머니는 영애를 잠잠히 내려다본다. 칠성이는 이야기를 하면서
도 아기를 생각하는 어머니가 보기 싫었다. 하나 다음 말을 들으
려니 가만히 앉아있었다.

"그런데 어찌어찌하다가 큰년의 말이 났는데 사내는 펄쩍 뛰더란다. 그래도 안으로 말이 켕기어서 그러하다고 하더니, 하필 오늘 같은 날, 글쎄 선보러 왔다 갔다니 큰년이는 이제 복 좋을라! 언제 봐서 덕성스러워. 그 애가 눈이 멀었다 뿐이지 못하는 게 뭐 있어야지. 허드렛일이나 앉아서 하는 일이나 횡 잡았으니 눈뜬 사람보다 낫다. 이제 그런 집으로 시집가게 되고 달덩이 같은 아들을 낳아 놀게다. 아이그 좀 잘 살아야지…"

"눈 눈 먼 것을 얻어다 뭐 뭐를 해!"

칠성이는 뜻밖에 이런 말을 퉁명스레 내친다. 그의 가슴은 지금 질투의 불길로 꽉 찼고, 누구든지 큰년이만 다친다면 사생을 결단하리라 하였다. 이러고 나니 머리에 열이 오르고 다리팔이 떨리었다.

"그 그래, 시 시집가기로 됐나?"

어머니는 아들의 눈치를 살피고 어쩐지 대답하기가 어려웠다. 동시에 저것도 계집이 그리우려니 하니 불쌍한 마음이 들고 또 아들의 장래가 캄캄해 보이었다.

"아직은 되지 않았더라마는…"

이 말에 그의 마음은 다소 가라앉은 듯하나, 웬일인지 슬픈 생각이 들어 그는 일어났다.

"들어가 자거라. 내일은 일찍 읍에 가게 해. 어떡허겠니."

칠성이는 화를 버럭 내고 어머니 곁을 떠나 되는 대로 걸었다.

발걸음에 따라 모기쑥내 없어지고 산뜻한 공기 속에 풀내 가득히 흐른다. 멀리 곡식대 비벼치는 소리 바람결에 은은하고, 산기를 띤 실바람이 그의 몸에 싸물싸물 기고 있다. 잠방이 가랑이 이

슬에 젖고, 벌레 소리 발끝에 채여 요리 졸졸졸 고리 쏠쏠쏠….

그는 우뚝 섰다. 저 앞은 지척을 분간할 수 없는 어둠으로 덮였고 하늘 아래 저 불타산의 윤곽만이 검은 구름같이 뭉실뭉실 떠있다. 그 위에 별들이 너도나도 빛나고, 별빛이 눈가에 흐르자 핑그르르 돌며 통곡이라도 하고 싶었다. 저 산도, 저 하늘도 너무나 그에겐 무심한 것 같다.

"이애야, 들어가자."

어머니의 기운 없는 음성이 들린다.

"왜 왜 좇아다녀유."

칠성의 마음에 잠겼던 어떤 원한이 일시에 머리를 들려고 하였다.

"제발 들어가. 이리 나오면 어쩌겠니."

어머니는 그의 손을 붙들었다. 칠성이는 뿌리치려 했으나 힘이 부친다. 길 풀이 그들의 옷에 비비쳐 실실 소리를 낸다. 어머니는 절반 울면서 사정을 하였다. 그는 어머니의 손에 붙들리어 돌아오면서, '오냐, 내일 저를 만나보고 시집가는지 안 가는지 물어보고, 또 나한테 시집오겠니도 물어야지.' 할 때, 가슴은 씩씩 뛰고 어떤 실 같은 희망이 보인다.

"날 보고 네 동생들을 봐라."

어머니는 이러한 말을 하여 아들을 달래보려고 한다. 칠성이는 말없이 그의 집까지 왔다.

이튿날 일부러 늦게 일어난 칠성이는, '오늘은 기어이 큰년이를 만나 무슨 말이든 하리라, 만일 시집가기로 되었다면…' 그는 아득하였다. '그때는 그만 죽여 버릴까. 나는 그 칼에 죽지.' 하고 뒤뜰로 나와서 바자 곁에 다가섰다. 큰년네 집은 고요하고 뜨물동이에서 왕왕거리는 파리소리만 간혹 들릴 뿐이다. 가자! 바자에 선 뜻 물러섰다. 눈에 마주 띄는 저 앞에 큰 차돌은 웬일인지 노랗게 보이었다.

그는 숨이 차서 방으로 들어왔다. '옷을 이 모양을 하고 가?' 하고 굽어보았다. '쇠똥 자국이 여기저기 있고, 군데군데 해졌고, 뭘 눈이 멀었는데 이게 보이나, 그럼 만나서 뭐라구 말을 해야지.' 그는 천장을 바라보고 생각하였다. 입가에 흐르는 침을 몇 번이나 시 하고 들여 마시나, 그저 캄캄한 것 뿐이다. 생전 말이라고는 못해 본 것처럼 아득하였다.

'내가 병신임을 쟤가 아나.' 하는 불안이 불쑥 일어 맥이 탁 풀린다.

"너까짓 것에게 시집가!"

하는 큰년의 말이 들리는 듯해서 그는 시름없이 밖을 내다보았다.

바자에 얽힌 호박넝쿨, 박넝쿨, 그 옆으로 옥수수대, 석 나와서 살구나무, 작고 큰 대사리가 아무 기탄없이 하늘을 바라보고 가지가지를 죽죽 쳤으니, 잎잎이 자유스럽게 미풍에 흔들리지 않는가. 웬일인지 자신은 저러한 초목만큼도 자유롭지 못한 것을 전신에 느끼고 한숨을 후 쉬었다.

한참 후에 칠성이는 마음을 단단히 먹고 마당으로 나와서, 큰년네 집 앞으로 몇 번이나 왔다 갔다 하다가, 사립문을 가만히 밀고 껑충 뛰어들었다.

봉당문도 꼭 닫히었고 싸리비만이 한가롭게 놓여 있다. 얼떨결에 봉당문을 삐걱 열었을 때 고양이 한 마리가 야옹 하고 뛰어나간다. 그는 어찌 놀랐는지 숨이 하늘에 닿을 것처럼 뛰었다. 봉당으로 들어서서 한참이나 망설이다가 방문을 열어보았다. 무거운 공기만이 밀려나오고 큰년이는 없었다. '시집을 갔나?' 하고 얼른 생각하면서, 부엌으로 뒤뜰로 인기척을 찾으려 하였으나 조용하였다. 그는 이러하고 언제까지 나 일 수가 없어서 발길을 돌리려 했을 때 사립문 소리가 난다. 얼떨결에 기둥 이편으로 와서 그 뒤 멍석 곁에 바싹 다가섰다. 부엌문 소리가 덜그렁 나더니, 큰년이가 빨래 함지를 이고 들어온다. 그의 눈은 캄캄해지고 정신이 나른해진다. 큰년이가 그를 알아보고 이리 오는 것만 같고, 그의 눈은 먼 것이 아니요, 언제나 창틈으로 볼 수 있는 별 눈을 빠끔히 뜨고서 쳐다보는 듯했다. 숨이 차서 견딜 수 없으므로, 멍석 아래 뒤로 돌아가며 숨을 죽이었으나, 점점 더 숨결이 항항거리고 멍석 눈에 코가 맞닿아서 기절을 할 지경이었다.

큰년이는 뒤뜰로 나간다. 짤잘 끄는 신발소리를 들으면서 머리를 내밀어 밖을 살피고 발길을 옮기려 했으나 온몸이 비비 꼬이어 한 보를 옮길 수가 없다. 어색하여 그만 집으로 가려고도 했다. 그의 몸은 돌로 된 것 같았으나 마침 빨래 널리는 소리가 바삭바삭 나자, '큰년이가 읍으로 시집간다!' 하는 생각이 들며, 발길이 허둥하고 떨어진다.

큰년이는 빨래를 바자에 걸치다가 휘끈 돌아보고 주춤한다. 칠성이는 차마 큰년이를 쳐다보지 못하고 우두커니 서 있었다.

"누구요?"

"…."

"누구야요?"

큰년의 음성은 떨려 나왔다. 칠성이는 무슨 말이든지 해야 할 터인데, 입이 각 붙고 덜어지지 않는다. 한참 후에 발길을 지척하고 내디디었다.

"난 누구라고…."

큰년이는 바자 곁으로 다가서고, 머리를 다소곳한다. 곱게 감은 그의 눈등은 발랑발랑 떨렸다. 칠성이는 자기를 알아보는 것을 알고 조금 마음이 대담해졌다. 이번엔 밖이 걱정이 되어 연방 눈이 그리로만 간다.

"나가야, 어머니 오신다."

큰년이는 암팡지게 말을 했다. 어려서 음성이 그대로 남아 있다.

"너 너 시집간다지. 좋겠구나!"

"새끼두 별소리 다 하네. 나가야!"

큰년이는 빨래를 조몰락거리고 서서 숨을 가볍게 쉰다. 해진 적삼 등에 흰 살이 불룩 솟아 있다. 칠성이는 무의식간에 다가섰다.

"아이구머니!"

큰년이는 바자를 붙들고 소리쳤다. 칠성이는 와락 겁이 일어 주춤 물러서고 나갈까도 했다. 앞이 캄캄해지고 또 빙글빙글 돌아가는 것 같았다.

"어머니 오신다야."

칠성이는 잠깐 눈을 감았다가 덜덜 떨리어 나오는 소리에 눈을 떴다. 등으로 흘러내려온 삼단 같은 머리채는 큰년의 냄새를 물씬 피우고 있다. 칠성이는 얼른 큰년의 발을 짐짓 밟았다. 큰년이는 얼굴이 새빨개서 발을 빼어가지고 저리로 간다. 손에 들었던 빨래는 맥없이 툭 떨어진다.

'쟤가 돌을 집어 치려고 저러나.' 하고 겁을 먹었으나, 큰년이는 바자 곁에 다가 서서 바자를 보시락보시락 만지고 있는데, 댕기꼬리는 풀풀 날린다. 야물야물하던 말도 쑥 들어가고 애꿎은 바자만 만지고 있다.

"사탕두 주구, 옷 옷감두 주 주께. 시집 안 가지?"

큰년이는 언제까지나 잠잠하고 있다가 조금 머리를 드는 체하더니,

"누가… 사탕… 히."

속으로 웃는다. 칠성이도 따라 웃고,

"응야, 안 안 가지?"

"내가 아니, 아버지가 알지."

이 말에 말이 막힌다. 그래서 우두커니 섰노라니,

"어서 나가야."

큰년이는 얼굴을 돌린다. 곱게 감은 눈에 눈썹이 가무레하게 났는데, 그 눈썹 끝에 걱정이 대글대글 맺혀 있다.

"그 그럼 시집 가겠니?"

큰년이는 머리를 푹 숙이고, 발끝으로 돌을 굴리고 있다. 칠성이는 슬픈 마음이 들어 울고 싶었다.

"안 안 안 가지, 응야?"

큰년이는 대답 대신 한숨을 푹 쉬고 머리를 들려다가 돌아선다. 그때 어린애 울음소리가 들렸다. 칠성이는 놀라 뛰어나왔다.

집에 오니, 칠운이가 아기를 부엌 바닥에 내려 굴리고 띠로 아기를 꽁꽁 동이려고 한다. 아기는 다리팔을 함부로 놀리고 발악을 하니, 칠운이는 사뭇 죽일 고기 다루듯 아기를 칵칵 쥐어박는다.

"이 계집애 자겠니, 안 자겠니. 안 자면 죽이고 말겠다."

시퍼런 코를 쌍줄로 흘리고서 주먹을 겨누어 보인다. 아기는 바르르 떨면서 눈을 꼭 감고 눈물을 졸졸 흘리고 있다.

"그러구 자라, 이 계집애."

칠운이는 아기 옆에 엎어지고, 한 손으로 그의 허리를 꼬집어 당긴다.

"어마이, 난 여기 자꾸자꾸 아파서 아기 못보겠다야. 씨… 흥."

코를 혀끝으로 빨아 올리면서 칠운이는 이렇게 중얼거렸다. 그 눈에 졸음이 가득하더니, 그만 씩씩 자버린다. 칠성이는 무심히 이꼴을 보고 봉당으로 들어섰다.

"엄마!"

자는 줄 알았던 아기가 눈을 동그랗게 뜨고 오빠를 바라본다. 칠성이는 머리끝이 쭈뼛하도록 놀랐다. 해서 이 결에 발을 들어 찰 것처럼 하고 눈을 딱 부릅떠 보이니, 아기는 그 얇은 입술을 비죽비죽하며 눈을 감는다.

"엄마! 엄마!"

아기는 그 입으로 이렇게 부르고 울었다. 칠성이는 방으로 들어와서 빙빙 돌다가 뒤뜰로 나와 큰년이가 아직도 그 자리에 서 있으면 하고, 바자를 가만히 뻐개고 들여다보니, 큰년이는 보이지 않고 빨래만이 가득히 널려 있었다.

방으로 들어와서 벽에 걸린 동냥자루를 한참이나 바라보면서 큰년의 옷감 끊어다줄 궁리를 하고, 그러면 큰년이와 그의 부모들도 나에게로 뜻이 옮겨질지 누가 아나 하고, 동냥자루를 벗겨 메고서 밀짚모를 비스듬히 젖혀 쓴 다음에 방문을 나섰다. 눈결에 보니 아기는 무엇을 먹고 있으므로, 그는 머리를 넘석하여 보았다. 아기는 띠 동인 데서 벗어나와 아궁이 곁에 둔 오줌을 눈 듯한 데, 그 오줌을 쪽쪽 핥아먹고 있다.

"이애이 계집애."

칠성이는 이렇게 버럭 소리를 지르고 밖으로 나왔다. 뜨거운 물 속에 들어서는 듯 전신이 후끈하였다. 신작로에 올라서며 그는 옷을 바로 하고 모자를 고쳐 쓰고 아주 점잖은 양 하였다. 이제부터는 이래야 할 것 같다.

"에헴!"

하고 큰기침도 하여보고 걸음도 천천히 걸으려했다. '이러면 애들도 달려들지 못하고, 어른들도 놀리지 못할 테지.' 할 때 큰년이가 떠오른다. 슬며시 돌아보니, 벌써 그의 마을은 보이지 않고 수수밭이 탁 막아섰다. 수수밭 곁으로 다가서니 싱싱한 수수잎내가 혹 끼치고 등이 질근질한게 땀이 흘러내린다. 두어 번 몸을 움직이고 어디라 없이 바라보았다.

수수밭 머리로 파랗게 보이는 저 불탄 산은 몇 발걸음 옮기면 올라갈 듯이 그렇게 가까워 보인다. 그의 집 창문 곁에 비껴 서서 맘 놓고 바라볼 수 있는 것은 저 산이요, 또 이런 수수밭 머리에서 숨어가며 바라볼 수 있는 것은 저 산이다.

그는 한숨을 푹 쉬었다. 언제나 저 산을 바라볼 때엔 흩어졌던 마음이 한데 모이는 듯하고, 또한 깜박 잊었던 옛날 일이 한두 가지 생각되곤 하였다.

먼 산에 아지랑이 아물아물 기는 어느 봄날, 그는 자리에서 일어나 창문 곁에 서니, 동무들이 조그만 지게를 지고 지팡이를 지게에 끼웃이 꽂아가지고 나무하러 가보나, '난 어른이 되면 저 산에 가서 이런 굵은 나무를 탕탕 찍어서 한 짐 잔뜩지고 올 테야…' 여기까지 생각한 그는 흠 하고 코웃음 쳤다. 뼈 마디마디가 짜릿해 오고 가슴이 죄어지는 것 같다. 두어 번 머리를 설레설레 흔들고 터벅터벅 걸었다. 지금 그의 앞엔 큰년이가 있을 따름이다.

이틀 후, 칠성이는 그의 마을로부터 육리나 떨어져 있는 송화읍 어귀에 우두커니 서 있었다. 읍내 와서 돌아다니다 수입이 잘 되지 않으므로, 이렇게 송화읍까지 오게 되었고, 그래서야 겨우 큰년이의 옷감을 인조견으로 바꾸어가지고 돌아오는 길이었던 것이다.

이 밤이나 어디서 지낼까 망설이다 어서 빨리 이 옷감을 큰년의 손에 쥐어주고 싶은 마음, 또는 큰년의 혼사 사건이 궁금하고 불안해서 그는 가기로 결정하고 걸었다.

쳐다보니, 별도 없는 하늘, 검정 강아지 같은 어둠이 눈 속을 아물아물하게 하는데, 웬일인지 마음이 푹 놓이고, 어떤 희망으로 그 눈은 차차로 열렸다. 산과 물은 그의 맘속에 파랗게 솟아 있는 듯, 그렇게 분명히 구별할 수 있고, 신작로에 깔린 자갈돌은 심심하면 장난치기 알맞았다.

사람들이 연락부절하고 자동차가 먼지를 피우며 달아나는 그 낮 길보다는 오히려 이 밤길이 그에게는 퍽 좋게 생각되었다. 그래서 다리 아픈 것도 모르고 걸었다.

가다가 우둑 서면 산 냄새 그윽하고 또 가다가 들으면 물소리가 돌돌 하는데, 논물내 획 풍기고, 간혹 산새울음 끊었다 이어질 제, 멀리 깜박여오는 동네의 등불은 포르릉 날아오는 것 같다가도, 다시 보면 포르릉 날아간다.

그가 숨을 크게 쉴 때마다 가슴에 품겨 있는 큰년의 옷감은 게

집의 살결 같아 조약돌을 밟은 발가락이 짜르르 울리었다.

"고것 어떡허나."

그는 무의식간에 입을 쫙 벌리고 무엇을 물어 당길 것처럼 하였다. 지금 큰년이와 마주 섰던 것을 그려본 것이다. '이제 가서 옷감을 들려주면 큰년이는 너무 좋아서 그 가무레한 눈썹 끝에 웃음을 띨 테지.' 가슴은 소리를 내고 뛴다.

차츰 동녘 하늘이 바다와 같이 훤해 오는데, 난데없는 빗방울이 뚝뚝 떨어진다. 그는 놀라 자꾸 뛰었으나 비는 더 쏟아지고, 멀리서 비 몰아오는 소리가 참새 무리들 건느듯 했다. 그는 어쩔까 잠시 망설이다가 빗발에 묻히어 어렴해 보이는 저 동리로 부득이 발길을 옮겼다.

큰년의 옷감이 아니면 이 비를 맞으면서도 가겠으나, 모처럼 끊은 이 옷감이 비에 젖을 것이 안되어 동네로 발길을 옮긴 것이다.

한참 오다가 돌아보니, 신자로가 두렷이 보이고, 어쩐지 마음이 수선해서 발길이 딱 붙는 것을 겨우 떼어 놓았다.

동네까지 오니, 비에 젖은 밀짚내 콜콜 올라오고, 변소 옆을 지나는지 거름내가 코밑을 살살 기고 있다. 그는 어떤 집 처마 아래로 들어섰다. 몸이 오솔오솔 춥고 눈이 피로해서 바싹 벽으로 다가서서 웅크리고 앉았다. 그의 마을 앞에 홰나무가 보이고, 큰년이가 나타나고… 눈을 번쩍 떴다.

빗발 속에 날이 밝았는데, 먼 산이 보이고 또 지붕이 옹기종기 나타나고, 낙수 물소리 요란하고 그는 용기를 내어 일어나 둘러보았다.

그가 서고 있는 이 집이란 돈푼이나 좋이 있는 집 같았다. 우선

벽이 회벽으로 되었고, 지붕은 시커먼 기와로 되었으며 널판자로 짠 문의 규모가 크고 또 주먹같은 못이 툭툭 박힌 것을 보아 짐작할 수 있었다. 그의 얼었던 마음이 다소 풀리는 듯하였다.

흰 돌로 된 문패가 빗소리 속에 적적한데, 칠성이는 눈썹 끝이 희어지도록 이 문패를 바라보고 생각을 계속하였다. '오늘은 내게 무슨 재수가 들어 닿나 보다. 이 집에서 조반이나 톡톡히 얻어먹고 돈이나 쌀이나 큼직히 얻으리라…' 얼른 눈을 꾹 감아보고, '눈도 먼 체할까. 그러면 더 불쌍하게 봐서 쌀이랑 돈을 더 줄지 모르지.' 애써 눈을 감고 한참을 견디려했으나, 눈등이 간지럽고 속눈썹이 자꾸만 떨리고 흰 문패가 가로 세로 나타나고, 못 견디어 눈을 뜨고 말았다. '어떡하나, 내 옷이 너무 희지.' 단숨에 뛰어나와서 흙물에 주저앉았다가 일어났던 자리로 왔다. 아까보다 더 춥고 입술이 떨린다. 그는 대문 틈에 눈을 대고 안을 엿보려 할 때, 신발 소리가 절벅절벅 나므로, 날래 몸을 움직이어 비켜섰다. 대문은 요란스런 소리를 내고 열렸다. 언제나처럼 칠성이는 머리를 푹 숙이고 어떤 사람의 시선을 거북스러이 느꼈다.

"웬 사람이야."

굵직한 음성, 머리를 드니 사내는 눈이 길게 찢어졌고 이 집의 고용인인 듯 옷이 캄캄하다.

"한술 얻어먹으로 왔유."

"오늘은 첫새벽부터야."

사내는 이렇게 지껄이고 나서 돌아서 들어간다. '이 집의 인심은 후하구나. 다른 집 같으면 으레 한두 번은 가라고 할 터인데.' 하고 어깨가 으쓱해서 안을 보았다.

올려다 보이는 퇴 위에 높직이 앉은 방은 사랑인 듯했고, 그 옆으로 조그만 대문이 좀 비딱해 보이고, 그리고 안 대청마루가 잠깐 보인다. 사랑채 왼편으로 죽 달려 있는 이 문간에 와서 멈춘 방은 얼른 보아 창고인 듯, 앞으로 밀짚 낟가리들이 태산같이 가리어 있다. 밀짚대에서 빗방울이 다롱다롱 떨어진다. 약간 누런빛을 띠었다. 뜰이 휘휘하게 넓은데 빗물이 골이 져서 흘러내린다.

저리로 들어가야 밥술이나 얻어먹을 텐데. 그는 빗발 속에 보이는 안 대문을 바라보고, 서먹서먹한 발길을 옮겼다. 중대문을 들어서자, 안 부엌으로부터 개 한마리가 쏜살같이 달려 나온다. 으르릉 하고 달려들므로 그는 개를 어를 양으로 주춤 물러서서 혀를 쩍쩍 채었다. 개는날카로운 이를 내 놓고 뛰어 오르며 동냥자루를 확 물고 늘어진다. 그는 아찔하여 소리를 지르고 중문 밖으로 튀어나오자, 사랑에 사람이 있나 살피며 개를 꾸짖어줬으면 했으나 잠잠하였다. 개는 눈을 뒤집고서 앞발을 버티고 뛰어오른다. 칠성이는 동냥자루를 입에 물고 몸을 굽혔다 폈다 하다가도 못 이겨서 비슬비슬 쫓겨나왔다. 개는 여전히 따라 큰 대문에 와서는 칠성이가 용이히 움직이지 않으므로 으르릉 달려들어 잠방이 가랑이를 물고 늘어진다. 그는 악 소리를 지르고 달아나왔다. 아까 나왔던 사내가 안으로부터 나왔다.

"워리 워리."

개는 들은 체하지 않고 삐죽한 주둥이로 자꾸 짖었다. 저놈의 개를 죽일 수가 있을까 하는 마음이 부쩍 일어 그는 휘 돌아서서 노려볼 때 사내는 손짓을 하여 개를 부른다. 그러니 개는 슬금슬금 물러나면서도 칠성에게서 눈은 떼지 않았다.

갑자기 속이 메슥해지고 등이 오싹하더니, 온몸에 열이 화끈 오른다. 개를 찾았으나 보이지 않고, 큰 대문만이 보기 싫게 버티고 있었다. 또 가볼까 하는 마음이 다소 머리에 드나, 그 개를 만날 것을 생각하니 진저리가 났다. 해서 단념하고 시죽시죽 걸었다.

비는 바람에 섞이어 모질게 갈겨 치고, 나무 흔들리는 소리, 도 랑물 흐르는 소리에 귀가 뻥뻥할 지경이다. 붉은 물이 이리 몰리고 저리 몰리는 그 위엔 밀짚이 허옇게 떠 있고, 파랑새 같은 나뭇잎이 뱅글뱅글 떠돌아 간다.

비에 젖은 옷은 사정없이 몸에 착 달라붙고 지동[48]치듯 부는 바 람결에 숨이 흑흑 막혔다. 어쩔까 하고 둘러보았으나 집집이 문을 꼭 잠그고 아침 연기만 풀풀 피우고 있다. 혹 빈집이나 방앗간 같은 게 없나 했으나 눈에 뜨이지 않고, 무거운 눈엔 그 개가 자꾸 어른거리고 또 뒤에 다우쳐 오는 것 같다. 개에게 찢긴 잠방이 가 랑이가 걸음에 따라 너덜너덜하여 그의 누런 다리 마디가 환히 들여다보이고, 푹 눌러쓴 밀짚모에선 방울져 떨어지는 빗방울이 눈물같이 건건한 것을 입술에 느꼈다. 문득 큰년의 옷감이 젖는구나 생각되자 소리를 내어 칵 울고 싶었다.

그는 우뚝 섰다. 들은 자욱하여 어디가 산인지 물인지 분간 할 수 없고, 곡식대들이 미친 듯이 날 뛰는 그 속으로 무슨 큰 짐승이 윙윙 우는 듯한 그런 크고도 굵은 소리가 대지를 울린다.

지금 그는 빗발에 따라 마음만은 앞으로 앞으로 가고 싶은데, 발길이 딱 붙고 떨어지지 않는다. 바라보니 동네도 거반 지나온

---

48 지진.

셈이요, 앞으로 조그만 집이 두셋 남아 있다. 그리로 발길을 돌렸으나 미련이 남아 있는 듯 자주자주 멍하니 들을 바라보았다.

그가 개에게 쫓긴 것이 이번뿐이 아니요, 때로는 같은 사람한테도 학대와 모욕을 얼마든지 당하였건만, 오늘은 웬일인지 견딜 수 없는 분을 일으키게 된다.

"이 친구 왜 그러구 섰우?"

그가 놀라 보니 자는 어느덧 조그만 집 앞에 섰고 그 조그만 집은 연자간⁴⁹이라는 것을 알았다. 머리를 넘성하여⁵⁰ 내다보는 사내는 얼른 보아 사오십 되었겠고, 자기와 같은 불구자인 거지라는 것을 즉석에서 알았다. 사내는 쫑긋이 웃는다. 그는 이리 찾아오고도 저 사내를 보니 들어가고 싶지 않아 머뭇거리다가도 하는 수 없이 들어갔다. 쌀겨내 가득히 그 속에 말똥내도 훅훅 풍겼다

"이리 오우, 저 옷이 젖어서 원…"

사내는 나무다리를 집고 일어나서 깔고 앉았던 거적자리를 다시 펴고 자리를 내놓고 비켜 앉는다. 칠성이는 얼른 희뜩희뜩 센 머리털과 수염을 보고 늙은 것이 내 동냥해온 것을 빼앗으려나 하는 겁이 나고 싫어졌다.

"그 옷 때매 칩겠우. 우선 내 헌옷을 입고 벗어서 말리우?"

사내는 그의 보따리를 뒤적뒤적하더니,

"자 입소. 이리 오우."

칠성이는 돌아보았다. 시커먼 양복인데 군데군데 기운 것이다. 그 순간 '어디서 좋은 옷을 얻었는데 나도 저런 게나 얻었으면.' 하

---

49   =연자맷간: 연자매로 곡식을 찧는 방앗간.
50   넘성하다: 한 번 넘어다보다.

면서 이상한 감정에 싸여 사내의 웃는 눈을 정면으로 보았을 때 동냥자루나 뺏을 사람 같지는 않았다. 그는 머리를 숙이고 소매에서 떨어지는 물방울을 보았다. 사나이는 나무다리를 짚고 이리로 온다.

"왜 이로구 섰우. 자 입으시우."

"아 아니유."

칠성이는 성큼 물러서서 양복 저고리를 보았다. 생전 입어보지 못한 그 옷 앞에 어쩐지 가슴까지 두근거린다.

"허! 친구 고집 대단한데, 그럼 이리 와 앉거나 해유."

사내는 그의 손을 끌고 거적자리로 와서 앉히운다. 눈결에 사내의 뭉퉁한 다리를 보고 못 본 것처럼 하였다.

"아침 자셨우?"

칠성이는 이 자가 내 동냥자루에 아침 얻어온 줄 알고 이러는가 하며, 힐끔 동냥자루를 보았다. 거기에서도 물이 떨어지고 있다.

"아니유."

사내는 잠잠하였다가

"안되었구려. 뭘 좀 먹어야 할 터인데…"

사내는 또 무슨 생각을 하듯 하더니, 그의 보따리를 뒤진다.

"자, 이것 적지만 자시유."

신문에 싼 것을 내들어 펴 보인다. 그 종이엔 노란 조밥이 고실고실 말라가고 있다.

밥을 보니 구미가 버쩍 당기어 부지중에 손을 내밀었으나, 손이 말을 안 듣고 떨리어서 흠칫하였다. 사내는 이 눈치를 채었음인지 종이를 그의 입 가까이 갖다 대고,

"적어 안 되었우."

부끄럼이 눈썹 끝에 일어 칠성이는 눈을 내리뜨고 애꿎이 코를 들이마시며 종이를 무릎에 놓고 입을 대고 핥아먹었다. 신문지내가 잇 사이에 나들고 약간 쉰 듯한 밥알이 씹을수록 고소하였다. 입맛을 다실 때마다 좀 더 있으면 하는 아쉬운 마음이 혀끝에 날름거리고 사내 편을 향한 귓바퀴가 어쩐지 가려운 듯 따가움을 느꼈다.

"적어서 원…."

사내의 이러한 말을 들으며 신문지에서 입을 떼고 히 하고 웃어 보이었다. 사내도 따라 웃고 무심히 칠성의 다리를 보았다.

"어디 다쳤나 보! 피가 나오."

허리를 굽히어 들여다본다. 칠성은 얼른 아픔을 느끼고 들여다보니, 잠방이 가랑이에 피가 빨갛게 묻었다. 다리엔 방금 선혈이 흐르고 있다. 별안간 속이 묵직해진 그의 다리를 움츠리고 머리를 들었다. 바람결에 개 비린내 같은 것이 흠씬 끼친다.

"개 개한테 그리 되었지우."

"아 그 기와집 가셨우…. 그놈네 개를 길러도 흉학한 개를 기르거든 흥! 한 놈이 아니우. 어디 이리 내놓우. 개에 물린 것이 심상히 여길 것이 못되우."

사내는 그의 다리를 잡아당기었다. 그는 얼른 다리를 치우면서도 코 안이 사해서 몇 번 코를 움직일 때 뜻하지 않은 눈물이 주루루 흘러내린다. 사나이는 이 눈치를 채고 허허 웃으면서, 그의 등을 가볍게 두드렸다.

"이 친구 우오. 울기로 하자면 허허 울어선 못쓰오. 난 공장에서 생생하던 이 다리가 기계에 물려 이리되었고만은 지금 세상이 어떤 줄 아시우.”

칠성이는 머리를 번쩍 들어 사내를 바라보니, 눈에 분노의 빛이 은은하였다. 다시 다리로 시선이 옮겨질 때, 가슴이 턱 막히고 목에 무엇이 가로질리는 것 같아, 시름없이 머리를 숙이고 무심히 부드러운 먼지를 쥐어 상처에 발랐다.

“아이고! 먼지를 바르면 되우?”

사내는 칠성이의 손을 꽉 붙들었다. 칠성이는 어린애같이 히 웃고 나서,

“이러면 나유.”

“아 원, 그런 일 다시는 하지 마우. 약이 없으면 말지, 그런 일 하면 되우? 더 성해서 앓게 되우.”

칠성이는 약간 무안해서 다리를 움츠리고 밖을 바라보았다. 사내는 또다시 무슨 생각에 깊이 잠기는 것 같다.

바람이 비를 안고 싸싸 밀려들고, 천장에 수없는 거미줄은 끊어져 연기같이 나부꼈다. 바라뵈는 버드나무의 잎은 팔팔 떨고, 아래로 시뻘건 물이 좔좔 소리를 내고 흐른다. 어깨 위가 어쩔해서 돌아보면 큰 매통이 쌀겨를 보얗게 쓰고서 얼음 같은 서늘한 기를 품품 피우고 있다.

“배 안 병신이우?”

사내는 문득 이렇게 물었다. 칠성이는 머리를 숙이고 머뭇머뭇하다가,

“아 아니유.”

“그럼 앓다가 그리 되었구려…. 약 써봤우?”

칠성이는 또다시 말하기가 힘든 듯이 우물쭈물하고 다리만 바았다. 한참 후에,

"아 아니우, 못 못 썼어유."

"홍! 생다리도 꺾이우는 지경인데, 약 못 쓰는 것쯤이야 허허…."

사내는 허공을 향하여 웃었다. 그 웃음소리에 소름이 오싹 끼쳐 힐끔 사내를 보았다. 눈을 무섭게 뜨고 밖을 내다보는데, 이마엔 퍼런 힘줄이 불쑥 일었고, 입은 꼭 다물고 있다.

"허, 치가 떨려서. 내가 왜 그리 어리석었는지. 지금만 같으면, 지금이라도 죽더라도 해볼 걸. 왜 그 꼴이었어! 홍."

칠성이는 귀를 밝혀 이 말을 새겨들으려 했으나 무엇을 의미한 말인지 알 수가 없었다. 사내는 칠성이를 돌아보았다. 눈 아래 두어 줄 주름살이 돌아가신 그의 아버지와 흡사했다.

"이 친구, 나도 한 가정을 구렸던 놈이우. 공장에서 모범공이었구. 허허, 모범공…. 다리가 꺾인 후 공장에서 나오니, 계집은 달아나고, 어린것들은 배고파 울고, 부모는 근심에 지레 돌아가시구…. 허, 말해서 뭘 하우. 우리를 이렇게 못살게 하는 놈이 저 하늘인 줄 아우, 이 땅인 줄 아우?"

사내는 칠성이를 딱 쏘아본다. 어쩐지 칠성의 가슴은 까닭 없이 두근거려, 차마 사나이를 정면으로 보지 못하고 꺾인 다리를 보았다. 그리고 사나이의 다리 밑에 황소같이 말 없는 땅을 보았다.

"아니우, 결코 아니우. 비록 우리가 이 꼴이 되어 전전걸식은 하지만두, 왜 우리가 이 꼴이 되었는지나 알아야 하지 않소. 내 다리를 꺾게 한 놈두 친구를 저런 병신으로 되게한 놈두 다 누구겠소. 알아들었수? 이 친구."

사나이의 이 같은 말은 칠성의 뼈끝마다 짤짤 저리게 하였고, 애꿎은 하늘과 땅만 저주하던 캄캄한 속에 어떤 번쩍하는 불빛을 던져 주는 것 같으면서도 다시 생각하면 아찔해지고 팽팽 돌아간다. 무엇인가 묻고 싶어 머리를 번쩍 들었으나 입이 깍 붙고 만다. 그는 시름없이 저 하늘을 물끄러미 보았다.

　어느덧 밖은 안개비로 자욱하였고 먼 산이 눈물을 머금고, 구불구불 솟아 있으며, 빗소리에 잠겼던 개구리 소리가 그의 동네 앞인가도 싶게 했고 또한 큰년의 뒷매가 홰나무 아래 어른거려 보인다. 칠성이는 부시시 일어났다.

　"난 난 집에 가겠수."

　사내도 따라 일어난다.

　"어, 집이 있우? … 가 보우."

　칠성이가 머리를 드니 사내가 곁에 와서 밀짚모를 잘 씌워주고 빙긋이 웃는다. 어머니를 대한 것처럼 어딘가 모르게 의지하고 싶은 생각과 믿는 마음이 들었다.

　"잘 가우…. 세월 좋으면 또 만나지."

　대답 대신으로 그는 마주 웃어 보이고 걸었다. 한참이나 오다가 돌아보니, 사내는 우두커니 서 있다. 주먹으로 눈을 닦고 보고 또 보았다.

　길 좌우에 늘어앉은 조밭, 수수밭은 이랑마다 물이 충충했고, 조 이삭, 수수 이삭이 절반 넘어져 물에 잠겨 있다. 저 멀리 귀 시끄럽게 우짖는 개구리 소리는 무심한데, 이제 그 어딘가 곁에서 맹꽁한 그 소리는 사람의 음성같이 무게가 있었다.

　안개비 나실나실 내려온다. 조금 말라 오려던 옷이 또 촉촉히 젖고, 눈썹 끝에 안개비 엉기어 마음까지 묵중하고 알 수 없는 의문이 뒤범벅이 되어 돌아간다.

그가 그의 마을까지 왔을 때는 다시 빗발이 굵어지고 바람이 슬슬 불기 시작하였다. 언제나 시원해 보이는 홰나무도 찡그린 하늘 아래 우울해 있고, 동네 뒤로 나지막이 둘려 있는 산도 빗발에 묻히어 잘 보이지 않았다. 그러나 큰년이가 물동이를 이고 이 비를 맞으면서도 저 산 아래 박우물로 달려가지나 않나 하는 생각이, 집집의 울바자며 채마밭의 긴 바자가 차츰 선명히 보일 때 선뜻 들어 그의 발길은 허둥거렸다.

집에까지 오니 어머니는 눈물이 그득해서 나왔다.

"이놈아, 어미 기다릴 것도 생각지 않고 어딜 그리 다니느냐."

어머니는 동냥자루를 받아 쥐고 쿨쩍쿨쩍 울었다. 칠성이는 잠잠히 방으로 들어오니, 빗물 받는 그릇으로 절반 차지했고, 뚝뚝 듣는 빗소리가 장단 맞추어 났다. 칠성이는 그만 우두커니 서서 어쩔 줄을 몰랐다. 몸은 아까보다 더 춥고 떨리어서 견딜 수 없다.

칠운이와 아기는 아랫목에 누워 있고 아기 머리엔 무슨 헝겊으로 허옇게 싸매 있었다. 그들의 그 작은 몸에도 빗방울이 간혹 떨어진다.

"아무 데나 앉으렴. 어쩌겠니…. 에그, 난 어젯밤 널 찾아 읍에 가서 밤새 싸다니다 왔다. 오죽해야 술집 문까지 두드렸겠니. 이놈아. 어딜 가면 간다고 하지 그게 뭐야."

이번에는 소리까지 내어 운다. 남편을 잃은 뒤 그나마 저 병신 아들을 하늘같이 중히 의지해 살아가는 어머니의 마음을 엿볼 수가 있다. 칠운이는 울음소리에 벌떡 일어났다.

"성 왔네! 성 왔네!"

눈을 잔뜩 움켜쥐고 뛰었다. 그 통에 파리는 우그르르 끓고, 아기까지 키성키성 보챈다. 칠운이는 두 손으로 눈을 비비치고 형을 보려다는 못 보고 또 비비친다.

"이 새끼야 고만 두라구. 그러니 더 아프지. 에그, 너 없는 새 저것들이 자꾸 만 앓아서 죽겠다. 거게다 눈까지 더치니. 그런데 이 동리는 웬일이냐. 지금 눈병 때문에 큰일이구나. 아이, 어른 모두 눈병에 걸려 눈을 못 뜬다."

칠성이는 지금 아무 말도 귀에 거치지 않고, 비 새지 않는 곳에 누워 한잠 푹 들고 싶었다. 칠운이는 마침내 응응 울다가 무슨 생각을 하고 뒷문 밖으로 나가더니 오줌을 내뻗치며, 그 오줌을 눈에 바른다.

"잘 발라라. 눈등에만 바르지 말고 눈 속에까지 발러…. 저것도 반가와서 저리도 눈을 뜨려구. 어제 '성아 성아.' 찾더구나."

어머니는 또 운다. 칠성이는 등에 선뜻 떨어지는 빗방울을 피하여 앉으니, 이번에는 콧등에 떨어져 입술에 흐른다. 그는 콧등을 후려치고 화를 버럭 내었다.

"글쎄 비는 왜 오겠니. 바람이나 불지 말아야 할 터인데. 저 바람! 기껏 키운 조는 다 쓰러져 싹이 나겠구나. 아이구, 이 노릇을 어찌해야 좋으냐. 하나님 맙소사!"

두 손을 곧추 들고 애걸한다. 그의 머리는 비에 젖어 이기어 붙었고 눈은 눈곱에 탁 엉기었고, 그 속으로 핏줄이 뻘겋게 일어 눈이 시큼해서 바라볼 수 없는데, 시커먼 옷에 천장 물이 어룽어룽 젖었다.

칠성이는 얼른 샛문턱에 걸터앉아 눈을 딱 감아버린다. 눈이 자꾸만 피곤하고 그래선 새 속눈썹이 가시 같아 눈 속을 꼭꼭 찌른다.

그는 눈을 두어 번 굴렸을 때 문득 방앗간이 떠오른다.

"어제 개똥네 논에 동이 터졌는데, 전부 쓸려 갔다누나. 에구 무서워. 저게 무슨 바람이냐. 저 바람! 우리 밭은 어쩌나."

어머니는 밖으로 뛰어나간다. 칠운이는 울면서 따르다가 문턱에 걸려 공중 나가 넘어지고 시재 가르려는 소리를 하였다. 칠성이는 눈을 부릅떴다.

"저 저놈의 새끼, 주 죽이고 말까부다."

어머니는 얼른 칠운이를 업고 물러나서 정신없이 밖을 바라보고, 또 나갔다가 들어왔다. 칠운이를 때리다가 중얼중얼하며 돌아간다.

칠성이는 이 꼴이 보기 싫어 모로 앉아 눈을 감았다. 무엇에 놀라 눈을 뜨니, 아랫목에 누워 할락할락하는 아이가 일어나려다 쓰러지고 소리 없는 울음을 입으로 운다. 머리를 삿자리에 비비치다가 시원치 않은지 손이 올라가서 헝겊을 쥐고 박박 할퀴는 소리만 징그러워 들을 수 없었다.

칠성이는 눈을 안 뜨자 하다가도 어느새 문뜩 뜨게 되고 아기의 저 노란 손가락이 머리를 쥐어뜯는 것을 보게 된다. '조놈의 계집애는 죽었으면 하면서!' 눈을 감는다. 살구나무 꺾이는 소리가 뚝뚝 나고, 집 기둥이 쏠리는지 '찍척 쿵!' 하는 소리가 뒷문에 울렸다. 칠운이는 방으로 들어와서 눕는다.

"성아, 내일은 눈약도 얻어오렴. 개똥인 저 아버지가 읍에 가서 눈약 사왔는데, 그 약을 넣으니까 눈이 낫다더라, 응야."

칠성이는 잠잠히 들으며, 얼른 가슴에 품겨 있는 큰년의 옷감을 생각하였다. 차라리 눈약이나 사올 것을 하는 마음이 잠깐 들었으나 사라지고, 어떻게 큰년에게 이 옷감을 들려 줄까 하였다.

부엌에서 성냥 긋는 소리가 들리더니 어머니가 들어온다.

"아궁이에 물이 가득하니 이를 어쩌냐. 저것들은 아무것도 못 먹었는데…. 너두 배고프겠구나."

이런 말을 하고 밖으로 나가더니 곧 뛰어 들어온다.

"큰년이네 논두 동이 터졌단다. 그리 튼튼하던 논두, 저를 어쩌니."

칠성이는 눈을 둥그렇게 떴다.

"좀 자려므나. 요 계집애야, 왜 자꾸만 머리를 뜯니. 조놈의 계집애는 며칠째 안 자고 새웠단다. 개똥어머니가 쥐 가죽이 약이라기에 쥐를 잡아 저리 붙였는데 자구만 떼려구 저러니 아마 나으려구 가려운 모양이지?"

그렇다고 해 줘야 어머니는 마음이 놓일 모양이다. 큰년네 말에 칠성이는 눈을 떴는데 딴 푸념을 하니 듣기 싫었다. 하나 꾹 참고,

"그 그래. 큰년네두 논이 떴데?"

"그래! 젖이 안 나니…."

어머니는 연방 아기를 보고 그의 젖을 주물러본다. 명주 고름끈같이 말큰거린다.

아기는 점점 더 할딱할딱 숨이 차오고, 이젠 손을 놀릴 기운도 없는지 손이 귀밑으로 올라가고는 맥을 잃고 다르르 굴러 떨어진다. 어머니는 바람소리를 듣더니,

"이젠 우리 조는 못쓰게 되었겠다! 큰년네 논이 뜨는데 건데겠니…. 참 큰년이는 복 좋아 글쎄. 이런 꼴 안 보렴인지 어제 시집 갔단다."

"큰년이가?"

칠성이는 버럭 소리쳤다. 그의 가슴에 고이 안겨 있던 큰년의 옷감은 돌같이 딱 맞질리운다. 어머니는 아들의 태도에 놀라 바라보았다.

"어마이, 저것 봐!"

칠운이는 뛰어 일어서서 응응 운다. 그들은 놀라 일시에 바라보았다.

아기는 언제 헝겊을 찢었는지, 반쯤 헝겊이 찢어졌고, 그리로부터 쌀알 같은 구더기가 설렁설렁 내달아오고 있다.

"아구머니, 이게 웬일이야. 응, 이게 웬일이어!"

어머니는 와락 기어가서 헝겊을 잡아 젖히니 쥐 가죽이 딸려 일어나고 피를 문 구더기가 아글아글 떨어진다.

"아가, 아가 눈 떠! 눈 떠라 아가!"

이 같은 어머니의 비명을 들으며 칠성이

"엑!"

소리를 지르고 우둥퉁퉁 밖으로 나와 버렸다.

비는 좍좍 쏟아지고 바람은 미친 듯이 몰아치는데, 가다가 우르릉 쾅쾅 하고 하늘이 울고 번갯불이 제멋대로 쭉쭉 찢겨나가고 있다.

칠성이는 묵묵히 저 하늘을 노려보고 있었다.